六朝诗选

党圣元　编著

商务印书馆
The Commercial Press
创于1897

2018年·北京

图书在版编目（CIP）数据

六朝诗选 / 党圣元编著. — 北京：商务印书馆，
2018
　ISBN 978-7-100-15812-1

　I.①六… Ⅱ.①党… Ⅲ.①古典诗歌－诗集－中国－
六朝时代　Ⅳ.①I222.735

　中国版本图书馆CIP数据核字（2018）第025249号

六朝诗选

党圣元　编著

商 务 印 书 馆 出 版
（北京王府井大街36号　邮政编码 100710）
商 务 印 书 馆 发 行
三 河 市 尚 艺 印 装 有 限 公 司 印 刷
ISBN 978 - 7 - 100 - 15812 - 1

2018年4月第1版　　　开本 640×960　1/16
2018年4月第1次印刷　　印张 19

定价：56.00元

目 录

前 言...1

魏 诗

曹操（四首）
短歌行（二首选一）　对酒当歌.............................14
观沧海　东临碣石...17
龟虽寿　神龟虽寿...19
苦寒行　北上太行山...20

曹丕（两首）
燕歌行（二首选一）　秋风萧瑟天气凉.................24
杂诗（二首选一）　西北有浮云.............................26

蔡琰（一首）
悲愤诗　汉季失权柄...28

陈琳（一首）
饮马长城窟行　饮马长城窟...................................36

王粲（一首）
七哀诗（三首选一）　荆蛮非吾乡.........................39

刘桢（一首）
赠从弟（三首选一）　亭亭山上松.........................42

曹植（九首）

薤露行　天地无穷极 45

野田黄雀行　高树多悲风 47

送应氏（二首选一）　步登北邙阪 48

赠徐幹　惊风飘白日 50

七哀　明月照高楼 54

白马篇　白马饰金羁 56

鰕䱇篇　鰕䱇游潢潦 58

杂诗（六首选一）　高台多悲风 60

五游咏　九州不足步 62

嵇康（二首）

赠秀才入军（十八首选二） 65

其一　良马既闲 65

其二　息徒兰圃 67

阮籍（六首）

咏怀（八十二首选六） 71

其一　夜中不能寐 71

其二　嘉树下成蹊 72

其三　昔年十四五 73

其四　朝阳不再盛 75

其五　炎光延万里 76

其六　洪生资制度 78

晋　诗

张华（一首）

情诗（五首选一）　游目四野外 82

陆机（二首）

赴洛道中作（二首选一）　远游越山川 84

猛虎行　渴不饮盗泉水 ……………………………………… 86

潘岳（一首）

悼亡诗（三首选一）　荏苒冬春谢 ………………………… 89

左思（六首）

咏史（八首选四） …………………………………………… 94

其一　弱冠弄柔翰 …………………………………………… 94

其二　郁郁涧底松 …………………………………………… 96

其三　吾希段干木 …………………………………………… 98

其四　荆轲饮燕市 …………………………………………… 100

招隐（二首选一）　杖策招隐士 …………………………… 101

娇女诗　吾家有娇女 ………………………………………… 103

张协（一首）

杂诗（十首选一）　朝霞迎白日 …………………………… 109

张翰（一首）

思吴江歌　秋风起兮佳景时 ………………………………… 112

王赞（一首）

杂诗　朔风动秋草 …………………………………………… 114

刘琨（二首）

扶风歌　朝发广莫门 ………………………………………… 116

重赠卢谌　握中有悬璧 ……………………………………… 120

郭璞（三首）

游仙诗（十四首选三） ……………………………………… 124

其一　京华游侠窟 …………………………………………… 124

其二　青溪千余仞 …………………………………………… 127

其三　逸翮思拂霄 …………………………………………… 128

孙绰（一首）

秋日　萧瑟仲秋日 …………………………………………… 131

谢道韫（一首）

泰山吟　峨峨东岳高 ………………………………………… 134

陶渊明（共十六首）

和郭主簿（二首选一）　蔼蔼堂前林.................................137

归园田居（五首选三）.................................138

　其一　少无适俗韵.................................138

　其二　野外罕人事.................................141

　其三　种豆南山下.................................142

饮酒（二十首选五）.................................143

　其一　衰荣无定在.................................143

　其二　结庐在人境.................................145

　其三　秋菊有佳色.................................147

　其四　青松在东园.................................148

　其五　故人赏我趣.................................149

杂诗（十二首选一）　白日沦西阿.................................150

咏贫士（七首选一）　万族各有托.................................152

拟古（九首选一）　日暮天无云.................................153

咏荆轲　燕丹善养士.................................155

读山海经（十三首选二）.................................158

　其一　孟夏草木长.................................158

　其二　精卫衔微木.................................160

挽歌诗（三首选一）　荒草何茫茫.................................161

宋　诗

颜延之（二首）

五君咏（五首选二）.................................166

阮步兵　阮公虽沦迹.................................166

嵇中散　中散不偶世.................................168

谢灵运（六首）

七里濑　羁心积秋晨.................................170

登池上楼　潜虬媚幽姿 ……………………………………………… 173

登江中孤屿　江南倦历览 ……………………………………………… 175

过白岸亭　拂衣遵沙垣 ………………………………………………… 177

石壁精舍还湖中作　昏旦变气候 ……………………………………… 179

夜宿石门　朝搴苑中兰 ………………………………………………… 181

鲍照（共十首）

代东门行　伤禽恶弦惊 ………………………………………………… 185

代放歌行　蓼虫避葵堇 ………………………………………………… 187

代出自蓟北门行　羽檄起边亭 ………………………………………… 189

拟行路难（十八首选三） ……………………………………………… 191

其一　奉君金卮之美酒 ………………………………………………… 191

其二　泻水置平地 ……………………………………………………… 193

其三　对案不能食 ……………………………………………………… 195

赠傅都曹别　轻鸿戏江潭 ……………………………………………… 196

发后渚　江上气早寒 …………………………………………………… 198

咏史　五都矜财雄 ……………………………………………………… 199

学刘公幹体（五首选一）　胡风吹朔雪 ……………………………… 201

陆凯（一首）

赠范晔诗　折花逢驿使 ………………………………………………… 203

齐　诗

谢朓（七首）

王孙游　绿草蔓如丝 …………………………………………………… 207

暂使下都夜发新林至京邑赠西府同僚　大江流日夜 ………………… 208

晚登三山还望京邑　灞涘望长安 ……………………………………… 210

之宣城郡出新林浦向板桥　江路西南永 ……………………………… 212

落日怅望　昧旦多纷喧 ………………………………………………… 214

游东田　戚戚苦无悰 …………………………………………………… 216

新亭渚别范零陵云　洞庭张乐地 ……………………217

梁　诗

沈约（二首）

新安江至清浅深见底贻京邑同好　眷言访舟客 ………222

别范安成　生平少年日 …………………………………224

江淹（四首）

杂体诗（三十首选一） …………………………………226

古离别　远与君别者 ……………………………………226

效阮公诗（十五首选二） ………………………………228

其一　岁暮怀感伤 ………………………………………228

其二　若木出海外 ………………………………………229

望荆山　奉义至江汉 ……………………………………230

范云（一首）

之零陵郡次新亭　江干远树浮 …………………………233

吴均（二首）

答柳恽　清晨发陇西 ……………………………………235

山中杂诗（三首选一）　山际见来烟 …………………236

何逊（三首）

临行与故游夜别　历稔共追随 …………………………238

与胡兴安夜别　居人行转轼 ……………………………239

慈姥矶　暮烟起遥岸 ……………………………………240

陶弘景（一首）

诏问山中何所有赋诗以答　山中何所有 ………………242

王籍（一首）

入若耶溪　舻舳何泛泛 …………………………………244

陈 诗

阴铿（三首）

江津送刘光禄不及　依然临江渚..248

渡青草湖　洞庭春溜荡..250

晚出新亭　大江一浩荡..252

北朝诗

王褒（一首）

渡河北　秋风吹木叶..256

庾信（四首）

拟咏怀（二十七首选三）..259

其一　榆关断音信..259

其二　寻思万户侯..261

其三　日色临平乐..262

寄王琳　玉关道路远..264

隋 诗

江总（一首）

于长安归还扬州，九月九日行薇山亭赋韵　心逐南云逝..268

卢思道（一首）

从军行　朔方烽火照甘泉..270

薛道衡（一首）

人日思归　入春才七日..274

南北朝乐府民歌

南朝乐府民歌（二首）

子夜歌（选三）………………………………………279

其一　始欲识郎时………………………………279

其二　侬作北辰星………………………………279

其三　怜欢好情怀………………………………279

子夜四时歌（七十五首选二）…………………280

其一　春林花多媚………………………………280

其二　田蚕事已毕………………………………281

北朝乐府民歌（三首）

陇头歌辞（三首）………………………………283

其一　陇头流水…………………………………283

其二　朝发欣城…………………………………283

其三　陇头流水…………………………………283

敕勒歌　敕勒川…………………………………284

木兰辞　唧唧复唧唧……………………………285

参考书目……………………………………………290

前　言

　　在中国历史上，从公元 2 世纪末建安时期到公元 6 世纪末隋灭周亡陈这四百余年的历史阶段，习惯上被称为魏晋南北朝时期或六朝时期，其中孙吴、东晋、宋、齐、梁、陈，因相继建都于建康而被称为南朝六朝，曹魏、西晋、后魏、北齐、北周、隋，因建都于北方而被称为北朝六朝。一般所谓六朝，则兼指南北六朝而言。

　　六朝时期是一个大动荡、大分裂、大组合的历史阶段，社会的政治、经济、文化都经历了一场不小的变化。在这一历史空间和文化氛围中产生的六朝诗歌，是六朝文化的重要组成部分之一。在时代风气的制约和文化传统的渗透影响下，六朝诗歌以其丰富的思想文化内涵和卓越的艺术成就而展示出独特的美学风貌，从而成为中国诗歌史上最具魅力的发展变革阶段之一。

　　六朝时期，南北对峙，兵连祸结，动荡不定，门阀制度盛行，阶级鸿沟愈深，民族冲突空前加剧。由于中央政权崩溃，导致整个国家群龙无首，军阀拥兵自重，割据势力自行其是，天下鼎沸，生灵涂炭，死亡阴影追随着每一个人。又由于传统的维系着人心的社会共同理想的消失，导致思想上漫无所归；儒学衰颓，佛道大兴，玄风炽盛，形成了一代社会思潮，深刻地影响着上层社会一代人的精神风貌。时代风气和命运遭际塑造了包括六朝诗人主体在内的六朝文学主体，产生了中国文学史上独具一格的六朝文人形态。置身于如此动荡不安的现实环境之中的文人士大夫阶层，他们的人生道路产生了极大的变化，他们的价值观念经历毁灭之后又得到了重新构建。汉代的文士们，在独崇的儒家教义的统摄下，一般都屈从于神学目的论和谶纬宿命论，自命清流，迂腐执拗。而六朝文士则有所不同，他们已经从汉代儒生曾经惨淡经营的经学中解脱出来，生活和观念不再受此束缚，并且受玄学本体论的影响，注重思考生与死、人生意义等问题。生命意识的萌醒，拓展了精神的视野，崇尚清峻通脱，看重人的精神风貌，以及崇尚自然，因而自觉或不自觉地返回自然、发现自然，希求获致个体人格的绝对自由与感性生命的无限享乐，等等，成为时代的风尚。与此紧密相关，消极悲观、颓废享乐的倾向也在日益滋长，士人阶层的生活准则由崇尚玄远而发展为追求狂放，最后沦为放荡不羁，沉湎仙药杯酒，遁入清谈禅道。生命视境的拓展，促进了主体意识的强化，由此而产生的必然结果便是人性的觉醒，且为文学艺术注入了主体生命的催化剂。于是一种抒情性更强、更注重感性生命表现的"纯"文学便产生了。由此而带来的文学创作的飞跃发展，主体意识的加强，个性色彩的突出，新的美学原则的崛起，艺术技巧的进步，文学风格的多样化，体裁形式的丰富，这些都是当时创作中出现的新的特点，成为"文学自觉时代"的主要标识，而在诗歌创作领域则表现得尤为突出。

作为六朝人精神样式之一的六朝诗歌，是诗人主体对于自己的时代和人生的吟唱。主体个性的成长，文学本身价值的被肯定，使得在时代的激荡下情感充溢的诗人们意欲通过写诗而构筑起一座属于自己的精神城堡，而阔大沉重的社会现实，苍凉哀怨的人生际遇，则为诗人们提供了坚实的表现内容。于是，兴会标举的诗人们便循着自然、时代、人生的三向维度而缘情体物，营造出一个浓缩了社会自然风貌、熔铸进生命情感体验、传达着时代哀乐的意象世界。如果我们把六朝诗歌看作是四百年民族心灵的展示，并且依循主体的生命历程、精神指向和情感脉络这一线索加以考察的话，便可以发现诸如青春悲欢、亲情友谊、婚恋情爱、家国乡邦、入世进取、求索抗争、困顿落魄、解脱超越、归趋自然、衰暮死亡等人生交响乐的各个曲部都得到了淋漓尽致的表现，并且形成了一个个既相对独立又互相关联的主题类型，由此而显示了六朝诗歌阔大的生命视境。

六朝诗歌经历了一个漫长而曲折的发展过程。首先，建安诗歌高唱发踪，带来了"五言腾跃"（《文心雕龙·明诗》）的诗歌发展的新时代。"建安"是汉代的末代皇帝献帝刘协的年号（196—220）。汉末，黄巾起义爆发。这场席卷全国的农民大起义，从根本上动摇了东汉王朝的统治，社会呈分崩离析的局面，天下变为一片兵火战乱的苦难之海。在镇压黄巾起义的过程中，形成了许多拥兵自强、割据一方的军阀势力，他们之间连年混战，互相兼并，到了建安后期，汉代已名存实亡，逐渐形成了魏、蜀、吴三国鼎立的局面，其中以曹魏的势力最强大。曹魏的政治中心是邺城（今河北省临漳县西南），后来又建都洛阳。文学史上所谓"建安文学"即指以邺城、洛阳为中心的魏国文学，吴、蜀很少作家参与创作。建安诗坛的代表人物有曹氏父子（曹操、曹丕、曹植）和"建安七子"（孔融、陈琳、王粲、徐干、阮瑀、应场、刘桢）等。由于曹氏父子对诗歌创作的爱好和鼓励，在他们周围聚集了一批多才之士，形成了"彬彬之盛，大备于时"（钟嵘《诗品·序》）的局面，有力地推动了诗歌创作的发展进步。建安诗人大都经历战乱，饱尝流离之苦，对时代现实和人生命运有着非常直切的感受和深刻的认识，再加上他们直接继承了汉乐府和"古诗"的优良传统，因此这一时期的诗歌创作在题材内容方面是相当广阔的，除了反映社会现实和民生疾苦以及抒发建功立业、拯救世乱的理想抱负而外，表现游子思乡、思妇闺怨的主题的作品也非常多，从而多方位地反映了时代和人的命运。建安诗歌在风格上呈现出一种气盛力刚、生动劲健的特点，此即人们通常所说的"建安风骨"或"慷慨之音"。这一特点的产生是以时代环境和诗人主体悲痛感伤、壮怀激烈的思想情感为基础的。刘勰在记述建安诗歌的特点时指出："观其时文，雅好慷慨，良由世积乱离，风衰俗怨，并志深而笔长，故梗概而多气也。"（《文心雕龙·时序》）刘勰还指出这时的诗人的共同特点是"慷慨以任气，磊落以使才"（《文心雕龙·明诗》）。这里，点出了产生建安诗风的时代机制和主体条件，无不精要。建安诗歌在推动我国诗歌艺术进步方面亦做出了贡献，其具体表现为既保持了质朴爽朗的民歌特点，即所谓"造怀诣事，不求纤密之巧，驱辞逐貌，唯取昭晰之能"（《文心雕龙·明诗》），又增加了华丽壮大的因素，由于诗人们普遍注重表现技巧，崇尚文采，因而呈现出浑厚清新、情文兼具的新特点，超越了汉代文人诗的"质木无文"。这一艺术上的新变化促使了诵诗最终从歌诗中明确地分离出来，这在中国诗歌流变史上亦有进步的意义。此外，五言体发展得更加纯熟，七言体亦初步确立，而四言体则成强弩之末，这也是建安诗歌创作中出现的新变化。总之，讲求风骨，崇尚文采，歌诗划界，都是建安诗歌在"文学的自觉"这一时代前提下所确立的文人诗歌的新标识，其后的永明体和唐律都是在此基础上的革新发展。

魏晋之交的正始年间（240—249），诗歌创作又出现了新的变化。这时，曹氏宗室势力日见衰微，司马氏集团当政专权，他们以残酷的手段排除异己，因此政治黑暗，社会更加动荡不安。

在这种情况下，诗人们内心都蕴藏着深深的恐惧，因此大都选择了远离现实、不闻世事的人生态度，以便能在激烈的政治斗争中保全自身。这时，思想界的趋势是儒学衰微，玄学兴起。于是，蔑弃名教，企慕老庄，高谈玄理，纵酒狂放，寄情于竹林山水之乡，便成为一种风气，在诗人中间普遍流行。值得注意的是，虽然诗人们力求韬光遁世，远祸全身，养性葆真，但是内心中并没有放弃对自由与解放的追求，满腹的牢骚毕竟按捺不住，因此不时地以"隐而不显"的曲折方式，对黑暗政治加以强烈的抨击，对苦难的人生发出哀怨痛楚的呼号。这些无不反映到了当时的诗歌创作中来。正始诗歌的风格与建安诗歌的"梗概多气"有所不同，一变而为远大遥深、清峻超迈，通常所说的"正始之音"即指此而言，这种风格的形成是以当时的诗人主体的愤世嫉俗、使气任性为基础的。刘勰在评论这一时期的诗歌时说"正始明道，诗杂仙心"（《文心雕龙·明诗》），所谓"仙心"，是指正始诗歌中体现的老庄超世脱俗、自然无为的生命哲学观念，其为不久玄言诗的兴起提供了温床。正始诗歌的代表作家是阮籍和嵇康，他们在继承"建安风骨"传统的基础上形成了各自的风格。阮籍继建安之后，进一步巩固奠定了五言体的地位；嵇康则承魏武帝曹操之绪，使四言体又一次放射出余晖。

司马炎于公元 265 年代魏称帝，后又灭吴，建立了西晋王朝。西晋政权是世族门阀的专政，从一开始便极其腐朽荒淫，虽然也曾出现太康年间（280—289）的短暂的安定繁荣局面，但是各种社会矛盾却酝酿着一场更大的动乱，终于导致了延续十六年之久的统治阶级内部自相残杀、争权夺利的"八王之乱"，不但给社会带来毁灭性的灾难，而且使得北方异族乘机入侵，最后晋室不得不南迁。当时，文士们的精神风貌也呈斑驳陆离之态，他们纷纷沉溺于虚幻的佛陀世界与浮诞的清谈玄学之中，既失去了建安文人们的那种建功立业的雄心壮志，又缺乏正始知识分子的那种忧愤思广的思想境界。太康时期的短暂安定，带来了文学创作的一度繁荣，出现了许多诗人，但由于时代的变迁，诗歌创作也随之而产生了新的变化，其主要特点是建安诗歌的那种"梗概多气"的力度感消失了，取而代之的却是词藻美赡、轻绮、靡丽，社会现实内容有所不足，显得较为空虚浮泛，因此刘勰认为这时的诗歌的特点是"采缛于正始，力柔于建安，或析文以为妙，或流靡以自妍"（《文心雕龙·明诗》），这便是通常所说的"太康诗风"。这一时期的诗人，经常被人称道的有"三张"（张协、张载、张亢）、"二陆"（陆机、陆云）、"两潘"（潘岳、潘尼）、"一左"（左思），钟嵘曾在《诗品》中赞誉他们的诗歌创作标志着"文章之中兴"。此外，张华、傅玄、郭璞、刘琨等也在创作方面取得了各自不同的成就。西晋诗人中，左思的成就最高，他的诗作，现实色彩颇为浓厚，笔力清拔雄迈，在风格上与上面所说的"太康诗风"有显著之不同，更接近建安风骨，代表了当时诗歌创作的最高成就。

永嘉之后，北方是地方割据的十六国时代，南方是偏安江左的东晋王朝。从西晋末年起，玄言诗开始盛行，到了东晋，其风更炽，统治诗坛竟达百年之久，建安风力荡然无存。这种创作潮流显然是"正始明道，诗杂仙心"的消极传统在新的历史条件下的变本加厉，正如刘勰所云："自中朝贵玄，江左称盛，因谈余气，流成文体。是以世极迍邅，而辞意夷泰，诗必柱下之旨归，赋乃漆园之义疏。"（《文心雕龙·时序》）这就是说，那些玄言诗人们把诗歌充作了谈论老庄玄理的哲学讲义，因此其作比较缺乏生活情趣和艺术形象性，故被评家讥为"理过其辞，淡乎寡味"，"平典似道德论"。我们现在除了可以通过这些作品了解到当时的贵族阶层沉溺于玄风的精神世界的种种情状这一点而外，实在是很难肯定它们的艺术品位。不过我们也必须承认，玄言诗人们在写作中往往借自然景物来领略和表现玄趣，因此在一些作品中便包孕着山水诗的成分，这对于后来山水诗的兴起应该说是有所影响的。东晋玄言诗人的代表是孙绰和许询。玄言诗人们也留下了一些形象性较强、饶有意趣的篇什。

大诗人陶渊明的出现，真正打破了玄言诗弥漫诗坛的局面。陶渊明生当东晋末期、晋宋易代之际，他对中国诗歌史的重大贡献在于最早将田园生活作为诗歌的重要表现题材，为中国田园诗派的开山之祖；他继承并发扬了我国古代诗歌的优秀思想和艺术传统，将五言诗创作推入一个新的境界。陶渊明田园诗的主要特点是描写农村自然景物，表现自己的隐逸情怀以及躬耕甘苦和丰收喜悦，抒吐对昏浊的时代不满，手法上多用白描，清新巧丽，质朴自然，实开唐代田园山水诗派之先河。但是在当时，陶渊明的价值却几乎被世人所忽略，钟嵘在《诗品》中仅把他列入中品，刘勰的《文心雕龙》则根本没有提到他，这正说明当时文坛的风尚是崇尚雕琢，追求形式，骈俪盛行，因而以质朴、自然为风格标识的陶渊明便注定遭受冷落。

从刘裕建宋（420），到隋灭陈（589），南朝经历了宋、齐、梁、陈四个朝代，在这169年的历史空间之中，世族门阀统治的各代政权偏安江左，苟且偷生，一天天荒淫腐朽下去。在这样的时代条件下，诗歌创作从内容到形式都发生了一些重要的变化，取得了一定的发展。宋初诗坛，诗歌创作的内容由玄言转向山水，恰如刘勰所言："宋初文咏，体有因革，庄老告退，而山水方滋。"（《文心雕龙·明诗》）与此同时，诗歌在风格上更趋于华美，刘勰曾经评价这种艺术追求是"俪采百字之偶，争价一句之奇。情必极貌以写物，辞必穷力而追新"。（《文心雕龙·明诗》）山水诗的兴起，与江南秀丽的山水以及偏安此间的世族门阀的悠游享乐生活密切有关，一定程度上说是他们登临山水、肆意遨游生活的产物，不但开创了刘宋一代新的诗风，而且充实了中国诗歌的历史。其时山水诗人的代表是谢灵运，他是第一个大量创作山水诗的诗人，尽管其诗作常被人讥为拖有一条"玄言的尾巴"，但他毕竟以自己的创作完成了诗歌发展由玄言向山水的过渡，而且他的这种在描绘自然山水美景、表现大自然的蕴含之美的同时体悟玄趣佛理的特点，正体现了当时追求人与自然合一的生命境界的时代审美风尚，所以无愧为山水诗派之祖。与谢灵运齐名的诗人还有颜延之，他的诗"铺锦列绣亦雕缋满眼"（《南史·颜延之传》），为当时华丽藻绘诗风的典型代表。在当时的诗人中，为诗歌发展贡献最大的当首推鲍照。鲍照"才秀人微"，不为时人所重，但他能在继承汉魏诗歌的精神实质和艺术经验的基础上发挥主体独创性，写出了大量思想蕴含深厚、情感充沛的优秀篇章，代表了当时诗歌创作的最高成就。鲍照对诗体发展也做出了自己的贡献，他除了大量使用五言体外，还发展了七言体，创造了歌行体，对唐代七言歌行的成熟产生了积极的影响。

　　齐梁时代，声律说兴起，诗歌在体格方面发生了重大的变化，这便是"永明体"的出现。齐永明年间（483—493），周颙发现汉字平、上、去、入四种声调，同时的诗人沈约则将四声运用于诗的格律，制定了作诗应避免的八种音律上的毛病（即平头、上尾、蜂腰、鹤膝、大韵、小韵、旁纽、正纽），要求做到"一简之内，音韵尽殊；两句之中，轻重悉异"（《宋书·谢灵运传》），即所谓"四声八病"说。"四声八病"说对诗歌创作提出了严格的声律要求，再加上晋宋以来诗歌普遍讲求对偶之工，遂导致了"永明体"诗歌的形成。永明体是我国古典格律诗的发端，其明显地体现出诗歌从比较自由的形式向格律化发展的趋势，这确实是中国诗歌发展史上的一件大事，由此而始，一种讲究平仄韵律的新诗体即"近体诗"逐渐形成。在"永明体"诗人中，谢朓的成就最为突出，他在促进永明新诗体的形成以及推动谢灵运以来山水诗的发展两方面都做出了重要的贡献。"永明体"的其他诗人，如沈约、王融、范云等，亦各有不同的成就，但总的说来由于生活范围之狭窄，他们的作品较缺乏深度，加之"八病"之限制过于严格，即使沈约本人也难以完全避免，使得他们只能把注意力过度地放在追求声律和辞藻的完美方面，风格更趋绮靡华艳，从而影响了他们的成就。

自梁朝后期至陈朝，诗歌发展中出现了一股新的写作风尚，并且演化成一种时尚，这便是号称"宫体"的艳情诗的泛滥。梁陈时期，封建统治阶级君臣上下都沉溺于醉生梦死的生活之中，宫体诗正是产生于这一背景之下。梁武帝父子（萧衍、萧纲）以君主身份带头作"宫体诗"，庾肩吾、徐摛等近臣以及其他帮闲狎客竭力奉承唱和，他们使诗歌完全成为描写宫廷贵族堕落生活和腐朽感情的工具，格调低下，极尽淫媚之能事。宫体诗较之于永明体诗更趋格律化，对律诗的成熟产生了一定的推动作用，这一点是应予肯定的。在梁陈宫体诗风炽盛之时，能够冲破这种靡靡之音的诗人是江淹、吴均、何逊、阴铿等人，他们创作了不少内容健康、感情真挚、诗语隽美、意境清新的诗篇，发展了诗歌的音律，推动了新体诗向唐人近体诗的过渡。另外，南朝时期五、七言小诗的勃兴和长短体的产生，亦值得特别加以注意。五、七言小诗的创格，乃是当时诗人受吴歌的影响，对偶尔出现在汉魏以来乐府诗中的五言四句的形式的创造性的运用，遂成为绝句的滥觞。长短体的产生，如《江南弄》、《下云乐》等，每句字数不等，错落不齐，一字一句，按谱填词，均有严格的韵律，实开唐宋倚声填词之先河，故可视为词之起源。所以，可以说南朝的诗歌虽然在思想和情感力度方面比不上建安诗歌，但在诗体和技巧两方面取得了重大的进展，从而为唐诗的繁荣准备了充分的条件。

同南朝相比，北朝的诗坛一直相当冷寂，直到南朝诗人庾信、王褒等入北以后，才出现了新的转机。作为南北朝最后一个优秀诗人的庾信，早年曾是梁朝宫廷中的文学侍臣，亦是宫体诗的重要作家，出使北朝而被羁留改变了他的生活道路，同时也改变了他早年绮靡浮艳的诗风，转而抒写内心的爱国隐痛和思乡愁怨。他的望乡诗在艺术表现方面融合了南北诗风，讲究形象、声色，长于骈俪用典，并染以北地色彩，所以表现出一种清新刚健、悲壮瑰丽的风格。在诗体方面，庾信发展了"永明体"，使五言律诗和五言绝句在体制上更趋于成熟，同时还进一步发展了七言体，他的一些诗已初步具备了七律、七绝的规模。总之，庾信是集六朝诗歌之大成的杰出诗人，可视为唐诗的先驱者。

南北朝时期，民歌创作也出现了一个高潮，使得我国民歌发展继两汉乐府民歌之后，又一次大放异彩。"艳曲兴于南朝，胡言生于北俗"（《乐府诗集》序），由于南北两地在自然环境、社会生活、民族心理、文化习俗等方面存在着明显的差别，所以导致了南北民歌在题材内容和艺术风格两方面形成了各自不同的特色。南方民歌大都篇幅短小，内容比较单一，几乎都是描写男女爱恋之情的。在表现形式上，南朝民歌以五言四句为主，并且多用比喻、隐语、双关语，格调清新活泼，无不自然绚丽。南朝民歌又可分为产生于江南的吴歌和产生于荆楚的西曲两类，俱属于清商曲，前者艳丽而柔弱，后者浪漫而热情。北方民歌在数量上比留传下来的南方民歌少得多，但内容却较广泛，诸如战争徭役、民生疾苦、地理风光、骑射生活等均有所反映。北朝民歌的总的特点是粗犷豪爽、明朗朴质，在风格上与委婉含蓄的南朝情歌形成了鲜明的对照。

公元 577 年，北周灭掉北齐，统一了北方，公元 581 年，杨坚代周称帝，立国号隋，是为隋朝开国。589 年，隋军南下，江东陈朝覆灭，至此南北分裂的局面结束，中华民族又重新统一起来。由于隋朝存在时间不长，所以隋朝的诗歌没有形成一代特色，总的说来成就不高。隋朝的诗歌创作基本上承梁、陈余绪，风格仍以华艳、绮靡为主，但卢思道、杨素、薛道衡等从北周过渡来的诗人，能承续庾信、王褒之风格，写有一些边塞题材的诗作，在体制上与风格方面已接近唐初的边塞诗了。

以上对六朝诗歌产生的人文背景以及发展历程做了一个简单的描述。纵观六朝诗歌约四百年的发展历史，其间虽然多有曲折反复，但其主流却始终不断地汇集扩大、向前运行，体现出了强大的变革创化精神，深刻而广泛地表现了时代与人生主题，在思想和艺术两方面都取得了极大的进步。因此，无论从历史还是从美学的角度来考察，都可以说六朝时期是我国诗歌的一个重要发展阶段，所取得的成就是极其辉煌的，并为中国诗歌发展的黄金时代——唐诗的到来奠定了坚实的基础。

本书所选，比较侧重于文学欣赏，兼顾各个时期、各种风格、流派和各种题材。对于重要诗人，我们尽量加以多选。务求不漏掉名篇佳作。目的在于使读者对这一时期的诗歌创作有一个比较系统的全面的了解。在注释中我们借鉴、吸收、采用了前辈学者们的一些已有的注释、解说、研究成果，但因本书系面向大众的普及性古典名篇选注评性质的读物，而非笺注性质的专著，故不能一一标明出处；对一些向来存在着不同解释意见的诗句，我们一般只取其中之一，恕不一一注明和论列。本书最后所列参考书目，一来可供读者进一步了解、阅读六朝诗歌，扩展对于六朝诗歌史的知识，同时亦具有向吸收了这些典籍、著作的研究成果、学术见解的前辈学者们致敬、致谢的意思。

魏　诗

曹　操（四首）

　　曹操（155—220），字孟德，沛国谯（今安徽亳州）人。父曹嵩为汉桓帝时宦官曹腾的养子。二十岁举孝廉，在灵帝朝又因"能明古学"被任命为议郎。曾以骑都尉的军职参加镇压黄巾起义，个人势力得到扩展。献帝初随袁绍讨伐董卓，建安元年（196）迎献帝迁都许昌，受封大将军、丞相，从此"挟天子以令诸侯"，成为北方地区的实际统治者。建安十八年（213）封魏公，二十一年（216）进封魏王。建安二十五年（220）病逝于洛阳。子曹丕称帝后，追尊为魏武帝。

　　曹操为汉魏间著名的政治家、军事家、文学家，文学成就主要表现在诗歌方面，今存诗二十余首，都是乐府诗体，内容不外反映当时动乱的现实以及表述个人的理想情怀两方面。风格苍劲雄浑，慷慨悲壮，对我国诗歌艺术的发展产生了极大的影响和推动作用。作品存辑本有中华书局辑校本《曹操集》。

短歌行〔一〕（二首选一）

对酒当歌〔二〕，人生几何？
譬如朝露，去日苦多〔三〕。

慨当以慷，幽思难忘〔四〕。

何以解忧？唯有杜康〔五〕。

青青子衿，悠悠我心〔六〕。

但为君故，沉吟至今〔七〕。

呦呦鹿鸣，食野之苹。

我有嘉宾，鼓瑟吹笙〔八〕。

明明如月，何时可掇〔九〕？

忧从中来，不可断绝。

越陌度阡，枉用相存〔十〕。

契阔谈䜩，心念旧恩〔十一〕。

月明星稀，乌鹊南飞。

绕树三匝，何枝可依〔十二〕？

山不厌高，海不厌深〔十三〕。

周公吐哺，天下归心〔十四〕。

■ 注释

〔一〕《短歌行》属《相和歌·平调曲》，古辞已佚。乐府有《短歌行》亦有《长歌行》，据《乐府解题》，其分别在歌声之长短。曹操的《短歌行》，《乐府诗集》载两首，这里选的是第一首。

〔二〕当：同于门当户对之"当"。或以为作应当之"当"解，亦可。

〔三〕去日：已经逝去的岁月。苦：患。这两句借早晨见阳光即干的露水喻人生之短促，而感伤于时光流逝得太快了。

〔四〕慨当以慷：即"当慷而慨"，"慷慨"二字颠倒并间隔开来，系出于叶韵和足成四字句之需要。幽思：深深隐藏着的心事。这两句云由于"幽思难忘"，所以歌声慷慨激昂。

〔五〕何以：以何。杜康：相传是发明造酒之法的人，一说是黄帝时人，一说是周代人，这里作为酒的代称。

〔六〕衿（jīn）：衣领，"青衿"为周代学子的服装。悠悠：长远貌，形容思念之情。这两句用《诗经·郑风·子衿》成句，来表达对贤才的思慕。

〔七〕君：指所思慕的贤才。沉吟：低吟深思。这两句说只是为了所思慕的贤才，所以才低吟深味《子衿》之诗。

〔八〕呦呦（yōuyōu）：鹿鸣声。苹：艾蒿。这四句系借用《诗经·小雅·鹿鸣》前四句成句，《鹿鸣》本为宴宾客的诗，这里用以表达自己招纳、礼遇贤才的热情。

〔九〕掇（duō）：采拾。一作"辍"，停止。这四句以月亮的永远不会停止运行比喻自己内心的忧思永无断绝，来进一步说明求贤不得的焦虑。

〔十〕陌、阡：俱为田间小道，南北曰"阡"，东西曰"陌"。古谚有"越陌度阡，更为客主"之语，这里借用成语，云客人远道来访。枉：枉驾、屈就。用：以。存：省视。

〔十一〕契阔：契为投合之意，阔为疏远之意，这里"契阔"为偏义复词，偏用"契"的意思。讌：同"宴"。旧恩：旧日的情谊。这两句说久别重逢，两情相契，彼此思念着过去的情谊，在一起谈心宴饮。

〔十二〕匝（zā）：周、围。此四句以乌鹊比喻贤才，意为贤才们都在寻找依托，但哪儿才是他们可靠的托身之所呢？

〔十三〕《管子·形势解》："海不辞水，故能成其大；山不辞土石，故能成其高；明主不厌人，故能成其众；士不厌学，故能成其圣。"两句本此，比喻贤才多多益善。

〔十四〕哺：口中咀嚼着的食物。吐哺，吐出口中正在咀嚼的饭食，此处指中途停止吃饭。《韩诗外传》卷三载周公曰："吾文王之子，武王之弟，成王之叔父也。又相天下。吾于天下亦不轻矣！然一沐三握发，一饭三吐哺，犹恐失天下之士。"这两句进一步申言求贤建业的心意，表示要像周公"一沐三握发，一饭三吐哺"那样虚心诚意地对待贤才，以得到天下人的拥戴。

■ 简评

本诗为曹操的代表作之一，诗中抒发了作者渴求贤才以完成统一大业的理想。开头八句，诗人痛感于时光易逝、人生短促，因而发出了"人生几何"之深叹，并且欲用酒来排遣心中的忧思。但是，作为英雄豪杰，诗人并未一味地沉浸于年华易逝、生命难永的感伤之中，而更主要的是时刻不忘心中任用贤才、建功立业的抱负。所以，"青青子衿"以下八句，诗人借用《诗经》的成句，表达了自己思贤若渴的愿望。然而，贤才何时能得，壮志何日可酬？因而产生了诗人的又一层忧思，这就是"明明如月"以下八句所表现的诗人对月抒怀，诉因思念贤才和事业未成而带来之满腹惆怅，以及盼望贤士们四方而来的急切之情。"月明星稀"以下八句为全诗之高潮，诗人委婉诚挚地诱导天下贤才尽早做出归依选择，并表示自己要像高山不辞土石、大海不弃涓流那样虚怀若谷、收纳贤才，会像周公那样屈尊克己、礼贤下士，从而达到"天下归心"之宏图大略。

本诗于深沉悲凉的吟叹之中激荡出慷慨昂扬的激越之情，体现了处于动乱现实中的诗人建功立业的艰辛和坚定的信念。诗中运用了丰富的艺术表现手法，淋漓尽致地展示了诗人回旋起伏的心绪，无论是他的忧愁，还是渴望以及壮心，无不跃然纸上。

观沧海 [一]

东临碣石，以观沧海 [二]。
水何澹澹，山岛竦峙 [三]。
树木丛生，百草丰茂。

秋风萧瑟，洪波涌起。

日月之行，若出其中；

星汉灿烂，若出其里〔四〕。

幸甚至哉，歌以咏志〔五〕。

■ **注释**

〔一〕《观沧海》为曹操《步出夏门行》诗的第一章（全诗共分五部分），最前为"艳"，相当于前奏曲，往下四章分别为《观沧海》《冬十月》《土不同》《龟虽寿》。《步出夏门行》是乐府歌曲名，又称《陇西行》，属《相和歌·瑟调曲》。

〔二〕碣石：山名。碣石山有二，一为《汉书·地理志》所载右北平郡骊成县（今河北乐亭县西南）的大碣石山（后沉陷海中），一为今河北昌黎县的碣石山，这里指前者，曹操征乌桓时曾经过此山，登临观海。沧海：指渤海。

〔三〕澹澹：水波摇荡的样子。竦峙：耸立。

〔四〕星汉：星斗、银河。

〔五〕幸：吉庆、庆幸。咏志：一作"言志"。末两句是合乐时所加，每章章末均有，与正文无关。

■ **简评**

建安十二年（207）五月，曹操出兵征乌桓，七月出卢龙塞，九月胜利班师，归途中经过碣石山，登临观沧海，写下了这首气势壮阔的诗。该诗实际上是魏晋南北朝时期描写山水一类诗的发轫之作，诗中已开始将山水自然作为审美对象进行独立的品赏，体现了当时山水意识的觉醒。诗的开头两句写诗人登高眺望，大海全貌尽收眼底。接下来四句写眺望中所见大海景象：水波在缓缓地流荡，山岛耸立在海面上，岛上树木丛生，百草丰茂；转眼间，劲疾凄厉的秋风袭来，海水涌起滔天巨浪。前者为静景，展示了大海的恬静美丽；后者为动景，展示了大海的豪放疾迅、浩瀚不羁。最后四句，写诗人面对汹涌浩荡的海水所联想到的景况：大海浩瀚无垠，仿佛日月的运行就在其中，星光灿烂的银河也仿佛出自它的怀抱。这是写沧海包容之大，大有吞吐宇宙的气概。

前人评曹操诗的美学风格曰："魏武帝如幽燕老将，气韵沉雄。"(《敖陶孙诗评》)这首诗即具有这样的风格特点。诗人以跌宕的笔势，不但写出了浩淼无际的大海的形象和魅力，而且其中也融进了自己的人格理想和政治抱负。全诗力度浑壮，气势恢宏，意境深远，表现了诗人如海一般壮阔、豪迈的激越情怀。

龟虽寿〔一〕

神龟虽寿，犹有竟时〔二〕。

螣蛇乘雾，终为土灰〔三〕。

老骥伏枥，志在千里；

烈士暮年，壮心不已〔四〕。

盈缩之期，不但在天〔五〕；

养怡之福，可得永年〔六〕。

幸甚至哉，歌以咏志。

■ **注释**

〔一〕本篇是《步出夏门行》的末章。

〔二〕神龟：龟之通灵者。古人以龟代表长寿的动物，而被认为通灵的"神龟"，自然便会更加长寿了。竟：终。《庄子·秋水》中有"吾闻楚有神龟死已三千岁矣"之语。

〔三〕螣（téng）蛇：一作"腾蛇"，为传说中之神物，与龙同类，能乘雾而飞。《韩非子·难势》中有关于"腾蛇游雾"的描写。此四句言传说中的神物也有生命告终之时。

〔四〕骥：千里马。枥（lì）：马棚。伏枥，卧在马棚中。烈士：刚正不阿、重义轻生或积极进取建功立业的人士。不已：不止。这四句以老骥虽然蜷伏马棚，但仍志在千里驰骋自比，表明有雄心壮志者，到了暮年，远大抱负仍不衰减。

〔五〕盈缩：指进退、升降、成败、祸福等。这两句言成败祸福不全然由天安排。

〔六〕养怡：犹养和。此二句言养性保和也可以延年益寿。

■ 简评

　　这首《龟虽寿》是曹操诗歌中脍炙人口的名篇之一。诗篇抒发了诗人老当益壮的奋发进取精神，体现了积极昂扬的人生观，是诗人英雄襟怀的展现。该诗最能体现曹操诗歌悲凉慷慨的风格特点，全诗气势雄豪，刚迈俊爽，诗语古直，诗境浑远，正是成为一代诗美特征的"建安风骨"之具体表现。陈祚明评说："孟德所传诸篇，虽并属拟古，然皆以写己怀来，……本无泛语，根在性情，故其跌宕悲凉，独臻超越。"（《采菽堂古诗选》）所言极是。又四言体自《诗经》以后便逐渐衰落，两汉文人的四言诗少有成功之作，而曹操却继承、发展了"风"、"雅"的艺术传统，写出了包括此篇在内的多首四言名篇，使四言诗重新放出光彩，从而对以后嵇康、陶渊明等人的四言诗产生了很好的影响。

苦寒行〔一〕

北上太行山，艰哉何巍巍〔二〕！

羊肠坂诘屈〔三〕，车轮为之摧。

树木何萧瑟，北风声正悲。

熊罴对我蹲，虎豹夹路啼〔四〕。

谿谷少人民，雪落何霏霏〔五〕！

延颈长叹息，远行多所怀〔六〕。

我心何怫郁，思欲一东归〔七〕。

水深桥梁绝，中路正徘徊〔八〕。

迷惑失故路，薄暮无宿栖〔九〕。

行行日已远，人马同时饥。

担囊行取薪，斧冰持作糜〔十〕。

悲彼《东山》诗，悠悠令我哀〔十一〕。

■ 注释

〔一〕《苦寒行》为乐府歌曲名，属《相和歌·清调曲》。《乐府解题》云："晋乐奏魏武帝《北上篇》，备言冰雪谿谷之苦。其后或谓之《北上行》，盖因武帝辞而拟之也。"此诗作于建安十一年（206）征高干时。高干是袁绍的外甥，降曹后又反，举兵拒守于壶关口，曹操从邺城发兵，征讨之，时在正月。

〔二〕太行山：指河内的太行山，在今河南省沁阳市北，为太行山的支脉。曹操自邺城经河内西北度太行山，故曰"北上"。巍巍：高峻貌。

〔三〕羊肠坂（bǎn）：指从沁阳经天井关到晋城的道。诘（jié）屈：盘旋纡曲。

〔四〕罴（pí）：一种大熊，也叫人熊。啼：号叫。这两句言途经荒山多遇猛兽。

〔五〕谿：通"溪"。霏霏（fēifēi）：下雪貌。

〔六〕延颈：伸长脖子眺望。这两句言眺望远方，不禁长叹；远征在外，心中更多怀念。

〔七〕怫郁（fúyù）：忧愁不安。这两句言心中忧愁不安，想归回故乡。

〔八〕中路：中途。

〔九〕故路：原来的路。宿栖：住宿的地方。

〔十〕斧冰：凿冰。"斧"为动词。糜：粥。这两句言挑着行囊去拾柴。凿冰化水煮粥。

〔十一〕东山：《诗经·豳风》篇名，诗中描写了远征的士卒还乡时所受的困苦，旧说为周公所作。此处提到《东山》诗，一则用来比照当前行军的苦状，二则以周公自喻。悠悠：深长貌。

■ **简评**

刘勰在论建安文学的特点时说道："自献帝播迁，文学蓬转，建安之末，区宇方辑。……观其时文，雅好慷慨，良由世积乱离，风衰俗怨，并志深而笔长，故梗概而多气也。"（《文心雕龙·时序》）赞扬了建安诗歌，认为其时的诗歌思想感情表现鲜明爽朗，语言精要劲健，形成了两种刚健有力的风格。刘勰之后，钟嵘在《诗品》中概括建安诗歌的这种风格特征为"建安风力"。本诗即是一首具有"风力"即"风骨"的佳作。如同《薤露行》《蒿里行》一样，本诗也是曹操"闵时悼乱、歌以述志"（朱嘉徵《乐府广序》卷八《魏风·相和曲》）之作。本诗写行军时的艰苦，既写出了环境的险恶及军队在途中所受的煎熬，又写出了征人的心态，同时还表达了诗人同情长期征战的士卒，渴望结束战争、实现统一的愿望。诗中融叙事、写景、抒情为一体，语言纯朴，是表现军旅生活的佳作。

本诗同曹操的其他诗作一样，也是运用汉乐府旧调旧题来写新的内容。同时，采用的又是在当时还是新兴诗体的五言体。这些，在文学史上都具有首创的意义，对后世的影响是不言而喻的。

曹 丕（两首）

　　曹丕（187—226），字子桓，曹操次子。建安二十二年（217）立为魏太子，二十五年（220）代汉自立，国号魏，黄初七年（226）死，谥文帝。曹丕是"一位旧式明君的典型"（郭沫若《论曹植》），他效法汉文帝清静无为、与民休息的政策，在执政期间施行了一些开明的制度，如轻刑罚、薄赋税、禁淫祀、罢墓祭等等，对发展中原地区的生产力方面起了一定的进步作用。但是，他为向豪强大族让步而建立的"九品中正法"，为以后四五百年间的世族门阀制度开了先河，在历史上起了不良的作用。

　　曹丕与其父曹操、其弟曹植同为建安文坛的领袖人物。他的诗现存约四十首，四言、五言、六言、七言、杂言等各种形式均有，而以五言居多，占半数以上，内容多写男女爱情和游子思妇的离情别绪，其中《燕歌行》是现存最早且形式上较完善的七言诗。在风格方面，他一改其父悲凉慷慨的特点，而为自然清丽、细腻委婉，对魏晋以后诗歌讲求华丽辞藻的风气产生了影响。又他的《典论·论文》为我国文学批评史上最早的专篇论文，具有重要的地位。他的作品有辑本《魏文帝集》，诗歌注本以黄节的《魏文帝诗注》较为详备。

燕歌行〔一〕（二首选一）

秋风萧瑟天气凉〔二〕，草木摇落露为霜〔三〕。
群燕辞归鹄南翔〔四〕，念君客游多思肠〔五〕。
慊慊思归恋故乡〔六〕，君何淹留寄他方〔七〕？
贱妾茕茕守空房〔八〕，忧来思君不敢忘，
不觉泪下沾衣裳〔九〕。
援琴鸣弦发清商〔十〕，短歌微吟不能长〔十一〕。
明月皎皎照我床，星汉西流夜未央〔十二〕。
牵牛织女遥相忘，尔独何辜限河梁〔十三〕！

■ **注释**

〔一〕《燕歌行》，乐府旧题，属《相和歌辞·平调曲》。题中地名主要表示声音的地方特点，后声音失传，便只用来写各地风土人情。又因"燕"是古代北方边地，征戍不断，所以该题大多用来描写征戍之苦和征人思妇的离情。曹丕的《燕歌行》共两首，这里选的是第一首。

〔二〕萧瑟：风声。

〔三〕摇落：零落，凋残。

〔四〕辞归：告别北方，飞回南方。鹄：天鹅。鹄一作"雁"。

〔五〕君：女主人公对丈夫的称呼。客游：客居异乡。思肠：思念故乡的感情。

〔六〕慊慊（qiànqiàn）：愁怨的样子。以上五句用托物起兴的手法，写女主人公设想丈夫在外，也会触景生情，思归故乡而痛苦难耐。

〔七〕淹留：久留。寄：寄旅。此句承上句而设问，意为既然你为思归而苦恼，为何又久留他乡而不归来呢？

〔八〕贱妾：女主人公对自己的谦称。茕茕（qióngqióng）：孤独忧伤的样子。

〔九〕沾：浸湿。

〔十〕援：取。清商：曲调名，音节短促，音量纤细。

〔十一〕短歌：指按清商曲调弹出来的音节短促的曲子。微吟：低声吟唱。音节短促，故云"不能长"。

〔十二〕星汉：指银河。西流：运转西落。初秋黄昏之时，牵牛织女之间的一段银河在正中天，到了夜深时，运转到西边，故云。

〔十三〕牵牛织女：星名，各在银河一方，神话传说中他们是一对夫妻，被银河阻隔，每年七月七日夜由喜鹊搭桥，才能相会一次，平时只能隔河相望。尔：你们，指牵牛、织女。独：偏偏。辜：通"故"。河梁：河上的桥。这两句女主人公借牛郎织女的故事而自伤，问牛郎织女，同时也就是对自己夫妻分离的怨叹。

■ 简评

　　本诗是我们现在所能见到的最早、最完整的一首七言诗，在七言诗的发展历史上占有极其重要的地位。在此之前，七言形式虽然在汉代民间歌谣中已经出现，但一直没有受到文人的重视。东汉张衡的《四愁诗》基本上已是七言形式，但句子中间带有"兮"字，尚没有完全摆脱楚辞体的影响。因而，该诗作为中国诗歌史上第一首完整的七言诗，历来倍受重视。

　　本诗写一个妇女在秋夜思念客游在外的丈夫，无不写得情意缠绵，韵致悠远，体现了曹丕诗清绮宛转的风格特点。在艺术手法上，诗人熔抒情与写景于一炉，具有极高的艺术成就，为描写思妇之名作。清人王夫之评该诗云："倾情倾度，倾音倾声，古今无两。"（近人黄节《魏文帝诗注引》）该诗句句入韵，一韵到底，这种每句叶韵的七言诗体在文学史上称"柏梁体"。

杂 诗^{〔一〕}（二首选一）

西北有浮云，亭亭如车盖^{〔二〕}。

惜哉时不遇，适与飘风会^{〔三〕}。

吹我东南行，行行至吴会^{〔四〕}。

吴会非我乡，安得久留滞。

弃置勿复陈，客子常畏人^{〔五〕}。

■ **注释**

〔一〕"杂诗"这一名称始见于《昭明文选》所选汉、魏人诗的题目。这些诗原先大概都有题目，后题目失传，选编者便统称之为"杂诗"。李善云："杂者，不拘流例，遇物即言，故云杂也。"（《文选》王粲《杂诗》注）故此"杂诗"意近于"杂感"。曹丕的《杂诗》共两首，俱为游子诗，此选是其二。

〔二〕亭亭：孤高的样子。车盖：古代的车篷，形如大伞。

〔三〕时不遇：没遇上好时机。适：恰巧。飘风：暴起之风。此二句言这朵浮云可惜没有遇上好的时机，恰巧碰上了一阵暴风。

〔四〕我：浮云自称，亦指游子。吴会：指当时的吴郡（治所在今江苏省苏州市）和会稽郡（治所在今浙江省绍兴市），诗中举此二地，乃喻漂泊周流之远。

〔五〕留滞：停留不去。弃置：放在一边。陈：陈述。"弃置勿复陈"是乐府诗中常见的套语。这四句写异乡不可久留，客子势单，怕人欺负，而言外则有种种辛酸与思乡之情。

■ 简评

　　此诗描写游子久客异地而思念故乡的抑郁情怀，构思相当精巧，通篇以浮云设喻，取浮云与游子二者神似之处引发开去，浮云游子化，游子浮云化，即此即彼，莫能辨分，从而带动了诗情的发展，丰富了诗歌的意象，达到了出神入化的境界。该诗在表现手法上还吸收了"古诗"明白畅晓、言情不尽的优点，把游子的遭际之感和思乡之情写得委婉而深沉，确实是"以自然为宗，言外有无穷悲感"（沈德潜《古诗源》卷五）。表现游子思乡之情是我国古典诗歌的一大主题，而诗人们笔下那背井离乡、漂泊东西的游子，以及他们的命运沉浮之叹和怀乡念亲之思，又无不从一个侧面反映了那个时期如飘风般恣肆暴虐的动乱社会现实。曹丕此诗正是写"游子思乡"主题，其中也流露了对当时战乱环境的厌倦情绪。前人以为该诗是因作者害怕曹操改立曹植为世子而作，未必可信。

蔡 琰（一首）

　　蔡琰（生卒年不详），字文姬，陈留围（今河南省杞县南）人。其父蔡邕为汉末著名学者，以文章闻名。据《后汉书》记载，文姬"博学有才辨，又妙于音律"。初嫁卫氏，夫亡无子，归宁于家。董卓之乱中被乱军所虏，后流落南匈奴，嫁与胡人，生二子。身陷匈奴十二年之久，中原平定后，被曹操赎回，再嫁董祀。作品今传有五言和骚体《悲愤诗》各一首及《胡笳十八拍》，其中五言《悲愤诗》可信为蔡琰所作，其余二首的真伪尚无定论。

悲愤诗

汉季失权柄〔一〕，董卓乱天常〔二〕。
志欲图篡弑〔三〕，先害诸贤良〔四〕。
逼迫迁旧邦〔五〕，拥主以自彊〔六〕。
海内兴义师〔七〕，欲共讨不祥〔八〕。
卓众来东下〔九〕，金甲耀日光。
平土人脆弱〔十〕，来兵皆胡羌〔十一〕。
猎野围城邑，所向悉破亡〔十二〕。

斩截无孑遗[十三]，尸骸相撑拒[十四]。

马边悬男头，马后载妇女[十五]。

长驱西入关，迥路险且阻[十六]。

还顾邈冥冥，肝脾为烂腐[十七]。

所略有万计，不得令屯聚[十八]。

或有骨肉俱[十九]，欲言不敢语。

失意几微间，辄言"毙降虏[二十]。

要当以亭刃[二十一]，我曹不活汝[二十二]。"

岂复惜性命，不堪其詈骂[二十三]。

或便加棰杖，毒痛参并下[二十四]。

旦则号泣行[二十五]，夜则悲吟坐。

欲死不能得，欲生无一可。

彼苍者何辜，乃遭此厄祸[二十六]？

边荒与华异[二十七]，人俗少义理[二十八]。

处所多霜雪，胡风春夏起[二十九]。

翩翩吹我衣，肃肃入我耳[三十]。

感时念父母，哀叹无穷已。

有客从外来[三十一]，闻之常欢喜。

迎问其消息[三十二]，辄复非乡里[三十三]。

邂逅徼时愿，骨肉来迎己[三十四]。

己得自解免[三十五]，当复弃儿子[三十六]。

天属缀人心[三十七]，念别无会期。

存亡永乖隔[三十八]，不忍与之辞[三十九]。

儿前抱我颈，问"母欲何之[四十]？

人言母当去，岂复有还时？

阿母常仁恻[四十一]，今何更不慈？

我尚未成人，奈何不顾思[四十二]？"

见此崩五内[四十三]，恍惚生狂痴[四十四]。

号泣手抚摩〔四十五〕，当发复回疑〔四十六〕。

兼有同时辈〔四十七〕，相送告离别。

慕我独得归，哀叫声摧裂〔四十八〕。

马为立踟蹰，车为不转辙〔四十九〕。

观者皆歔欷〔五十〕，行路亦呜咽〔五十一〕。

去去割情恋〔五十二〕，遄征日遐迈〔五十三〕。

悠悠三千里，何时复交会〔五十四〕？

念我出腹子〔五十五〕，胸臆为摧败〔五十六〕。

既至家人尽〔五十七〕，又复无中外〔五十八〕。

城郭为山林〔五十九〕，庭宇生荆艾〔六十〕。

白骨不知谁。从横莫覆盖〔六十一〕。

出门无人声，豺狼号且吠。

茕茕对孤景〔六十二〕，怛咤糜肝肺〔六十三〕。

登高远眺望，魂神忽飞逝。

奄若寿命尽〔六十四〕，旁人相宽大〔六十五〕。

为复彊视息，虽生何聊赖〔六十六〕？

托命于新人〔六十七〕，竭心自勖厉〔六十八〕。

流离成鄙贱〔六十九〕，常恐复捐废〔七十〕。

人生几何时，怀忧终年岁〔七十一〕。

■ 注释

〔一〕汉季：汉末。失权柄：指东汉末年朝廷大权被宦官、外戚所把持，皇帝大权旁落，仅为傀儡。

〔二〕天常：天之常道，用以喻指朝廷纲纪。东汉末年，凉州军阀董卓窜入洛阳，"挟天子以令诸侯"，专横暴戾，掠杀百姓，胁迫汉献帝迁都长安，故此句言"乱天常"。

〔三〕图：谋。篡弑（cuànshì）：臣子杀君夺位。中平六年（189）汉灵帝死后，董卓应何进之召引兵入都，先废少帝刘辩为弘农王，次年又杀之，立陈留王刘协为帝。

〔四〕诸贤良：指被董卓杀害的督军校尉周珌、城门校尉伍琼等。

〔五〕旧邦：指西汉故都长安。此句言董卓逼迫君臣从洛阳迁往长安。

〔六〕拥主：即挟天子以令诸侯之意，"拥"在这里有挟制意。此句言董卓操纵献帝以壮大自己的声威。

〔七〕义师：指讨伐董卓的军队。初平元年（190），关东州郡皆起兵讨董，袁绍为盟主。

〔八〕不祥：指董卓一伙作恶的人。祥，善。

〔九〕卓众：指董卓的部将李傕、郭汜等带领的军队。据《三国志·董卓传》，初平三年（192）李、郭的军队从长安附近出函谷关东下陈留、颍川（今河南许昌市东）诸县，大肆掠杀，蔡琰被掳当即在此时。

〔十〕平土：平原，这里指中原地区。

〔十一〕胡羌：古时称北方地区的少数民族为胡，称西部地区的少数民族为羌。李、郭军队中多羌、胡族人，故云。

〔十二〕猎野：在郊野围猎，这里指胡兵在乡间攻杀抄掠。所向：所到之处；悉：全都。这两句说，董卓的军队在中原地区抄掠乡村、攻击城市，所到之处，无不破坏。

〔十三〕斩截：斩断，这里指杀人。无孑（jié）遗：一个也没有留下。孑，独，单个。本句化用《诗经·大雅·云汉》诗句："周余遗民，靡有孑遗"，意谓李、郭乱军杀人如麻。

〔十四〕相撑拒：互相支拄，形容尸体众多堆积杂乱。

〔十五〕这两句描写乱军所到之处屠杀男子、掳掠妇女的暴行。《三国志·董卓传》记述董卓军队抄掠阳城时的情形为："时适二月社，民各在其社下，（卓军）悉就断其男子头，驾其车牛，载其妇女财货，以所断头系车辕轴，连轸而还洛，云攻贼大获，称万岁。"

〔十六〕西入关：指李、郭军队掠杀陈留等地后又西入函谷关返回关中。迥（jiǒng）：远。这两句写蔡琰和其他被掠的人被带入关中。

〔十七〕还顾：回头远望，指回望家乡。邈冥冥：邈远迷茫。这两句是说，在被掳西行途中，回望故乡，路远迷茫，在痛苦的折磨下，肝脾都快要烂了。

〔十八〕略：同"掠"。屯聚：聚集在一起。万计：言其众多。

〔十九〕骨肉俱：亲人一道被掳来了。

〔二十〕失意：不合意。几微：稍微。辄言：动不动就说。降虏：指被掳者。这两句连同下两句说，被掳掠的人行动稍不合意，乱军便就张口大骂："杀了你们这些囚徒！活该挨刀子的家伙，我们送你上西天。"

〔二十一〕要当：应当。亭刃：挨刀。亭，通"停"。或以为"亭"是"椁"的省字，椁是击刺之意。

〔二十二〕我曹：我们，乱军自称。不活汝：不让你活了。

〔二十三〕詈（lì）：骂。这两句写被掳掠的人痛不欲生，不想活了。

〔二十四〕毒痛：指内心的恨和身上的痛苦。毒，恨。参并下：交加而来。

〔二十五〕旦：天亮。

〔二十六〕彼苍者：指天。《诗经·黄鸟》："彼苍者天。"何辜：何罪。厄（è）祸：灾祸。厄，同"厄"。这两句呼天而问："天哪，我们到底有什么罪过，为什么要遭受这般灾难？"

〔二十七〕边荒：边远荒凉地区，指作者转徙后定居的南匈奴（今山西省临汾市附近）。华：华夏，这里指中原地区。蔡琰如何入南匈奴人之手，史传失载，《后汉书》本传只言其时在兴平二年（195）。是年十一月李、郭等军队被南匈奴左贤王所破，可能蔡琰即在此时由李、郭军转入南匈奴军。

〔二十八〕人俗：人们的风俗习惯。义理：礼义、道理。本句暗示了作者在胡地所受的蹂躏侮辱。

〔二十九〕胡风：北风。

〔三十〕肃肃：风声。

〔三十一〕从外来：自中原地区来到南匈奴。外，这里指中原地区。

〔三十二〕迎问：迎上前去询问故乡亲人的消息。

〔三十三〕辄复：往往。此句言，来客往往不是自己同乡之人。

〔三十四〕邂逅（xièhòu）：意外遇到。徼（jiǎo）：同"邀"，求得，幸得。时愿：平时的愿望。骨肉：至亲，这里指曹操派去赎回蔡琰的使者。作者苦念故乡，见使者来迎，如见亲人，故曰"骨肉"。这两句的意思是：自己平时梦想回故乡的愿望，终于意外地得到实现了，汉朝的使者来迎接我回故乡了。《后汉书·列女传》记："（蔡琰）在胡中十二年，生二子。曹操素与邕善，痛其无嗣，乃遣使者以金璧赎之，而重嫁于祀。"

〔三十五〕解免：指脱离在南匈奴的苦难处境。

〔三十六〕当复：又要。儿子：指作者在南匈奴所生的儿子。

〔三十七〕天属：指母子间的血缘关系。缀（zhuì）人心：心心相连。

〔三十八〕存亡：生与死。乖隔：脱离。

〔三十九〕与之辞：与儿子分别。之，代指儿子。以上四句的意思是：想到母子骨肉之情，今后便要永远离别，不能再见，内心痛楚，不忍心与孩子告别。

〔四十〕何之：到哪里去。之，往。

〔四十一〕仁恻：仁慈。

〔四十二〕顾思：顾念。

〔四十三〕五内：五脏。此句言看到儿子天真的责怪和依恋，自己心痛欲碎。

〔四十四〕恍惚：精神迷糊不清。生狂痴：发狂。

〔四十五〕手抚摩：用手抚摩着自己的孩子。

〔四十六〕当发：临到出发之时。回疑：迟疑不决。

〔四十七〕同时辈：同时被掳入胡的人。

〔四十八〕摧裂：形容送行者哀叫声之凄惨，听之令人心碎。

〔四十九〕踟蹰（chìchú）：徘徊不前。转辙：指车轮转动。这两句以车马徘徊不进烘托生离死别的凄楚惨痛场面。

〔五十〕歔欷（xūxī）：悲泣抽噎的声音。

〔五十一〕行路：指过路的行人。

〔五十二〕情恋：指母子依依不舍的感情。

〔五十三〕遄（chuán）：疾速。征：快速赶路。日遐迈：一天比一天地走远了。遐、迈，俱是远的意思。

〔五十四〕交会：见面。

〔五十五〕出腹子：亲生的儿子。

〔五十六〕胸臆：指心。

〔五十七〕既至：回到故乡。

〔五十八〕中外：指中表近亲。中，指舅父的子女，为内兄弟。外，指姑母的子女，为外兄弟。

〔五十九〕为：变为。

〔六十〕荆艾：荆棘和艾蒿，泛指杂草。

〔六十一〕从横：纵横。从，同"纵"。

〔六十二〕茕茕：孤独的样子。景：通"影"。

〔六十三〕怛咤（dázhà）：悲苦的呼喊。麋（mí）：烂。

〔六十四〕奄若：忽然之间好像。此句写作者在哀痛之中忽然感到自己的寿命到了尽头，再也活不成了。

〔六十五〕相宽大：相劝慰。

〔六十六〕彊：同"强"，勉强。视息：睁开眼睛，喘过气来。聊赖：依靠寄托，这里是"希望"、"乐趣"的意思。这两句的意思是，在众人的劝慰下，自己才勉强地活下来了，但这样勉强地活下去又有什么意思呢？

〔六十七〕托命于新人：指重嫁董祀。

〔六十八〕勖（xù）厉：勉励。

〔六十九〕鄙贱：低贱。此句言自己经过长期的流离漂泊，成为被人轻视的女人。

〔七十〕捐废：遗弃。

〔七十一〕怀忧：怀抱忧愁。

■ 简评

这是一首自叙身世际遇的叙事诗。据《后汉书·董祀妻传》记载，蔡琰归国后，"感伤乱离，追怀悲愤"，因此写下了这首用血泪凝成的长诗。全诗共由三部分组成，第一部分描写天下大乱的背景和自己被掳掠入关途中的苦楚，第二部分叙述在南匈奴的生活和得知被赎消息后的悲喜交集心情以及与儿子分别时的惨痛，最后一部分描写归途和到家后的所见所感。全诗形象鲜明，笔触细腻入微，心理刻画真实，故事情节完整，叙事与抒情达到了高度融合的境界，时代乱离的面貌，内乱外患中人民的苦难遭遇，个人的悲剧命运，都完整地交织在本诗谨严的结构中，读来无不感人肺腑，催人泪下。

陈　琳（一首）

　　陈琳（？—217），字孔璋，广陵射阳（今江苏省宝应县东）人，"建安七子"之一。先为何进主簿，后为袁绍掌管书记，后归附曹操，曾为军谋祭酒、记室、丞相门下督等职。陈琳以文章见长，尤以章表书檄诸体为最。曹丕《典论·论文》说："琳瑀（指陈琳、阮瑀）之章表书记，今之隽也。"诗歌存四首，以《饮马长城窟》为最好。有辑本《陈记室集》。

饮马长城窟行〔一〕

饮马长城窟〔二〕，水寒伤马骨。

往谓长城吏："慎莫稽留太原卒〔三〕！"

"官作自有程，举筑谐汝声〔四〕！"

男儿宁当格斗死，何能怫郁筑长城〔五〕！

长城何连连，连连三千里〔六〕。

边城多健少〔七〕，内舍多寡妇〔八〕。

作书与内舍〔九〕："便嫁莫留住！

善侍新姑嫜，时时念我故夫子〔十〕。"

报书往边地："君今出语一何鄙〔十一〕！"

"身在祸难中〔十二〕，何为稽留他家子〔十三〕？
生男慎莫举〔十四〕，生女哺用脯〔十五〕。
君独不见长城下，死人骸骨相撑拄〔十六〕。"
"结发行事君，慊慊心意关。
明知边地苦，贱妾何能久自全〔十七〕？"

■ 注释

〔一〕《饮马长城窟行》为乐府旧题，属《相和歌·瑟调曲》。本篇是陈琳借旧题写的一首新辞。

〔二〕长城窟：长城下边有水的窟穴，即今之所谓泉眼。

〔三〕长城吏：监管修筑长城的官吏。慎莫：千万不要。稽留：滞留、阻留。太原卒：从太原地区征调来的民伕。太原，秦代郡名，治所在今山西太原。这句是役卒恳求长城吏的话。

〔四〕官作：官府的工程。程：期限。筑：夯。谐：和调一致。汝：你们。此二句是长城吏回答役卒的话：官家修长城自有期限，你们快跟着夯歌打夯吧！

〔五〕怫郁：烦闷、不痛快。此二句是役卒的回答。

〔六〕连连：连绵不断的样子。此二句写长城之长，含有竣工无期、生还无望之意。

〔七〕边城：泛指长城一带的边远地区。健少：年轻健壮的男子。

〔八〕内舍：役卒的家中。寡妇：指役卒的妻子，古时凡妇人独居者皆可称"寡妇"。

〔九〕作书：写信。

〔十〕姑嫜（zhāng）：姑，婆婆。嫜，公公。故夫子：原来的丈夫。此三句是役卒写信劝妻子改嫁的话。

〔十一〕报书：回信。鄙：薄，这里指情意浅薄。这两句言妻子回信拒绝改嫁。

〔十二〕祸难：灾难，指归期无望，生死难测。

〔十三〕何为：为何。他家子：别人家的女子，这是役卒指自己的妻子。古代女子亦可称"子"。

〔十四〕举：养育成人。

〔十五〕哺（bǔ）：喂养。脯（fǔ）：肉干儿。

〔十六〕撑拄：支撑，这里指死人骸骨杂乱地堆在一起。以上六句是役卒再次写信告诉妻子的话。其中"生男"以下四句是借用秦代民歌："生男慎勿举，生女哺用脯，不见长城下，尸骸相支拄。"

〔十七〕结发：古时男子二十岁束发而冠，女子十五岁取笄（簪）结发，表示成年。这里指结为夫妇。慊慊：怨愁的样子。关：牵挂。自全：保全自己。上四句是妻子再答丈夫的话，表示坚贞不渝，誓死相从。

■ 简评

本篇"借古题，写时事"，明写秦人筑城之苦，实则隐指汉末战乱频仍、徭役繁苛、民不聊生的现实。全诗以对话的形式展开，中间插入数句旁白穿针引线；通过役夫与官吏的问答以及役夫和家中妻子的往复叮咛，深刻地反映了当时人民在封建徭役制度下的痛苦生活。近人陈去病说："《饮马长城窟行》叙述边地之苦，颇为至切。而一篇之中，官吏督责，夫妇书问；其声口之严厉哀戚，莫不惟妙惟肖，洵《羽林》、《罗敷》之流亚也。"指出了此诗的艺术特色和渊源。

王　粲（一首）

王粲（177—217），字仲宣，山阳郡高平县（今山东省微山县）人，为东汉灵帝时司空王畅的孙子，"建安七子"之一。少有才名。董卓之乱后，南奔荆州避难，依附刘表十五年。后归顺曹操，先后为丞相掾、军谋祭酒、侍中等。作品情调悲凉，内容多写离乱、思乡，较深刻地反映了当时的时代特征。王粲擅长诗赋创作，在"建安七子"中成就最高，刘勰在《文心雕龙》中称其为"七子之冠冕"。存诗二十多首。有辑本《王侍中集》。

七哀诗〔一〕（三首选一）

荆蛮非吾乡，何为久滞淫〔二〕。

方舟泝大江，日暮愁我心〔三〕。

山冈有余映〔四〕，岩阿增重阴〔五〕。

狐狸驰赴穴，飞鸟翔故林〔六〕。

流波激清响，猴猿临岸吟。

迅风拂裳袂〔七〕，白露沾衣襟。

独夜不能寐，摄衣起抚琴〔八〕。

丝桐感人情〔九〕，为我发悲音。

羁旅无终极〔十〕，忧思壮难任〔十一〕。

■ 注释

〔一〕王粲的《七哀诗》共三首，这里选的是第二首。

〔二〕滞淫：停留、淹留。王粲在《登楼赋》中说："虽信美而非吾土兮，曾何足以少留！"与此二句意同。

〔三〕方舟：两船相并。泝（sù）：同"溯"，逆流而上。此二句写日暮乘船时所引起的思乡之情。

〔四〕余映：夕阳余晖。

〔五〕岩阿：山之曲隩处。重阴：深暗的样子。

〔六〕此二句取意于楚辞《哀郢》："鸟飞还故乡兮，狐死必首丘。"以狐死首丘、鸟还故林喻比漂泊在外的人对故乡的思念之情。

〔七〕裳袂（mèi）：裳为下衣，袂为衣袖。

〔八〕摄衣：整衣。

〔九〕丝桐：指琴。桓谭《新论》云："削桐为琴，丝绳为弦。"

〔十〕羁旅：寄居异地作客。

〔十一〕壮：盛，指忧思深重。难任：难以忍受。《登楼赋》云："情眷眷而情归兮，孰忧思之可任！"

■ 简评

本篇为怀乡之作。建安前期的荆州，与曹操所处的邺下相同，也是一个文士集中的地方。但是，由于刘表的庸碌无为，不能鉴识人才，故使四方来投的文士倍感失望。本诗所表现的就是作者在这种处境下所产生的怀乡之情，而在这种极度寂寞忧伤的背后所隐藏着的是政治上的失意与苦闷。久居异地，怀乡思归，日暮凭眺，独夜不寐，触处皆生悲凉，这种意象我们在魏晋诗人的篇什中随处可见，这正是时代的赠予。多难的时代铸造了诗人们苦难的灵魂，发为一代悲音，王粲此诗正是对自身命运的一次长歌当哭。方东树《昭昧詹言》曾评王粲的《七哀诗》："苍凉悲慨，才力豪健，陈思而下，一人而已。"刘熙载《艺概·诗概》说："王仲宣诗出于《骚》。"指出了该诗在艺术上的特色。诗人在这时期还有一篇《登楼赋》，主旨与此诗相似，可互读。

刘 桢（一首）

　　刘桢（175？—217），字公幹，东平（今山东东平县）人，
"建安七子"之一。曹操为丞相，辟为掾属。刘桢的五言诗风格
刚劲挺拔，语言质朴，不重雕饰，在当时负有盛名。曹丕曾在
《与吴质书》中称赞他的五言诗"妙绝时人"，钟嵘《诗品》则评
论他的诗"仗气爱奇，动多振绝，真骨凌霜，高风跨俗。但气过
其文，雕润恨少。然自陈思以下，桢称独步"。评价殊高。存诗
十五首，有辑本《刘公幹集》。

赠从弟^{〔一〕}（三首选一）

亭亭山上松^{〔二〕}，瑟瑟谷中风^{〔三〕}。
风声一何盛^{〔四〕}，松枝一何劲^{〔五〕}。
冰霜正惨悽^{〔六〕}，终岁常端正^{〔七〕}。
岂不罹凝寒^{〔八〕}？松柏有本性^{〔九〕}。

■ **注释**

〔一〕刘桢的《赠从弟》共三首，这里选的是第二首。
〔二〕亭亭：高高耸立的样子。

〔三〕瑟瑟：风声。

〔四〕一何：副词，犹言多么。盛：强劲。

〔五〕劲：坚定。

〔六〕惨悽：严酷。

〔七〕终岁：终年。端正：挺拔、正直。

〔八〕罹（lí）：遭受。凝寒：严寒。

〔九〕本性：固有的本性，即秉性坚贞，不畏严寒的品格。

■ **简评**

　　本篇纯用比兴手法，以挺立于高山之上、勇于抗迎风寒冰霜的松树为喻，勉励堂弟坚贞自守，不要屈服于外力的压迫。这既是勉励别人，也是自况。全诗结构严谨，承转自如，言近意远，平淡而有思致。组诗的其他两首，一写苹藻，一写凤凰，亦全用比兴，笔法立意与本篇无别。

曹　植（九首）

　　曹植（192—232），字子建，曹操第三子，曹丕同母弟。生前曾封陈王，死后谥曰"思"，世称陈思王。自小在军旅中长大，天资聪敏，颇受曹操宠爱，几立为太子，但终因"任性而行，不自彫励，饮酒不节"（《三国志·魏书》）而失宠。曹丕即位后，他备受猜忌和迫害，多次贬爵徙封。曹叡即位后，他多次上疏请求任用，均遭拒绝，终于在困顿苦闷中死去。

　　曹植的生活和创作，可以曹丕即位之年（220）为界而分为前后两期。前期诗歌主要表现他的政治抱负和对建功立业的向往，亦有一些反映战乱和人民疾苦的篇章。后期诗歌更多地表现他在遭受政治迫害之下个人的不幸遭遇，吐露了他的痛苦、愤懑，以及渴望自由、欲求解脱的心声。也有一些歌咏贵公子宴游生活内容较平庸的篇什，作为发泄苦闷、渴求自由、超越之产物的大量游仙诗中也流露出了追求享乐、企慕长生永寿的思想。

　　曹植是代表了建安文学最高成就的作家。他的诗流传九十多首，以五言为主，在艺术上取得了突出的成就，情采飞扬，清新刚健，自然流丽，《诗品》评为："骨气奇高，词采华茂，情兼雅怨，体被文质。"他注重向汉乐府民歌学习，注重作品的声律，对于五言诗的发展做出了重大贡献。他的章表辞赋亦很著名，《洛神赋》为抒情赋之名篇。

　　有《曹子建集》，清人丁晏所编《曹集诠评》和今人赵幼文的《曹植集校注》都是较好的评校、校注本。又近人黄节有《曹子建诗注》，笺注较详。

薤露行 [一]

天地无穷极，阴阳转相因 [二]。
人居一世间，忽若风吹尘 [三]。
愿得展功勤，输力于明君 [四]。
怀此王佐才，慷慨独不群 [五]。
鳞介尊神龙，走兽宗麒麟 [六]。
虫兽犹知德，何况于士人。
孔氏删《诗》《书》，王业粲已分 [七]。
骋我径寸翰，流藻垂华芬 [八]。

■ **注释**

〔一〕《薤（xiè）露》为汉乐府古题名，属《相和歌·相和曲》。这里曹植是借用乐府旧题而写作新辞。

〔二〕穷：犹言"终"也。转相因：互为因果，互相转化。这两句言日月运行，四时循环，交相更替，无始无终。

〔三〕忽：急速。此二句言生命短促。《古诗》："人生寄一世，奄忽若飙尘。"

〔四〕功勤：功劳。输力：效力。

〔五〕王佐才：辅佐君王的才能。佐，扶助，辅佐。慷慨：悲壮的感情。独不群：卓然独立，不同于流俗。子建《前录自序》："余少而好赋，其所尚也，雅好慷慨。"

〔六〕鳞介：同鳞甲，这里指生有鳞甲的动物。宗：尊。麒麟：古

代传说中的一种象征祥瑞的兽。此二句说水族以龙为尊长，走兽以麒麟

为宗主。

〔七〕孔氏：指孔子，名丘，字仲尼。春秋末期鲁国人，儒家学派的

创始人。删《诗》、《书》：指孔子整理古代典籍。《史记·孔子世家》说古

代的诗有三千余篇，孔子删去重复的，取其"可施于礼义"者，定为三百

零五篇，编为《诗经》。孔安国《尚书序》说孔子："讨论《坟》、《典》，

断自唐虞以下，讫于周。芟夷烦乱，剪截浮辞。"编成《尚书》百篇。王

业粲已分：言自从孔子删定《诗》、《书》之后，圣王的事业便很明白地分

列在典籍之中了。此二句盛赞孔子整理、删述《诗》、《书》的意义之大。

〔八〕骋我径寸翰：挥洒我的圆径不过一寸的笔。骋：奔驰。翰：

毛笔。"骋翰"即为纵笔。流藻：写文章，著书立说。藻，本意为有花

纹的水草，后用为词藻，这里指文章。华芬：花的芳香。此二句言我要

（像孔子一样）借著作而流芳百世。

■ 简评

本诗是诗人的言志之作。

曹植曾在《与杨德祖书》中说道："吾虽薄德位为藩侯，犹

庶几戮力上国，流惠下民，建永世之业，留金石之功，岂徒以翰

墨为勋绩，辞赋为君子哉？"又说："若吾志未果，吾道不行，

则将采庶官之实录，辩时俗之得失，定仁义之衷，成一家之言。"

这正可与本诗互为注脚。在本诗中，诗人慨叹于天地之无穷、人

生之有限，而希望能在短暂的生命中建功立业，即使不能，也

要退而求其次，驰骋笔翰，靠文采而留名后世。《左传》曰："太

上有立德，其次有立功，其次有立言，虽久不废，此之谓三不

朽。""立德"、"立言"、"立业"，作为"三不朽"事业，是古代

文人士大夫们普通的人生价值追求。曹植在兄弟中最有才能，他

不但长于文学，而且还自认具备治理天下的本领，曹操也认为

他"最可定大事"（《三国志》注引《魏武故事》）。因此，他怀有

输力明君的强烈愿望，执着于勋业、荣名的追求。但由于政治上的失意，竟使他的意念无法实现。可是又受立名于世的价值观支配，他便转而欲借著述来求得垂名后世。《三国志·魏志》注引《魏略》曾记："陈思王精意著作，食饮损减，得反胃疾。"正可见他虽处患忧而不厌弃人生，仍执着于以文章翰墨传名于世之追求。

此诗以"天地"、"阴阳"起篇，语势浑阔，体现了曹植诗工于发端的特点。全诗议论与抒情巧妙结合，气象雄浑，悲歌慷慨，正是建安诗歌"梗概多气"特点之具现。

野田黄雀行〔一〕

高树多悲风，海水扬其波〔二〕。
利剑不在掌，结交何须多〔三〕！
不见篱间雀，见鹞自投罗〔四〕。
罗家见雀喜〔五〕，少年见雀悲。
拔剑捎罗网〔六〕，黄雀得飞飞。
飞飞摩苍天，来下谢少年〔七〕。

■ **注释**

〔一〕本篇为乐府歌辞，属《相和歌·瑟调曲》。

〔二〕悲风：劲疾之风。此二句以树高多风，海水扬波起兴，引出下文所述。或注此二句云：高树喻曹丕政权，悲风谓法制严峻，海水喻群臣推波助澜、扩大迫害。似失于穿凿。

〔三〕利剑：喻权势。结交：结识朋友。

〔四〕鹞（yào）：亦名鹞子、鹞鹰、鸷鸟，一种比鹰小的猛禽。罗：捕鸟的罗网。此二句言人们难道没有看见，那在篱笆间游戏的黄雀，见了鹞子便慌慌张张地躲逃，却不料反而投入捕鸟的罗网里去了。

〔五〕罗家：指张网捕雀的人。

〔六〕捎（shāo）：即筲字，除的意思。

〔七〕摩：迫近。来下：下来。

■ **简评**

本篇是悼友之作，篇中以少年拔剑捎网救雀的故事为喻，抒写自己不能解救朋友危难的悲愤之情。诗中"风波"喻险恶环境，"利剑"喻权力，"雀"喻被难的朋友，"鹞"和"罗网"象征恶势力，"少年"是诗人理想中的有力来救援的人。

此诗约作于黄初元年（220）。据《三国志·魏志》曹植本传记载，建安二十四年（219），曹操为了防止曹植和曹丕争权，杀了曹植的主要羽翼杨修。次年曹丕即位，又杀了曹植的知己丁仪、丁廙。曹植因自己无力保护朋友而深感悲愤，因而写诗寄意。诗中通过对少年解救黄雀的描写，抒泄了郁积在作者心底的这种苦痛与悲愤。而"黄雀得飞飞"、"飞飞摩苍天"云云，同时也表现了作者希望冲破政治压迫的罗网，追求自由解脱的内心欲望。通篇运用比兴是本诗在艺术表现上的特点。又开头两句托物而起兴，渲染出了环境的险恶，使读者一下子便进入了诗人的感情氛围。沈德潜在《古诗源》中说："陈思最工起调。"本篇正乃一显例。

送应氏〔一〕（二首选一）

步登北邙阪〔二〕，遥望洛阳山〔三〕。

洛阳何寂寞，宫室尽烧焚〔四〕。

垣墙皆顿擗〔五〕，荆棘上参天〔六〕。

不见旧耆老，但睹新少年〔七〕。

侧足无行径，荒畴不复田〔八〕。

游子久不归〔九〕，不识陌与阡。

中野何萧条〔十〕，千里无人烟。

念我平生亲〔十一〕，气结不能言〔十二〕。

■ **注释**

〔一〕曹植的《送应氏》共两首，这里选的是第一首。应氏：当指汝南人应玚、应璩兄弟。建安十六年（211），曹植随曹操西征马超，路过洛阳，会见应氏兄弟，而应氏兄弟又将北往，曹植作诗送别。

〔二〕北邙（máng）：山名，在洛阳城北，又称芒山或北山。阪：同"坂"，斜坡。

〔三〕洛阳山：洛阳周围的山。

〔四〕初平元年（190），董卓挟汉献帝迁都长安，曾在洛阳大肆烧焚宗庙、宫室、府库、民房。经此摧坏，加上二十多年来战乱不断，洛阳更变得荒凉、寂寞。此二句即言此。

〔五〕垣（yuán）墙：矮墙。顿擗（pì）：倒塌、崩裂。

〔六〕荆棘：有刺的杂树。参天：高接于天。

〔七〕耆（qí）老：老人。旧耆老，指旧日的老人。睹：看见。此两句言洛阳城中老一辈的人都已经在战乱中丧生了，见到的只是些不相识的年轻人。

〔八〕侧足：侧身而行。荒畴（chóu）：荒废了的田亩。田：耕种，作动词用。此二句写田地荒芜之状，言田野外连人行小道也没有了，荒废了的土地不再有人耕种。

〔九〕游子：指应氏兄弟。

〔十〕中野：郊野之中。

〔十一〕平生亲：亲朋好友，这里指应氏兄弟。

49

〔十二〕气结：指胸中郁塞。《古诗》中有"悲与亲友别，气结不能言"句。

■ 简评

这首诗虽为送别之作，但作者并未专意于刻画离情别绪，而是将送别友人与特定的历史背景结合起来写，从而将一腔离别之情深化为对历史与现实的忧患意识。诗中真实地描写了董卓之乱以来洛阳的残破凄凉景象，充满了对军阀混战的愤慨和对时代乱离的感伤，具有强烈的时代精神和慷慨悲凉的风格，因而成为体现"建安风骨"之名篇。在艺术手法上，作者将叙事、描写、议论、抒情等手段有机地结合起来，全诗富于变化，从而使作品展示了深广的历史内涵和沉痛复杂的时代情绪。

赠徐幹〔一〕

惊风飘白日，忽然归西山〔二〕。

圆景光未满，众星灿以繁〔三〕。

志士营世业，小人亦不闲〔四〕。

聊且夜行游，游彼双阙间〔五〕。

文昌郁云兴，迎风高中天〔六〕。

春鸠鸣飞栋，流猋激櫺轩〔七〕。

顾念蓬室士，贫贱诚足怜〔八〕。

薇藿弗充虚，皮褐犹不全〔九〕。

慷慨有悲心，兴文自成篇〔十〕。

宝弃怨何人？和氏有其愆〔十一〕。

弹冠俟知己，知己谁不然〔十二〕。

良田无晚岁，膏泽多丰年〔十三〕。
亮怀玙璠美，积久德愈宣〔十四〕。
亲交义在敦，申章复何言〔十五〕。

■ 注释

〔一〕徐幹（171—218）字伟长，北海（今山东省寿光市）人，"建安七子"之一。曾为司空军谋祭酒掾属、五官中郎将文学。曹丕《与吴质书》说："伟长独怀文抱质，恬淡寡欲，有箕山之志，可谓彬彬君子者矣。著《中论》二十余篇，成一家之言，辞义典雅，足传于后。"其诗现存《室思》等四首。

〔二〕惊风：急风。李善于此句注曰："夫日月丽于天，风生乎地，而言飘者，夫浮景骏奔，倏焉西迈，余光杳杳，似若飘然。"（见《文选》）此二句言傍晚时分急风大作，太阳很快地就落下去了。同时亦寓有慨叹时光飞逝人生短暂之意。

〔三〕圆景：指月亮。全句谓月亮尚未全圆。灿以繁：明亮而且众多。以：同而。以上四句写景，兴起下文。

〔四〕志士：指徐幹这样的有志于事业的人。世业：足以传世之业，指著书立说。小人：指那些饱食终日、无所用心之人。一说曹植自己戏称，亦通。"不闲"即指下句"夜行游"。

〔五〕双阙：指皇宫正门两侧的望楼。

〔六〕文昌：邺都魏宫的正殿名。郁云兴：云气郁然升起，形容文昌殿的巍峨高大。迎风：指迎风观，在邺城。高中天：高耸于半空。中天：半空，当空。此二句写邺都宫观之壮丽。

〔七〕鸠：鸟名，状如野鸽，属鸠鸽类。飞栋：高殿的檐宇。流猋（biāo）：旋风。激：猛吹。櫺（líng）轩：阑干。以上四句写宫阙之盛以反衬下文徐幹处境之贫困和寂寞。另黄节说："子建'春鸠'、'流猋'二句，盖有仲宣诗意。谓鸠居殿观，际气风云，喻人才杂出，而幹独甘贫贱也。"可供参考。

〔八〕蓬室士：指包括徐幹在内的贫士。蓬室：茅草屋。《全三国文》无名氏《中论序》说徐幹晚年"疾稍沉笃，不堪王事，潜身穷巷，颐志保真。……环堵之墙，以庇妻子，并日而食，不以为戚"。

〔九〕薇藿：薇为羊齿类植物，嫩叶可食；藿为豆叶。弗充虚：不能填满空肚子。虚：指腹中空虚。褐：粗布衣。此二句言徐幹衣食不周。

〔十〕兴文：著文，具体指徐幹撰写《中论》。此二句言徐幹将内心的愤懑不平之情注之于笔端篇中。

〔十一〕宝：指璧玉，这里比喻徐幹。和氏：指卞和，楚国人，能识宝玉，曾得荆山之璞献于楚武王和成王，因无人能识，反而获罪受刖足之刑，直到楚文王时才终于发现他献的是真宝，遂称它为"和氏璧"，事见《韩非子·和氏》。愆：过失。此二句用和氏献璧之典，以和氏璧喻徐幹，以卞和喻自己，意思是说徐幹得不到重用，自己是有过失的。

〔十二〕弹冠：《汉书·王吉传》："吉与贡禹为友，时称'王阳（王吉字子阳）在位，贡公弹冠'。"意谓好朋友一旦当权，自己就可弹掉帽子上的灰尘，做好当官的准备了。俟（sì）：等待。此二句言等待知己的推荐而后出仕，但知己也一样得不到重用，言外之意是自己无力援引徐幹。曹植在此也流露出自己的牢骚。

〔十三〕晚岁：收获迟。膏泽：指肥沃有水的田地。此二句通过好田地一定会有好收成而喻有才德的人一定会有出头之日。

〔十四〕亮：诚然、确实。玙璠（yúfán）：美玉，这里比喻美德。宣：显著。上二句言确实怀有美德者，时间愈久其德行也将愈为人所了解。这里在慰勉徐幹。

〔十五〕亲交：好朋友。敦：勉励。申章：指赠予这首诗。申：陈。此二句言好朋友的责任在于互相勉励，因而便赠送你这首诗，此外别无可言。

■ 简评

　　本篇为慰勉徐幹而作。建安时代既是一个"世积乱离，风衰俗怨"的时代，又是一个豪杰争雄、士人奋智的时代。曹氏父子招揽人才，在周围聚集了一批杰出的文士。而"雅好慷慨"的曹植更是广交词人，结纳名士，同他们有着深厚的友谊，徐幹便是其中之一。徐幹德才皆备，然却沉沦不仕，贫贱著书，犹如宝物被丢弃一样被现实遗弃，诗人对此表现了深切的同情。同时，也对自己无力荐引好友而感到自愧。最后，诗人勉励友人勤积道义，等待时机。

　　以白日西驰的意象来表现光阴易逝，在曹植的诗中多处出现，如《箜篌引》："惊风飘白日，光景驰西流。"《名都篇》："白日西南驰，光景不可攀。"其中蕴有深厚的生命哲学内涵，正是魏晋人之襟抱的自然显露。而本诗中将这一意象置于起篇之处，且着"忽然"二字加以形容，语气更为急切，感情色彩更为强烈，因此显得十分精警动人，体现了曹植诗工于起调的特点，故而被沈德潜赞为"高唱"。中间对于邺都宫观景象的描写，有声有色、动静相映，充分体现了曹植诗"词采华茂"及炼字造句的特色。结尾表达了对友人的期待、自己的无能为力等种种复杂感情，一切尽在此不言之中，使人回味无穷。曹植的诗作中赠友诗数量不少，颇多名篇，本诗即其中之一，诗中所表达的对友人徐幹的赞誉、同情、安慰和勉励，异常真挚动人。钟嵘《诗品》总结曹植诗的美学风格为"情兼雅怨，体被文质"，这一特点在本诗中得到了很好的体现。

七　哀〔一〕

明月照高楼，流光正徘徊〔二〕。

上有愁思妇，悲叹有余哀〔三〕。

借问叹者谁，言是宕子妻〔四〕。

君行踰十年，孤妾常独栖〔五〕。

君若清路尘，妾若浊水泥〔六〕。

浮沉各异势，会合何时谐〔七〕？

愿为西南风，长逝入君怀〔八〕。

君怀良不开，贱妾当何依〔九〕？

■ 注释

〔一〕本篇《文选》列入"哀伤"类。吴兢《乐府古题要解》云："七哀起于汉末。"大概是当时的乐府新题。晋乐《怨诗行》用本诗为歌辞，分为七解，《乐府诗集》因而将其归入《相和歌·楚调曲》，并题作《怨歌行》。曹植所作《七哀》诗不止这一首，但唯本诗完整保存。

〔二〕流光：明澈如水、恍然如流的月光。

〔三〕余哀：不尽的悲哀。

〔四〕宕子：离家在外的游子。宕，通"荡"。以上为诗人叙述，以下则作妇人自述口气。

〔五〕君："愁思妇"对其丈夫的尊称。踰：超过。

〔六〕"清"字形容路上尘，"浊"字形容水中泥。此二句连同下两句言夫妻（或兄弟骨肉）本如尘和泥一样同为一物，而如今丈夫像路上的清尘，自己如水中的浊泥；路上清尘随风浮扬，水中浊泥永沉水底，地位趋势各不相同，不知何时才能会合、和好。曹植《九愁赋》云：

"宁作清水之沉泥，不为浊路之飞尘"，取喻相同，词义则异。

〔七〕浮：指尘土随风飞扬。沉：指泥沉水底。异势：处境、地位不一样。谐：顺心如愿之意。

〔八〕长逝：长驱、长飞。

〔九〕良：诚然、果真。

■ **简评**

  本诗通篇运用比兴，借"闺怨"来寄托诗人在政治上遭受排挤和冷遇的苦闷之情。诗人以闺中少妇被夫君遗弃盛年独处的不幸遭遇来比拟自己被曹丕排斥壮岁赋闲的可悲命运，抒发了心中的哀怨，诗中"清路尘"与"浊水泥"的比喻、"浮沉各异势"的感慨、"会合何时谐"的翘盼、"君怀良不开"的怨愤，实际上都蕴涵着这方面的喻义。全诗形象鲜明生动，情辞委婉恳挚，缠绵悱恻，尤饶深致。曹植《九愁赋》有云："恨时王之谬听，受奸枉之虚辞，……愿接翼于归鸿，嗟高飞而莫攀；因流景而寄言，响一绝而不还。"感情、用语都与该诗相似。"明月照高楼，流光正徘徊"是后世广为传诵的名句，曾被胡应麟誉为"建安绝唱"，其特点在于兴象自然、情景交融，故尔王夫之评论说此二句"可谓物外传心，空中造色"（《船山古诗评选》）。又诗人在这两句中着意了月光徘徊流动的情态，一则用以象征思妇婉转的愁思，同时以拟人手法将无情之月写成有情之物，似乎月光流连不去是有意要与思妇做伴，为她分忧解愁，艺术表达相当成功，因此张戒《岁塞堂诗话》评道："子建'明月照高楼，流光正徘徊'，本以言妇人清夜独居愁思之切，非以咏月也，而后人咏月之句，虽极其工巧，终莫能及。"

白马篇〔一〕

白马饰金羁，连翩西北驰〔二〕。

借问谁家子？幽并游侠儿。

少小去乡邑，扬声沙漠垂〔三〕。

宿昔秉良弓，楛矢何参差〔四〕。

控弦破左的，右发摧月支。

仰手接飞猱，俯身散马蹄〔五〕。

狡捷过猴猿，勇剽若豹螭〔六〕。

边城多警急，虏骑数迁移〔七〕。

羽檄从北来，厉马登高堤〔八〕。

长驱蹈匈奴，左顾凌鲜卑〔九〕。

弃身锋刃端，性命安可怀〔十〕！

父母且不顾，何言子与妻？

名编壮士籍，不得中顾私〔十一〕。

捐躯赴国难，视死忽如归〔十二〕。

■ 注释

〔一〕本篇为乐府歌辞，属《杂曲歌辞·齐瑟行》，无古辞，以篇首二字为题。魏晋以后，以《白马篇》为题的诗很多，多写游侠从戎出塞之事，因而成为表现游侠征战的传统题目。或题为《游侠篇》。

〔二〕羁（jī）：马笼头。连翩：翻飞不停的样子。西北驰：向西北方向驰去。此两句写游侠儿跃马飞驰、一往无前的气概。

〔三〕幽并：幽州和并州。幽州相当于今河北北部和北京一带地区，并州相当于今山西中部、北部一带地区。《隋书·地理志》："自言勇侠者，皆推幽并。"游侠：指那种矜武尚气、能急人之难的人。去：离开。扬声：扬名。垂：同"陲"，边远的地方。此四句设为问答，叙述来历，言跃马而去的是幽、并地区的游侠少年，他从小就离开了家乡，而扬名边塞。

〔四〕宿昔：一向、非一朝一夕。秉：持。楛（hù）矢：用楛木茎做的箭。参差：本意是长短不齐的样子，这里实际是指多。此二句言游侠儿弓箭不离身。

〔五〕控弦：张弓。左的：左边的箭靶。右发：向右边射。摧：射裂。月支：箭靶名，又名素支。仰手：指仰身而射。接：迎射。猱（náo）：猿类，攀缘树木轻捷如飞，故曰飞猱。散：射碎。马蹄：箭靶名。此四句写游侠少年射艺精湛。左射右射、仰射俯射无不中的。

〔六〕狡捷：机灵敏捷。过：超过。剽（piào）：轻捷。螭（chī）：传说中的一种似龙的动物。此二句写游侠少年敏捷和勇猛。

〔七〕警急：军事上的紧急情况。虏骑（jì）：这里指匈奴、鲜卑族的骑兵队伍。迁移：移动，这里指进兵入侵。此二句言边塞多有紧急情况，匈奴、鲜卑常来入侵。

〔八〕羽檄（xí）：插上羽毛以示紧急的军事文书。《说文》："檄，以木简为书，长尺二寸，用征召也。"厉马：策马。堤：这里指修筑在高处的防御工事。此二句言告急的羽檄从北面传来，游侠少年闻命策马，前去御敌。

〔九〕蹈：践踏，这里指冲击。匈奴：我国古代北方的一个游牧民族，秦汉时期十分强大，到魏晋时期还有一定力量。左顾：向左进攻。凌：制服。鲜卑：亦为古代北方的一个游牧民族。魏时散居今河北、山西一带，东晋时期，曾在黄河流域建立了北魏政权，统治北方达一百五十余年。此二句言游侠少年长驱直入征服了匈奴，回头来又制服了来犯的鲜卑。

〔十〕怀：顾惜。此二句言游侠少年置身于枪锋刀刃之前，毫不顾惜自己的性命。

〔十一〕籍：名册。壮士籍，指军籍。此二句言既然名列军籍，那么心中就无法顾念个人的私事了。

〔十二〕捐躯：献身之意。赴：奔赴。此二句言游侠少年献身奔赴国难，抵御匈奴、鲜卑，视死如归。

■ 简评

本篇描写幽并游侠少年忠勇卫国、捐躯靡身的英雄形象，同时也表现了诗人自己为国展力、建功立业的凤愿。朱乾《乐府正义》曾云："此寓意于幽并游侠，实自况也。篇中所云捐躯赴难，视死如归，亦子建素志，非汎述矣。"可供参考。曹植一向以立德立功为宏愿，而不甘心于只做一个卑弱文人，其在《与杨德祖书》中说："吾虽德薄，位为藩侯，犹庶几戮力上国，流惠下民，建永世之业，留金石之功，岂徒以翰墨为勋绩，辞颂为君子哉！"因而可以说，本诗正是诗人理想与抱负的诗意流露。

本诗辞藻华美，刻画细微，节奏明快，风格豪放。谢榛《四溟诗话》曾指出开头四句"类盛唐绝句"，而"俯身散马蹄"一类对仗工整的诗句，则对南朝诗人探索近体诗的创作实践产生了一定的影响。

鰕䱇篇〔一〕

鰕䱇游潢潦，不知江海流〔二〕。
燕雀戏藩柴，安知鸿鹄游〔三〕？
世士此诚明，大德固无俦〔四〕。
驾言登五岳，然后小陵丘〔五〕。
俯观上路人，势利惟是谋〔六〕。

高念翼皇家，远怀柔九州〔七〕。

抚剑而雷音，猛气纵横浮〔八〕。

泛泊徒嗷嗷，谁知壮士忧〔九〕。

■ **注释**

〔一〕本篇为乐府歌辞，无古辞，《乐府解题》云："曹植拟《长歌行》为《鰕䱇》。"可见为曹植自制，取篇首二字为题，《乐府诗集》归入《相和歌·平调曲》。

〔二〕鰕䱇：鰕，同虾。一说为䱇，一种小鱼。䱇，同鳝，即黄鳝。潢潦（lǎo）：潢为小水坑，潦为雨后道上积水。此二句本宋玉《对楚王问》："夫尺泽之鲵，岂能与之量江海之大哉。"意谓鰕䱇之类只在潢潦中游动，不知世上尚有江海之广。

〔三〕藩柴：篱笆。鸿鹄（hú）：即鹄，天鹅。此二句本《史记·陈涉世家》："燕雀安知鸿鹄之志哉！"言燕雀一类小鸟只在篱笆间游戏，怎么会知道鸿鹄遨游于天地之间呢？以上四句喻世俗之人不知壮士之志。

〔四〕世士：世人。此诚明：诚明乎此，真正明白这个道理（即上文所喻）。固：必定。无俦：无比、无双。此二句言世上的人如果真能明白了上面所讲的这一点，那么他便会游江海而不游潢潦，为鸿鹄而不为燕雀，便一定能达到德大而无所匹敌的境地。

〔五〕驾言：驾，驱车。言，语气词，无实意。五岳：指东岳泰山、西岳华山、南岳衡山、北岳恒山、中岳嵩山。《孟子·尽心上》云："孔子登东山而小鲁，登泰山而小天下。"《法言·吾子》云："升东岳而知众山之剟崺（lǐyǐ）也。"这二句即从此化出，言游历过五岳名山，然后方知丘陵之类土山实在是太小了，喻人有崇高志向才能发现世人追求势利的卑微渺小。

〔六〕上路人：指那些奔走于仕途的人。惟是谋：犹言惟谋是，即只谋求权位势力等个人利益。

〔七〕高念：崇高的信念。翼：辅助。远怀：远大的怀抱。柔：安抚。九州：古代中国分为冀、衮、青、徐、扬、荆、豫、梁、雍九州。此二句述壮士的崇高信念和远大理想。

〔八〕抚剑：持剑。而：如。雷音：言威如雷霆之震。《庄子·说剑》云剑有天子剑、庶人剑、诸侯剑。又说："诸侯之剑，以知勇士为锋，以清廉士为锷，以贤良士为脊……此剑一用，如雷霆之震也，四封之内无不宾服而听从君命者矣。"曹植的身份也是诸侯，因而用此典。猛气：勇猛之气。此二句言我挥动"诸侯之剑"，发出愤叱之音，勇猛之气，纵横洋溢。

〔九〕泛泊：指世上那些游荡混日子的人。徒：空。嗷嗷：乱叫声。壮士：作者自指。壮士忧指作者对国家大事的忧患。

■ 简评

本篇为直抒胸臆之作。诗人以"壮士"自命，抒发了自己报国无门请缨无路的忧愤，并讽刺了世俗之士。赵幼文《曹植集校注》云："子建上表求自试，自己清醒地估计到'必为朝士所笑'，故写此曲予当时嘲笑者以反击。"所言极是。风格悲慨沉郁，正是诗人激越情怀之写照。诗的前四句为"隔句对"，排比而出的俪对增强了诗的气势，宋长白《柳亭诗话》云"隔句对始于曹子建《虾䱇篇》"，即指此而言。

杂　诗（六首选一）〔一〕

高台多悲风，朝日照北林〔二〕。
之子在万里，江湖迥且深〔三〕。
方舟安可极，离思故难任〔四〕。

孤雁飞南游，过庭长哀吟〔五〕。

翘思慕远人，愿欲抚遗音〔六〕。

形景忽不见，翩翩伤我心〔七〕。

■ **注释**

〔一〕曹植的《杂诗》六首同载《文选》卷二十九，旧以为是一组诗，其实彼此并无关联，非为一时所作。这里选的是第一首，为怀人之作。"杂诗"意见曹丕《杂诗》注〔一〕。

〔二〕悲风：见曹植《野田黄雀行》注〔二〕。北林：北面的树林。《诗经·秦风·晨风》："鴥（yù）彼晨风，郁彼北林。未见君子，忧心钦钦。""北林"一词因此而与思念亲人有关。此二句写登台所见所感，由此引出下文怀人之情。

〔三〕之子：那人，指所怀念的人。迥（jiǒng）：远。此二句言所怀念的人在远方，中间隔着大江大湖。

〔四〕方舟：两只船并在一起，安可：那可。极：至。难任：难以忍受。此二句承上而来，言远隔江湖，舟船难至，所以离别之苦使人难以承受。

〔五〕此二句意为：一只失群的雁向南飞去，飞过庭院上空时发出长长的哀鸣。

〔六〕翘思：仰首而思。慕：向往。遗（wèi）音：送个音信。遗：赠送。此二句言仰首望见孤雁南飞，因而念及远方的人，十分想托孤雁带个音信给他。

〔七〕形景：指孤雁的形影。景，同"影"。翩翩：鸟飞轻疾的样子。此二句承上而来，言正在想的时候，孤雁已经飞过，很快就不见了，似乎毫不理会我的心意，因而愈使我伤心。

■ **简评**

本篇通过作者早晨登临高台所见所感，抒发了对远方之人刻骨铭心的思念和无限感伤的情怀。所怀之人可能是曹彪。曹彪于黄初三年（222）封吴王，在南方。时曹植为鄄城王，在北方，故诗中有江湖迥深之语。曹丕颁布了禁止藩国兄弟通问的禁令，兄弟骨肉不得相见，诗人思念之情，不能自达，故而托喻孤雁以寄阔别之思。层层深入，委婉曲折，真切自然，哀怨动人，为本诗抒情之特点。

五游咏〔一〕

九州不足步，愿得凌云翔。

逍遥八纮外〔二〕，游目历遐荒〔三〕。

披我丹霞衣，袭我素霓裳。

华盖芬晻蔼，六龙仰天骧〔四〕。

曜灵未移景〔五〕，倏忽造昊苍〔六〕。

阊阖启丹扉〔七〕，双阙曜朱光〔八〕。

徘徊文昌殿〔九〕，登陟太微堂〔十〕。

上帝休西棂〔十一〕，群后集东厢。

带我琼瑶佩，漱我沆瀣浆〔十二〕。

踟蹰玩灵芝，徙倚弄华芳〔十三〕。

王子奉仙药〔十四〕，羡门进奇方〔十五〕。

服食享遐纪〔十六〕，延寿保无疆〔十七〕。

■ 注释

〔一〕本篇《乐府诗集》列于《杂曲歌辞》。

〔二〕八纮（hóng）外：指地上极远的地方。《淮南子·地形训》："九州之外乃有八殥，八殥之外而有八纮，八纮之外乃有八极。"

〔三〕遐（xiá）荒：边远广大的地方。

〔四〕华盖：车盖名，形状像花葩。晻（yǎn）蔼：盛貌。骧（xiāng）：马昂首急驰。此二句言乘华盖之车，用六龙驾着上天。

〔五〕曜灵：代指太阳。未移景：光影未移动。

〔六〕倏忽：顷刻之间。造：到。昊苍：青天。

〔七〕阊阖（chānghé）：神话传说中的天门。丹扉：红色的门扇。

〔八〕双阙：天门外的两座望楼。曜：照耀。

〔九〕文昌：星名，在北斗魁前，共有六星，成半月形。

〔十〕陟（zhì）：登高。太微：星名，在北斗之南，轸翼之北，共有十星，以五帝座为中枢，成屏藩之状。

〔十一〕休：休息。西棂（líng）：西窗。棂：旧式房屋的窗格。

〔十二〕带我：给我佩带上。沆瀣（xiè）：清露。此二句言给我带上琼瑶之佩，给我饮用天上的清露。

〔十三〕徙倚：徘徊。

〔十四〕王子：指传说中的仙人王子乔。

〔十五〕羡门：即羡门子高，传说中的仙人名。

〔十六〕遐纪：高龄。

〔十七〕无疆：无限。

■ 简评

汉魏游仙诗，源出屈原。本诗前四句开宗明义，言之所以游仙，乃因人世间太狭窄，故希望能逍遥于神仙境界，而这种意识正祖于屈原《远游》发端语："悲时俗之迫厄兮，愿轻举而远游；质菲薄而无因兮，焉托乘而上浮。"全诗描写游遍东西南北四方之地再游于天上，故题为"五游"，托言游仙，傲睨当世，愤激之意甚显，故朱乾《乐府正义》说："子建《五游》诸篇，长往不返，无故乡之思焉，君子谓傅之忧世也切，曹之虑世也深。"曹植的诗中游仙诗占了相当的比重，但这并不说明他迷信神仙，相信仙境的真实存在。他曾著《辨道论》来骂方士，另在《赠白马王彪》诗中也明确地说"松子久吾欺"。他创作游仙诗，无非是借凌云升天的幻想来发泄自己对现实的愤懑，以及由此而产生的精神苦闷。也就是说，当他无力抵抗政治迫害，在现实中找不到出路，从而陷入政治苦闷和人生烦恼之时，便把自己的目光投向幻想中的仙界，借以排遣牢骚和忧愤，以求得精神上的超越解脱。因此，他的游仙诗之中虽然不乏"列仙之趣"，但更多的却是充满了"忧患之辞"。所以，本诗虽然是一首游仙诗，然而完全可以当作咏怀诗来读。

嵇　康（二首）

嵇康（223—262），字叔夜，谯郡铚（今安徽宿县西）人，"竹林七贤"之一。娶曹操曾孙女长乐亭主为妻，曾任中散大夫，史称"嵇中散"。嵇康为人刚直简傲，在当时的政争中站在皇室一边，对司马氏集团抱不合作态度，因而招致忌恨，终被司马昭借故处死。曾有三千太学生求赦免嵇康，愿以康为师，不许，临刑，神色自若，奏《广陵散》一曲，从容赴死。服膺老庄，精通玄理，崇尚"自然"，曾称"老子、庄周，吾之师也"，又"每非汤、武而薄周、孔"，揭露和批判名教、礼法的虚伪本质。好言服食养生之事，曾著《养生论》，强调"修性以保神，安心以全身"，主张精神上的自我修养功夫。

主要成就在文章方面。现存诗五十余首，以四言体为多，代表作有《赠秀才入军》十八首及《幽愤诗》。诗中多抒发愤世嫉俗之情，语含讥刺，锋芒毕露，表现出清峻警峭的风格特点。有《嵇中散集》，注本以戴名扬的《嵇康集校注》较为详备。

赠秀才入军[一]（十八首选二）

其　一

良马既闲[二]，丽服有晖[三]。

左揽繁弱〔四〕，右接忘归〔五〕。
风驰电逝，蹑景追飞〔六〕。
凌厉中原〔七〕，顾盼生姿〔八〕。

■ **注释**

〔一〕《赠秀才入军》共十八首，是嵇康赠给他的哥哥嵇喜的一组诗。秀才：指嵇喜。嵇喜字公穆，曾举秀才，曹魏时为卫军司马，入晋后官至扬州刺史。本篇原列第九。

〔二〕闲：通"娴"，熟习。这里指战马训练有素。《诗经·大雅·卷阿》："君子之马，既闲且驰。"此句本此。

〔三〕丽服：指华丽的戎服。

〔四〕揽：拉开。繁弱：良弓名。《荀子·性恶》："繁弱、巨黍，古之良弓也。"

〔五〕接：搭上。忘归：古代箭名。《文选》李善注引《新序》云："楚王载繁弱之弓、忘归之矢，以射兕于云梦。"

〔六〕蹑（niè）景：追得上一掠即逝的影子。景，同"影"。追飞：追赶上飞鸟。崔豹《古今注》："秦始皇有名马，曰追飞、蹑景。"

〔七〕凌厉：勇往直前。

〔八〕顾盼：左右看。生姿：生色、生光。

■ **简评**

本篇写作者想象中的嵇喜在军中戎服驰射的情景。首二句写战马训练有素、戎装熠熠生辉，次二句写兵器精良，五六两句写飞马急驰，末两句写骑手踌躇满志之神情。诗中描写动静结合，生动逼真，使嵇喜那雄壮飘逸的形象历历在目。嵇康幼年丧父，全赖嵇喜抚育成人，兄弟情谊十分深厚。但是嵇喜醉心仕途，这在具有高情远趣的嵇康看来不免过于凡俗了些，因此爱戴之中或许又掺进了几分轻蔑。清人陈祚明评曰："起八句便言入军，

激昂有气势，然似嘲之。"（《采寂堂古诗选》卷八）此说亦可供
参考。

其　二^{〔一〕}

息徒兰圃，秣马华山^{〔二〕}。
流磻平皋，垂纶长川^{〔三〕}。
目送归鸿，手挥五弦^{〔四〕}。
俯仰自得，游心太玄^{〔五〕}。
嘉彼钓叟，得鱼忘筌^{〔六〕}。
郢人逝矣，谁可尽言^{〔七〕}。

■ **注释**

〔一〕本篇原列第十四。

〔二〕息：休息。徒：步卒。兰圃：长有兰草的野地。秣（mò）
马：喂马。秣，草料。华山：开满鲜花的山坡。华，通"花"。上二句
言军队在兰圃休息，在华山饲马。

〔三〕磻（bō）：用丝绳系在箭上射鸟叫弋，在丝绳上再加系石块叫
磻。皋（gāo）：水边高地。纶：钓鱼用的丝绳。二句言在皋泽之地弋
鸟，在河流中垂钓。

〔四〕五弦：乐器名，似琵琶而略小。二句言目送南归的鸿雁，手
弹奏着五弦琴。

〔五〕太玄：大道。二句写体道之快乐，言一举一动、随时随地都
有所领会，心思游乐于天地自然的大道之中。

〔六〕嘉：赞美。得鱼忘筌（quán）：筌，捕鱼的竹笼。《庄子·外
物》："筌者，所以在鱼，得鱼而忘筌；蹄者，所以在兔，得兔而忘
蹄；言者，所以在意，得意而忘言。""得鱼忘筌"是"得意忘言"之
比喻，说明言语是传达玄理的手段，目的既达，手段就不需要了。二

句嘉许"得鱼忘筌"的"钓叟",借以赞美领悟了大道、"得意忘言"的境界。

〔七〕郢人:郢地的人。郢,古地名,春秋楚国的都城。《庄子·徐无鬼》:"郢人垩(è,白土)慢其鼻端,若蝇翼,使匠石斲(zhuó,用刀斧砍)之。匠石运斤成风,听而斲之,尽垩而鼻不伤,郢人立不失容。宋元君闻之,召匠石曰:'尝试为寡人为之。'匠石曰:'臣则尝能斲之。虽然,臣之质死久矣,自夫子之死也,吾无以为质矣。'"这则寓言是庄子在惠施墓前讲的,意谓如郢人死后匠石找不到对手一样,惠施死后,他也找不到辩论的对手了。嵇康在这里用此典,意思是说像郢人那样的对手再也找不到了,"游心太玄"的妙谛还能跟谁去说,又有谁可以理解呢?

■ 简评

本篇描写嵇喜行军休息时的种种情趣之事。在诗人的笔下,嵇喜率领步卒休息时,在长满兰草的野地里憩息放马,在平原草泽上弋鸟,在长河里钓鱼;手里挥拨着五弦琴,志在高山流水,眼睛远望着鸿雁归去,俯仰自得,从而领略到心灵与自然宇宙融而为一的至上妙趣。这是多么的优游自在、多么的宁静而富有诗意!很显然,这不是实在的军旅生活,而是出之于作者之想象。原来,作者是借此而抒发自己的人生追求,据《晋书·本传》载,嵇康"常修养性服食之事,弹琴咏诗,自足于怀"。另嵇康在《与山巨源绝交书》中也自叙:"今但愿守陋巷,教养子孙,时与亲旧叙阔,陈说平生,浊酒一杯,弹琴一曲,志愿毕矣。"诗中那清淡玄妙、悠然自得的场景,与诗人的这种达观自适的生命情调正相吻合,而这又在"目送鸿归,手挥五弦"这两句千古传诵的名句中得到了充分的体现。"俯仰自得,游心太玄"二句点出了全诗的主题,即说明了诗人一切服膺自然,以体悟天地自然之"道"为乐的高情远趣。可以说,本诗所写的在自然山水间优游行乐、体道悟玄的闲情雅趣，本身即为一种生命意象，通过这一意象，我们可以感受到追求超越的魏晋清流人物们的生命妙境。诗中将谈玄悟道与体物写景巧妙地糅合在一起，意境超迈，确实体现了嵇康诗"托喻清远"的风格特点。

阮　籍（六首）

　　阮籍（210—263），字嗣宗，陈留尉氏（今河南省尉氏县）人，"建安七子"之一阮瑀之子，"竹林七贤"之一。魏高贵乡公时曾封关内侯，任散骑常侍。又曾慕步兵营人善酿酒而求为步兵尉，故世称"阮步兵"。初有济世壮志，曾叹曰："时无英雄，使竖子成名！"在政治上与当时新起的司马氏集团抱不合作态度，为了自保，不得不虚与委蛇，不问世事，不涉是非，纵酒谈玄，故作狂放，因而得以终其天年。追慕老庄，曾著《通老论》、《达庄论》、《大人先生传》等，非毁名教，向往自然，旷达而不拘礼俗。

　　阮籍主要成就在诗歌，八十二首《咏怀》为其代表作。诗风浑朴，发之胸臆，多用比兴，寄意深远，具有"言在耳目之内，情寄八荒之表"（钟嵘《诗品》）的洒脱而又含蓄效果，在继承建安诗风的基础上对五言诗的发展做出了新的开拓，对后世产生了深远的影响。有辑本《阮步兵集》，诗注以黄节《阮步兵咏怀诗注》最为详备。

咏　怀[一]（八十二首选六）

其　一

夜中不能寐[二]，起坐弹鸣琴。

薄帷鉴明月[三]，清风吹我襟。

孤鸿号外野[四]，翔鸟鸣北林[五]。

徘徊将何见，忧思独伤心[六]。

■ **注释**

〔一〕《咏怀》诗现存八十二首，它们并非是一时所作，而是阮籍平生诗作的总题。关于这些诗的创作动机，颜延之说："阮籍在晋文代常虑祸患，故发此咏。"（《文选》李善注引）李善也说："嗣宗身仕乱朝，常恐罹谤遇祸，因兹发咏，故每有忧生之嗟。"总的来说，这些篇什大多抒写作者在生活中的深沉感慨，也有一些对当时的政治作了刺讥，而诗意隐晦曲折则是其突出的特点。本篇原列第一，为八十二首之发端，总言所以咏怀不能己于言之故。

〔二〕夜中：半夜。

〔三〕帷（wéi）：帐幔。鉴：照。

〔四〕号：鸣叫。

〔五〕翔鸟：飞翔盘旋着的鸟。北林：见曹植《杂诗》注〔二〕。

〔六〕上二句从孤鸿、翔鸟回到诗人自身，云自己亦如在月夜中鸣叫之孤鸿、翔鸟，在不寐中徘徊，所见俱令人忧伤，得不到任何慰藉。

■ **简评**

《晋书·阮籍传》记："籍本有济世志，属魏晋之际，天下多故，名士少有全者，籍由是不与世事，遂酣饮为常。"又记他："时率意独驾，不由径路，车迹所穷，辄恸哭而返。"这首诗则同样是诗人释解其苦痛之情的一次"长歌当哭"。诗的起首两句，描写诗人夜不能寐，披衣起坐，拂动琴弦，以抒心曲。以下四句，诗人宕开笔致去描绘中夜的景致，其中明月、清风为所见，孤鸿、翔鸟之鸣为所闻，诸种意象把读者引入一个令人黯然神伤的孤冷凄清的境界。但是，这里虽是写景，却"境与思偕"，诗人的愁苦心境和独立危行、高洁不群的人格精神，无不融汇其中，正应了"一切景语皆情语"（王国维《人间词话》）之说。结尾两句，"徘徊"云者，兼指人和鸟，而著一"独"字，则使身处孤寂、悲怨积怀的诗人与形只影单、长夜哀号的鸿鸟之间取得了照应。至于诗人"忧思"、"伤心"之内衷，我们亦不难想见：皆为忧身伤时、壮志难酬、寂寞难耐，因而有此一曲哀痛之歌。

其 二[一]

嘉树下成蹊[二]，东园桃与李。

秋风吹飞藿，零落从此始[三]。

繁华有憔悴，堂上生荆杞[四]。

驱马舍之去，去上西山趾[五]。

一身不自保，何况恋妻子！

凝霜被野草，岁暮亦云已[六]。

■ **注释**

〔一〕本篇原列第三。

〔二〕嘉树：指桃李。蹊（xī）：小路。这句连同下句化用《汉书·李广传》赞语："桃李无言，下自成蹊"，以嘉树喻世事、人生盛时之热闹情状。

〔三〕藿（huò）：豆叶。从此：从这时起。二句以风吹飞藿喻社会、人生衰时。

〔四〕荆杞：两种灌木名，这里泛指杂树。二句言一切繁华景象都不会长久，华堂之上也会转眼长满荆杞杂树。

〔五〕舍：同"捨"，离去。之：指乱世。西山：指首阳山，伯夷、叔齐隐居之处。趾：山脚。二句言远避世患，不居乱邦。

〔六〕被：覆盖。云：语中助语，无实意。已：止。这里作"毕"解。二句言野草已被冰霜覆盖，一年快过完了。意谓如不及早避祸，最后必将像那些霜下的野草，难以保全。

■ **简评**

本篇以比兴手法，通过描写自然景物由盛而衰的变化，喻世事、人生有盛有衰，应该早为避祸之计。曹魏末年，司马氏集团掌握朝政大权，实行恐怖政治，阮籍身处险恶的政治环境之中，时时有生命难保的忧虑，因而向往超脱现实、出世避祸。本诗所写正是作者的这种心情的自然表露。诗中以桃李嘉树、秋风吹薹、堂上荆杞、被霜野草等意象，传达了作者的感受，形象鲜明，情词危切，确实收到了"言有尽而意无穷"的艺术效果。

其　三〔一〕

昔年十四五，志尚好书诗。

被褐怀珠玉，颜闵相与期〔二〕。

开轩临四野〔三〕，登高有所思〔四〕。

丘墓蔽山冈，万代同一时〔五〕。

千秋万岁后，荣名安所之〔六〕！

乃悟羡门子，噭噭今自嗤〔七〕。

■ **注释**

〔一〕本篇原列第十五。

〔二〕书诗：《尚书》和《诗经》，这里泛指儒家经典。被褐（hè）：披着粗布衣，指贫寒。珠玉：喻美好的才德。《老子》七十章："圣人被褐怀玉。"此用其意。颜闵：指颜渊和闵子骞，均为孔子门下德行最好的学生。期：期望。上四句言昔年尊崇儒学，向慕以德行高尚著称的颜渊和闵子骞等先贤前哲，以他们作为自己的楷模。

〔三〕轩：窗。

〔四〕所思：自己所仰慕的古人，如上文所提到的颜、闵等人。

〔五〕蔽：遮掩，布满。万代：历代的古人。二句言古人都不免一死，同埋在山上累累的坟墓之中。

〔六〕安所之：何所往，在那里。

〔七〕羡门子：古代传说中的仙人。嗷嗷（jiàojiào）：悲哀的叫声。嗤：笑声。二句言如今我才悟出了羡门子所以要求仙的缘故，也感到了那种栖栖惶惶地为某种事情奔走是多么可笑。

■ 简评

阮籍原是一位有政治抱负的人。他信仰儒家学说，以古代贤者为楷模，向往功业。但由于当时政治的黑暗和恐怖，生命难保，他深感荣名无用，思想由儒家转向道家，纵酒谈玄，轻视荣名，蔑视礼法，追求解脱。本篇正抒写了作者思想上的这种转变。诗以议论为主，但仍出之以形象，前六句为第一部分，写少年时代如何崇尚儒学，渴望建功立业，并为之孜孜以求。后六句为第二部分，写看破人生，解悟出世求仙的道理。诗中所体现的阮籍的这种人生虚无、出世解脱的消极思想，是他身处黑暗的时代，理想不能实现的苦闷心情的曲折表现。另外，魏晋时代儒家正统思想受到巨大冲击，思想解放，人性觉醒，阮籍在这里所表现的对过去崇尚儒术、向往先哲的否定，正是当时时代思潮的反映。

其　四[一]

朝阳不再盛，白日忽西幽。

去此若俯仰，如何似九秋[二]？

人生若尘露，天道邈悠悠[三]。

齐景升牛山，涕泗纷交流[四]。

孔圣临长川，惜逝忽若浮[五]。

去者余不及，来者吾不留[六]。

愿登太华山，上与松子游[七]。

渔父知世患，乘流泛轻舟[八]。

■ **注释**

〔一〕本篇原列第三十二。

〔二〕九秋：指秋季九十天。此句用语与《诗经·采葛》"一日不见，如三秋兮"有联想。上四句言朝暮变化飞快，刚还是旭日东升，随着时光的迅速流逝，不觉已是幽昧的黄昏了。这一切都发生在俯仰之间，如何能说一日似九秋呢？

〔三〕邈：遥远貌。《左传·昭公十八年》："天道远，人道迩，非所及也。"二句言人生短促，天道难测。

〔四〕齐景：指春秋时齐景公。《晏子春秋》："景公游于牛山，北临其国而流涕曰：'若何滂滂去此而死乎！'"二句用此典。

〔五〕《论语·子罕》："子在川上曰：'逝者如斯夫！不舍昼夜。'"班婕妤《自悼赋》："惟人生兮一世，忽一过兮若浮！"上二句本此。上四句援引古人感逝之叹，进一步申说人生短暂之意。

〔六〕上二句言已逝去的时光我已不能追赶，而未来的时光我也不能留住，一切都会很快地过去。

〔七〕太华山：即华山，五岳之一，在今陕西省华阴市境内。松

子：即赤松子，传说中的仙人。二句言愿超脱尘世，跟随仙人赤松子
遨游。

〔八〕《楚辞·渔父》："屈原既放，游于江潭，行吟泽畔。颜色憔悴，
形容枯槁。渔父见而问之曰：'子非三闾大夫欤？何故至于斯？'屈原
曰：'举世皆浊我独清，众人皆醉我独醒，是以见放耳。'渔父曰：'圣
人不凝滞于物，而能与世推移，……'莞尔而笑，鼓枻而去。"二句化
用此典结篇，言如学仙不成，便学渔父隐居草泽之间。

■ **简评**

本篇通过对人生短暂、天道悠远的感慨，表达了作者超脱尘
世的意愿。全诗可分为三个层次：首四句为第一层，以"朝阳不
再盛"兴起，概说自然界盛衰无常，朝暮更替，时光飞逝。从
"人生若尘露"至"惜逝忽若浮"为第二层，从自然界说到人生，
以天道与人生对举，并援引古人感逝之叹，申说天道悠远、人
生短促之理。从"去者吾不及"至篇终为第三层，表明了作者的
人生态度，诗人愿意摆脱功名利禄，超越俗世凡尘，或去游仙访
道，或隐居江湖，而诗人出世隐居的真正原因，则是不愿与浊世
同流合污。诗中既有愤世的激情，又具冷峻的哲思，那种世道沧
桑的慨叹，遁世逍遥的企慕，其思想根源在于现实生活中的人生
悲剧，无不融进了诗人对人生、社会、自然的思考，而诗人那傲
岸不群的形象则脱然而出。

其　五〔一〕

炎光延万里〔二〕，洪川荡湍濑〔三〕。
弯弓挂扶桑，长剑倚天外〔四〕。
泰山成砥砺，黄河为裳带〔五〕。
视彼庄周子〔六〕，荣枯何足赖〔七〕。

捐身弃中野，乌鸢作患害〔八〕。
岂若雄杰士，功名从此大〔九〕。

■ 注释

〔一〕本篇原列第三十八。

〔二〕炎光：日光。

〔三〕洪川：指大水。湍濑：水流沙石之上叫作"濑"，急濑为"湍"。这句意谓大水在石滩上激荡。

〔四〕扶桑：传说中的神树名，长数千丈，一千余围，两干同根相倚，是日出之所，见《山海经》、《十洲记》。宋玉《大言赋》："长剑耿兮倚天外。"此二句以弓挂扶桑、剑倚天外来衬托"雄杰士"的高大形象。

〔五〕砥砺：磨刀石。《史记·高祖功臣年表》："使河如带，泰山若砺。"这两句袭用其辞，意谓和"雄杰士"的形象比较起来，泰山小得如同一块磨刀石，黄河窄得像一条衣带。

〔六〕庄周子：即庄子，战国时期思想家，道家学派代表人物之一，创"自然"、"虚无"、"体道"的生命哲学，著有《庄子》。

〔七〕荣枯：本意为开花和枯萎，一般引申为生死、兴衰等含义。

〔八〕《庄子·列御寇》："庄子将死，弟子欲厚葬之。庄子曰：'吾以天地为棺椁，日月为连璧，星辰为珠玑，万物为赍送，吾葬具岂不备耶？何以加此？'弟子曰：'吾恐乌鸢之食夫子也。'庄子曰：'在上为乌鸢食，在下为蝼蚁食，夺彼与此，何其偏也。'"上四句言庄子虽然达观，无视荣枯，死后却弃尸旷野，为乌鸢所食。

〔九〕雄杰士：指上文挂弓、倚剑、砺山、带河之辈，同于作者在《大人先生传》中所描写的"飘飖于天地之外，与造化为友"的"大人先生"。功名：这里指道德名声。大：音"tài"，通"太"、"泰"，极大。从此大，赫大的名声传播于世，万代不朽。末二句言只有"雄杰士"的"功名"是远大的，非世俗之人眼中的功名可比。

■ **简评**

本篇写作者的远游之志、高举出世之想。诗中以一系列伟大
不朽的形象来比喻作者理想中的"雄杰士",那挂弓扶桑、倚剑
天外、以河岳为狭小且不甘于如庄周之辈终于枯槁的"雄杰士"
与作者笔下的另一形象"大人先生"实为同调,俱是作者欲求摆
脱世俗、超然于天地之外的出世思想的表现,从中可以看出作者
内心之孤愤,以及对当时黑暗政治的强烈不满。诗中所流露出来
的生命情调,俱是魏晋风度的典型表现。全诗语势壮浪,气体高
峻,境界宏大,所使用的雄壮慷慨的"泰"韵,也有助于增强诗
的浑壮气氛。

其 六〔一〕

洪生资制度,被服正有常〔二〕。

尊卑设次序,事物齐纪纲〔三〕。

容饰整颜色,磬折执珪璋〔四〕。

堂上置玄酒,室中盛稻粱〔五〕。

外厉贞素谈,户内灭芬芳〔六〕。

放口从衷出,复说道义方〔七〕。

委曲周旋仪,姿态愁我肠〔八〕。

■ **注释**

〔一〕本篇原列第六十七。

〔二〕洪生:学问渊博的大儒。洪,大的意思。资:凭借。制度:
古代的礼乐制度。被服:衣服。正:正式。常:规定。上二句言儒生凭
借古代的礼乐制度,衣裳服饰都遵守正式的规定,不敢越礼。

〔三〕尊卑:指上下高低的等级。设:规定。齐:一律。纪纲:法

纪政纲、规章制度。上二句言在儒生眼中，尊卑上下都有一定的次序，事事都要遵守礼法制度。

〔四〕容饰：仪容服饰。整：端庄、严肃。颜色：指洪生的表情。磬折：折腰如磬，形容儒生鞠躬时弯腰曲背的模样。磬，乐器名，形状曲折。珪璋：两种玉制礼器名。《礼记·礼器》孔疏云："诸侯朝王以圭，朝后执璋。"上二句言儒生仪容严肃，服饰整齐，见了帝后，手执珪璋，弯腰曲背，十分恭顺。

〔五〕玄酒：古代祭祀用的水。稻粱：祭祀时用的食物。上二句言儒生家中经常祭祀祖先，恪守礼制。

〔六〕厉：高。贞：正。素：纯正。芬芳：指德行高尚。上二句言儒生在外高唱纯正的调子，在家中的所作所为则毫无美德可言。

〔七〕放口：言语放肆，不加约束。衷：内心。方：法度。上二句言儒生有时随口乱说，倒是说出一些真心话，但很快又板起面孔说教了。

〔八〕委曲周旋：矫揉造作、装模作样的样子。仪：情态、仪容。上二句言儒生揖让进退曲折扭捏的姿态令人厌恶。

■ 简评

本篇通过对洪生形象的描写，讥刺了当时社会上伪善的儒生。诗中描绘了他们的丑态。他们恪守礼法，服饰华丽，高谈阔论，一个个道貌岸然。但是内心龌龊，言行不符，矫揉造作，令人生厌。诗人对此表示了自己的厌恶与愤慨。全诗笔触辛辣，那些礼俗之士的丑态在诗人笔下无不活灵活现。诗中用词率直，诗义明畅，作者欲将对虚伪的儒生的全部憎恶一吐而后快。阮籍服膺老庄，不崇礼典，尝曰："礼岂为我设邪！"更有甚者，他见了礼俗之士，每每"以白眼对之"，以致社会上的礼法之士对他疾之若仇。本诗所写正体现了诗人的这种对儒家礼教的批判意识，而这又与魏晋时期"越名教"、"任自然"的社会思潮密切有关。本篇与作者之《大人先生传》在嘲讽"礼法"之士方面有异曲同工之妙，可互读。又李白有《嘲鲁儒》诗，与嗣宗此诗相较，同中有异，二诗在讽刺儒生的酸腐迂阔方面一致，但阮诗重在揭露儒生所奉行的礼法的虚假，李诗则重在批判儒生的不通时变，泥古无用。

晋　诗

张　华（一首）

　　张华（232—300），字茂先，范阳方城（今河北省固安县南）人。出身微寒，博闻广识，因得阮籍赏识而渐为时人所重。魏末为太常博士，佐著作郎。晋统一后，因参与伐吴有功而封广武县侯，官至司空，后因拒绝参加赵王司马伦和孔秀的篡夺阴谋而被害。著有《博物志》十卷。存诗三十余首，追求辞藻俳偶，工于写情状物，但缺乏思想深度。钟嵘《诗品》评他的诗"其体华艳，兴托不寄。巧用文字，务为妍冶。……儿女情多，风云气少"。有辑本《张司空集》。

情　诗〔一〕（五首选一）

游目四野外〔二〕，逍遥独延伫〔三〕。
兰蕙缘清渠〔四〕，繁华荫绿渚〔五〕。
佳人不在兹〔六〕，取此欲谁与〔七〕？
巢居知风寒，穴处识阴雨。
不曾远别离，安知慕俦侣〔八〕？

〔一〕张华《情诗》共五首，分别拟夫妇相赠答之词写游子思妇主题。本篇原列第五。

〔二〕游目：随意观览。

〔三〕逍遥：自由自在地。延伫：久久而立。

〔四〕蕙：与兰同类，暮春开花，味香。缘：沿。

〔五〕繁华：指繁多的兰蕙花。荫：荫覆。渚：水中小洲。

〔六〕佳人：指闺中的妻子。兹：此，这里。

〔七〕此：指兰蕙。谁与：与谁，给谁。

〔八〕巢居：指鸟类。穴处：指虫类。安知：哪知道。慕：羡慕。俦侣：伴侣，这里指夫妇。这四句以鸟虫知风雨作比，无不生动而贴切，说明只有经历别离的夫妇，才能体会别后互相思念的感情。

■ 简析

本篇是游子之词，写游子对闺中妻子的思念之情。诗从举目四野、久立凝思写起。次写游子见兰蕙而生"佳人不在兹"之莫名怅惘，花无可赠，愁亦无处诉。后四句运用比兴手法，表思恋伴侣的殷切之情，而以设问语气言之，使全诗产生了语断而意绝的艺术效果。传统诗歌中，游子思妇、怀人念远之作佳构不穷，张华此作能入列其中，在于能做到笔触空灵，点染有方，变化不滞，显得摇曳生姿，情真意切，颇能给人以美的享受。

陆　机（二首）

　　陆机（261—303），字士衡，吴郡华亭（今上海市松江区附近）人。出身于东吴士族，祖父陆逊是吴国丞相，父陆抗是吴国大司马。晋灭吴后，与弟陆云入晋到洛阳，以文才为当时士大夫所推重。曾任平原内史。晋惠帝太安二年（303），随成都王司马颖起兵讨长沙王司马乂（yì），任后将军、河北大都督。兵败，被诬遇害，年四十三。

　　陆机诗名重当时。存诗一百零四首，入洛之前，多抒发国破家亡之慨；入洛之后，多叙写人生离合之情。注重俳偶雕刻，缺乏情韵，并多因袭模拟，钟嵘《诗品》将他列入上品，实有过高之嫌，亦有少量诗写出了自己的新鲜感受。他的《文赋》是我国古代文学理论中的一篇重要著作。有《陆士衡集》，又近人郝立权有《陆士衡诗注》。

赴洛道中作〔一〕（二首选一）

远游越山川，山川修且广〔二〕。
振策陟崇丘〔三〕，案辔遵平莽〔四〕。
夕息抱影寐，朝徂衔思往〔五〕。

顿辔倚嵩岩〔六〕，**侧听悲风响。**

清露坠素辉〔七〕，**明月一何朗。**

抚枕不能寐，振衣独长想〔八〕。

- **注释**

〔一〕《赴洛道中作》共二首，于太康末年赴洛阳途中所作。本篇是第二首。

〔二〕修：长。

〔三〕振策：挥鞭。策，马鞭。陟：登高。崇丘：高山。

〔四〕案辔：手按马缰绳。案，同"按"。遵：沿、循。平莽：平坦的原野。

〔五〕夕息：夜晚休息。朝徂：早晨出发。徂，往。此二句写途中的孤独和乡思之情，言夜晚和自己的影子同睡，早晨怀着思乡之情走上旅途。

〔六〕顿辔：停马。顿，止。嵩岩：高峻的山岩。嵩，高。

〔七〕清露：枝头的露水。素辉：洁白的光辉。这两句言在皎洁的月光下，露水坠枝头，显得清光闪亮。

〔八〕振衣：抖掉衣服上的灰尘，这里指深夜不寐着衣而起。此四句写旅途夜宿的情景，以抒远离故土、千里奔波之慨。

- **简析**

本篇写旅途之艰辛和哀伤之感。前四句写旅途情景，后八句写旅途心情，诗中通过"闻悲风"、"衔思往"、"抱影寐"、"独长想"等情景的描写，写出了作者朝亦悲独、夕亦悲独的愁苦情怀。传统诗歌中描写宦游途中所见所感的作品，其主题不外抒发思乡怀亲之情和感慨自身遭际，充分展现了中下层文人的心路历程。陆机此作正可以归入这一主题之中。由于是写亲身所历，所以本诗所写情景、感触无不真切，与陆机那些模拟、因袭而缺乏真实感受之作，有显著之不同。本诗语言雕琢工丽，如"陟崇丘"对"遵平莽"、"抱影寐"对"衔思往"等，可谓极尽锤炼之能事。这正是他的诗的特点之一。

猛虎行〔一〕

渴不饮盗泉水〔二〕，热不息恶木阴〔三〕。

恶木岂无枝，志士多苦心〔四〕。

整驾肃时命〔五〕，杖策将远寻〔六〕。

饥食猛虎窟，寒栖野雀林〔七〕。

日归功未建，时往岁载阴〔八〕。

崇云临岸骇，鸣条随风吟〔九〕。

静言幽谷底，长啸高山岑〔十〕。

急弦无懦响，亮节难为音〔十一〕。

人生诚未易，曷云开此衿〔十二〕。

眷我耿介怀，俯仰愧古今〔十三〕。

■ 注释

〔一〕《猛虎行》，古乐府调名，属《相和歌·平调曲》，古辞今存。陆机此诗为拟作，但意旨有别，重在叙内心进退出处的矛盾。

〔二〕盗泉：水名。《水经注》："洙水西南流，盗泉水注之。"又《尸子》："孔子至于胜母，暮矣而不宿；过于盗泉，渴矣而不饮，恶其名也。"

〔三〕恶木：坏的树木。《文选》李善注引《管子》言，怀耿介之心的志士，不在恶木之枝下乘凉。

〔四〕志士：守操行的人。苦心：这里指不饮盗泉、不息恶木的操守。

〔五〕肃：敬。时命：时君之命。此句言整顿车驾，敬从君命。

〔六〕策：见《赵洛道中作》注〔三〕。此句言将要执鞭远行。

〔七〕《猛虎行》古辞："饥不从猛虎行，暮不从野雀栖。"这两句反其意而用之，意谓饥不择食，寒不择栖。

〔八〕日归：日屡西归。岁阴：犹岁暮。载：虚词，则。此二句言时光一天天逝去，而功业仍未建立。

〔九〕崇：高。骇：起。鸣条：由风吹而响的枝条。上二句写岁暮景色，言崇云从高岸而起，枝条随风而吟。

〔十〕言：语助词。岑：山小而高。此二句言经深谷而思，登高山而啸。

〔十一〕急弦：绷得很紧的弦。懦响：缓弱之音。亮节：贞信之节。亮，信。这两句言弦急则调高，犹如怀贞信之节的人言必慷慨，而这却是人主不喜欢的，所以为难。

〔十二〕曷：为何。衿：亦作襟。

〔十三〕眷：顾。耿介：正直。耿介怀，即上文所言之志士苦心。结尾四句诗人自叹世途艰难，人生不易，入晋仕宦之举虽说乃不得已而为之，但实在有违于平素怀抱，所以俯仰有愧。

■ 简析

陆机出身于东吴望族，吴亡十年后，才出仕晋朝，又逢晋室统治集团内部倾轧纷争，"羁旅入宦"颇受嫉忌，因而自悔出仕，内心矛盾，苦闷异常。本诗即在这种思想状态下所作。诗中言志士本来是慎于出处的，但自己迫于时命，不容选择，结果功名无成，进退维谷，不但陷于彷徨苦闷，而且有负于平生所期。开头四句立意颇高，用"盗泉"、"恶木"典故，表露了自己绝不同流合污的"苦心"。继之，诗人对自己违志入宦、虚耗岁月表示了深深的追悔，其中有悲、有叹、有愤、有怨，充分地表现了作者历尽磨难、壮志未酬的叹悔感愤之情。全诗对仗工整，平仄相间，声情并茂；言情叙事，参差错落，铺衬渲染，井然有序，确为陆机诗中的佳作，故古今多受推崇。刘熙载《艺概》云："士衡乐府，金石之音，风云之气，能令读者惊心动魄。"本篇正复如此。

潘　岳（一首）

潘岳（247—300），字安仁，荥阳中牟（今河南省中牟县东）人。少时即"以才颖见称乡邑，号为奇童"。（《晋书·潘岳传》）二十多岁便"才名冠世"。热心仕进，趋附势利，其母曾数诮之："尔当知足。"（《晋书·潘岳传》）为当时权贵贾谧周围的"二十四友"之首。但仕途并不得意，在赵王司马伦执政时，被赵王亲信孔秀所害，成为西晋统治集团内部斗争的牺牲品。长于写哀伤诗文，笔触细腻，词藻华艳，在西晋诗坛上与陆机齐名，钟嵘《诗品》亦列入上品，当时有"陆才如海，潘才如江"之说。有辑本《潘黄门集》一卷。

悼亡诗[一]（三首选一）

荏苒冬春谢[二]，寒暑忽流易[三]。

之子归穷泉[四]，重壤永幽隔[五]。

私怀谁克从，淹留亦何益[六]。

僶俛恭朝命，回心反初役[七]。

望庐思其人[八]，入室想所历[九]。

帏屏无仿佛[十]，翰墨有余迹[十一]。

流芳未及歇〔十二〕，遗挂犹在壁〔十三〕。

怅恍如或存，回惶忡惊惕〔十四〕。

如彼翰林鸟，双栖一朝只〔十五〕。

如彼游川鱼，比目中路析〔十六〕。

春风缘隙来〔十七〕，晨霤承檐滴〔十八〕。

寝息何时忘〔十九〕，沉忧日盈积〔二十〕。

庶几有时衰，庄缶犹可击〔二十一〕。

■ 注释

〔一〕潘岳《悼亡诗》共三首，系为悼念亡妻而作。本篇为第一首。

〔二〕荏苒：形容时光逐渐流去。谢：去。

〔三〕流易：变换。冬春寒暑节序变易，可见时间大概已过去一年。古代礼制，妻子亡故，丈夫服丧一年，故这首诗大约作于其妻死后之周年。

〔四〕之子：那人，即亡妻。穷泉：深泉，指地下。

〔五〕重壤：厚厚的土层。幽隔：被阻隔在幽深的地下。

〔六〕私怀：个人的愿望，指悼念亡妻，不愿离家赴任的愿望。克：能够。从：顺从。淹留：指久留在家。此二句言心中哀伤，意欲留在家中，但服丧期已满，王命和世情难许，故终得离去，况且长久留在家中，更易见物思人，徒增哀伤，于事亦无所补益。

〔七〕僶俛（mǐnmiǎn）：勉力。恭：顺从。朝命：朝廷的命令。回心：转念，指改变原先想留在家中的心思。反：同"返"。初役：原任官职。此二句表示离家赴任。

〔八〕庐：房屋。其人：那个人，指亡妻。

〔九〕室：内屋。历：经历，指妻子平日的生活情景。

〔十〕帏屏：帐子和屏风。仿佛：相似的形影。《汉书·外戚传》："李夫人早卒，方士齐少翁言能致其神，乃夜张灯烛，设帏帐，令帝居他帐中，遥望见好女如李夫人之状，不得就视。"本句言帏屏之间连仿佛之影也见不着，不能像汉武帝见李夫人那样（用余冠英说）。

〔十一〕翰墨：笔墨。翰，笔。余迹：遗迹。

〔十二〕流芳：指香袋、衣物上散发的芳香。歇：停止。

〔十三〕遗挂：挂在墙上的衣服。以上四句抒写物在人亡的悲哀。

〔十四〕怅恍（huǎng）：神情恍忽。或存：还活着。回惶：心情由恍惚转为惊恐。忡（chōng）：忧愁。惕：惊惧。此二句写思念亡妻而引起的复杂情绪。

〔十五〕翰：鸟飞。翰林鸟，林中飞翔之鸟。双栖：雌雄成双，出入相随。一朝只：转眼间分离成单。只，形单影只。

〔十六〕比目：鱼名。《尔雅·释地》："东方有比目鱼焉，不比不行。"析：分开。此四句以双栖鸟成单、比目鱼分离来比喻丧妻后自己的孤独处境。

〔十七〕缘：沿着。隙：隙缝。

〔十八〕霤（liú）：屋檐流下之水。

〔十九〕寝息：睡觉休息。此句言无论何时都不能忘却妻亡的哀伤。

〔二十〕沉忧：深沉的忧思。

〔二十一〕庶几：但念。衰：衰弱。庄：指庄子。缶：瓦盆，古代的一种打击乐器。《庄子·至乐》："庄子妻亡，惠子吊之，庄子则方箕踞鼓盆而歌。"他认为死亡是自然变化，又何必悲伤。此二句为作者强自宽慰之语，用庄子妻死不悲哀、鼓盆而歌的典故，说但愿自己的哀伤能有淡薄之时，能像庄子那样达观才好。

■ 简析

　　潘岳以擅长抒陈哀情而著称，文如《哀永逝文》、《叹逝赋》，诗如《悼亡诗》，无不情切意真，凄婉动人。

　　本篇叙写妻子杨氏亡葬后，即将离家赴任时的哀伤心情。生离死别，悼亡之痛，人之常情，融入诗篇，遂成悲音。作者笔下真情流注，对亡妻的痛彻肺腑的哀念之情充溢于字里行间，读来无不触目惊心，催人泪下。潘岳此诗，对后世影响很大，后人哀悼亡妻,均以"悼亡"为题,可见"悼亡"成为一种文体,当自安仁始。刘勰《文心雕龙·体性》云:"安仁轻敏,故锋发而韵流。"本诗在艺术表现手法方面正体现了这样的特点。又诗中除运用了比兴、反诘等手法而外,自始至终一连用十数个入声韵字相押,造成了全诗凄凉低回的基调,这对于抒写哀思之情亦有所强化。

左　思（六首）

　　左思（250？—350？），字太冲，齐国临淄（今山东省淄博市临淄区）人。博学多文，功业心很强，但因出身寒素，仕途很不得意，官止秘书郎。晚年退居还乡，专意典籍，不问世事。貌寝口讷，不喜交游，唯以著作为事。曾以十年时间写成《三都赋》，风行一时，洛阳为之纸贵。存诗十四首，代表作为《咏史》八首，内容主要是借咏古人古事来抒写自己功业未遂的情怀，抨击门阀制度的不合理，表现对士族权贵的蔑视。笔力充沛，诗语简劲，绝少雕章琢句。钟嵘《诗品》将他列为上品，并称许他"文典以怨，颇为精切，得讽谕之致"，但又给了他一个"野于陆机"的评语，这是重视辞藻美的缘故。实际上，在追求形式美的诗风盛行的太康时代，左思能继承和发扬建安文学的优良传统，作品讽喻典怨，内容充实，风格刚健明朗，于群才力弱流靡之际，以其豪放之襟怀跨迈流俗，高亢震世，其实际成就远远高出同时代其他诗人，故张蔚然《西园诗尘》说："在六朝而无六朝习气者，左太冲、陶彭泽也。"有《左太冲集》。

咏　史（八首选四）

其　一〔一〕

弱冠弄柔翰〔二〕，卓荦观群书〔三〕。

著论准《过秦》〔四〕，作赋拟《子虚》〔五〕。

边城苦鸣镝，羽檄飞京都〔六〕。

虽非甲胄士〔七〕，畴昔览《穰苴》〔八〕。

长啸激清风，志若无东吴〔九〕。

铅刀贵一割〔十〕，梦想骋良图〔一一〕。

左眄澄江湘〔十二〕，右盼定羌胡〔十三〕。

功成不受爵，长揖归田庐〔十四〕。

■ 注释

〔一〕本篇原列第一。

〔二〕弱冠：古代男子年二十束发加冠，表示成年，但因体犹未壮，所以称"弱冠"。弄柔翰：指写文章。柔翰，毛笔。

〔三〕卓荦（luò）：特出、卓越，这里指才学出众。

〔四〕准：以为标准。《过秦》：即《过秦论》，西汉贾谊之名篇。

〔五〕拟：比拟。《子虚》：即《子虚赋》，汉司马相如所作。

〔六〕鸣镝（dí）：又名"嚆（hāo）矢"，响箭，古时用作战斗信号，这里指战争。羽檄：见前曹植《白马篇》注〔十〕。此二句言边疆苦于外患，发生战事，告急文书驰传到京师。

〔七〕甲胄（zhòu）士：战士。甲，铠甲。胄，头盔。

〔八〕畴昔：从前。《穰苴》（rángjū）：《司马穰苴兵法》之简称。春秋时齐国大司马田穰苴善用兵，后来齐威王命大夫整理古司马兵法，穰苴兵法附列其中，称《司马穰苴兵法》。这里借指一般兵书。

〔九〕啸：蹙口成声。激：激荡。东吴：三国时建国江东的孙吴政权。此二句言放声长啸，啸声激荡着清风，志豪气勇，根本没有把东吴放在眼里。

〔十〕铅刀一割：《东观汉记》载班超在章帝建初三年（78）上疏请兵说："臣乘圣汉威神，出万死之志，冀立铅刀一割之用。"铅刀一割便钝，难以再用，因而用以比喻自己才钝，但希望一出而为国立功，为谦词。左思用此典来表达自己的抱负。

〔十一〕骋：施展。良图：美好的理想。

〔十二〕眄（miǎn）：看。澄江湘：平定东吴。江湘，长江、湘水，地当东吴地域，因而代指东吴。又因为地处东南，故曰"左眄"。

〔十三〕羌胡：指分布在西北一带的羌族。因地处西北，故曰"右盼"。

〔十四〕受爵：封官受禄。长揖（yī）：古代礼节，拱手高举，自上而下。此二句言功成之后当谢绝封赏。归：归隐。田庐：家园。

■ 简析

本篇并未涉及史事，可看作是八首中之序篇。诗中自叙才能抱负，前四句言自己青年时代博览群书，论著作赋可比拟《过秦论》和《子虚赋》。继之写自己不独长于文学，还读过兵书，精通武略，因而有志为国立功，为安定边疆效"铅刀一割"之用。最后，作者表示自己渴望立功建业并非是贪图爵赏，而愿功成身退，归隐田园，仍过原来的生活。明代胡应麟《诗薮》云："《咏史》之名，起自孟坚（班固），但指一事。魏杜挚《赠毋丘俭》，叠用入古人名，堆垛寡变。太冲题实因班，体亦本杜，而造语奇伟，创格新特，错综震荡，逸气干云，遂为古今绝唱。"指出了左思的《咏史》诗在"咏史"诗这一体制发展过程中的地位。左思《咏史》诗的创造之处或曰新变之处在于咏史只是咏怀的手段，主旨在于展现自己的内心世界，叙写自己的志趣和情操，较之于他之前的"咏史"诗仅"美其事而咏叹之，概括本传，不加藻饰"（何焯《义门读书记》），确为一"变"。

其 二[一]

> 郁郁涧底松[二]，离离山上苗[三]。
> 以彼径寸茎[四]，荫此百尺条[五]。
> 世胄蹑高位[六]，英俊沉下僚[七]。
> 地势使之然，由来非一朝[八]。
> 金张藉旧业[九]，七叶珥汉貂[十]。
> 冯公岂不伟[十一]，白首不见招[十二]。

■ **注释**

〔一〕本篇原列第二。

〔二〕郁郁：茂盛的样子。

〔三〕离离：弯曲下垂的样子。苗：初生的树木。

〔四〕彼：指山上苗。径寸茎：一寸粗的茎。径，直径。

〔五〕荫：遮蔽。此：指涧底松。条：树枝。百尺条，指高大的松树。上四句以涧底松喻才高位卑的寒士，以山上苗喻才拙位高的世族。

〔六〕世胄：世家大族的子弟。胄，后裔。蹑（niè）高位：居高位。蹑：履，登。

〔七〕英俊：指有才能的寒士。沉下僚：沉没于低下的官职上。下僚，下级官员，即属员。

〔八〕这两句言这种情况恰如涧底松和山上苗那样，是地势造成的，其所由来久矣。

〔九〕金张：指汉代金日磾（mìdī）和张汤两家的子弟。自汉武帝时起至汉平帝止，金家七代为内侍。张家自汉宣帝以后，有十余人为侍中、中常侍。《汉书·张汤传赞》："功臣之世，唯有金氏、张氏亲近贵宠，比于外戚。"藉旧业，凭借祖先的功业。

〔十〕七叶：七代。珥（ěr）：插。貂：指貂尾。汉代侍中、中常侍的帽子上皆插貂尾。上二句言金张两家的子弟凭借祖先的功业，七代做汉朝的贵官。

〔十一〕冯公：指汉文帝时的冯唐，他有才能而官职低微，年七十还只担任中郎署长的小官。李善注引荀悦《汉纪》："冯唐白首，屈于郎署。"伟：奇伟，这里指才能出众。

〔十二〕白首：指年老。招：招见，这里指重用。上四句举史实来说明"世胄蹑高位，英俊沉下僚"的情况，是由来已久的。

■ 简析

自曹丕颁行九品中正制之后，世族官僚门阀制度进一步发展，到西晋初年，已是"上品无寒门，下品无世族"，世家大族独享着政治特权，而出身寒门的知识分子只能屈居下位，沉没终生。本篇通过"涧底松"与"山上苗"的鲜明对比，说明因所处地势不同，栋梁之材便被孱弱的小苗遮蔽，永无出头之日。作者以这一自然现象比喻"世胄蹑高位，英俊沉下僚"的社会现象，揭露、批判了门阀制度的不合理。张玉毂曾评左思《咏史》诗"名为咏史，实为咏怀"、"或先述己意而以史事证之，或先述史事而以己意断之，或止述己意而史事暗合，或止述史事而己意默寓"（《古诗赏析》）。本诗可谓是"先述己意而以史事证之"，诗中先用贴切的比喻反映社会现象，进而以史事证之，托前代以自鸣不平，含义深远，耐人寻味。钟嵘《诗品》评价左思的诗："文典以怨，颇为精切，得讽谕之致。"本诗正复如此。

其 三〔一〕

吾希段干木，偃息藩魏君〔二〕。
吾慕鲁仲连，谈笑却秦军〔三〕。
当世贵不羁，遭难能解纷〔四〕。
功成耻受赏，高节卓不群〔五〕。
临组不肯绁，对珪宁肯分〔六〕？
连玺耀前庭，比之犹浮云〔七〕。

■ **注释**

〔一〕本篇原列第三。

〔二〕希：向慕。段干木：战国时魏人，隐居穷巷，不愿做官，为当时之贤者，魏文侯尊他为师。据《吕氏春秋·察贤》篇记载，秦国兴兵要攻打魏国，司马唐谏秦君道："段干木贤者也，而魏礼之，天下莫不闻，无乃不可乎？"秦君以为然，魏国因此免于兵祸。偃息：安卧。藩魏君：为魏国的屏障。藩，篱垣，此处为动词。此二句言段干木虽隐居不仕，却能保卫国家。

〔三〕慕：仰慕。鲁仲连：战国齐人，善奇谋，能言辩，不肯做官。却秦军：退秦军。据《史记·鲁仲连列传》记载，秦国派白起出兵围赵，赵国正计划尊秦为帝，以求罢兵。时鲁仲连正在赵国，他仗义执言，斥退了秦国派来的说客辛垣衍，说服赵国，放弃了尊秦为帝的计划，迫使秦军撤退五十里，正好魏国的救兵赶到，于是解了赵国之围。鲁仲连退秦军是用舌辩，所以这里言"谈笑"。

〔四〕不羁：不受笼络。遭难：遇到患难。解纷：解除纷扰。此二句言世上所贵者是那些能为人排难解纷的不羁之士。

〔五〕卓：高超。不群：不同于一般人。据《史记·鲁仲连列传》记载，鲁仲连却秦兵之后，平原君要给他高封厚赏，他再三辞让说：

"所贵于天下之士者，为人排患释难解纷乱而无取也。即有取者，是商贾之事也，而连不忍为也。"便辞平原君而去。上四句即言此。

〔六〕组：丝织的绶带，古代做官人用以系印玺以结在腰间。继（xiè）：系结。不肯继，意为不愿接受官职。珪：瑞玉板，上圆下方。古代诸侯，不同的爵位，分颁不同的珪。分：分别颁发。"宁肯分"同于"不肯继"，亦为不受官职之意。

〔七〕连玺：形容成串的官印。玺，秦以前之各种印，秦以后，专指帝印。浮云：喻无足轻重。《论语·述而》："子曰：'不义而富且贵，于我如浮云。'"末四句再次强调鲁仲连功成不受赏，不肯做官的高风亮节。

■ 简析

　　本篇咏段干木、鲁仲连二人有功于国而轻视爵禄的高尚节操。左思的《咏史》诗多抒胸臆，咏古人而己之性情俱见，所以本诗歌颂古人，目的却在于讽今。作者把这两个历史人物作为自己的楷模，向慕他们"为人排患释难解纷乱而无取也"的才干与情操，希望自己也能做到如他们那样"功成耻受赏，高节卓不群"。这与作者在《咏史》第一首中所言之"铅刀贵一割，梦想骋良图"、"功成不受爵，长揖归田庐"是一致的。同时，作者歌颂古人的高节，也是对社会上那些尸位素餐、一心希望高官厚禄的士族官僚的批判。因此可以看出，左思在诗中能把对历史的咏叹和对个人身世以及所处时代的感慨融为一体，这在"咏史"这一诗体的发展历史上确是一种创举。后来的陶渊明、鲍照、陈子昂、李白以及龚自珍等人在这方面都受到了他的影响，其沾溉后人非一代也。

其 四〔一〕

荆轲饮燕市〔二〕，酒酣气益震〔三〕。

哀歌和渐离，谓若傍无人〔四〕。

虽无壮士节，与世亦殊伦〔五〕。

高眄邈四海，豪右何足陈〔六〕。

贵者虽自贵〔七〕，视之若埃尘。

贱者虽自贱〔八〕，重之若千钧〔九〕。

■ **注释**

〔一〕本篇原列第六。

〔二〕荆轲：战国齐人，好读书击剑，为燕太子丹刺秦王，失败被杀。燕市：燕国的都市。

〔三〕震：威。

〔四〕渐离：高渐离，燕人，善击筑。谓：以为。《史记·刺客列传》："荆轲既至燕，爱燕之狗屠及善击筑者高渐离。荆轲嗜酒，日与狗屠及高渐离饮于燕市。酒酣以往，高渐离击筑，荆轲和而歌于市中，相乐也。已而相泣，旁若无人者。"以上四句言此。

〔五〕节：节操。与世殊伦：与社会上一般人不同。伦，类。上二句言荆轲虽然没有壮士的操行，但也与世俗之徒不一样。

〔六〕高眄：傲视。邈：小看。豪右：世家大族。古时称豪门贵族为豪右。陈：说。此二句言荆轲以四海为小，傲视豪贵之家。

〔七〕贵者：指豪右。自贵：自以为贵。

〔八〕贱者：指荆轲。自贱：自以为贱。

〔九〕钧（jūn）：量名，三十斤为一钧。千钧，形容极重。以上四句由咏荆轲转而抒发己见，言贵者像尘埃一样轻，贱者像千钧一样重，这与当时的世俗之见恰恰相反。

■ 简析

　　本篇歌颂了荆轲慷慨高歌、睥睨四海的精神，借以表达诗人对豪门权贵的蔑视。诗中把荆轲和权贵豪右对比，认为荆轲虽然不是理想中的壮士，但是与那些龌龊渺小的权贵人物比较，却有如千钧和尘埃之差。本诗"先述史事而以己意断之"，且笔调挺拔，激情灌注，慷慨有力，难怪钟嵘在《诗品》中称誉左思《咏史》为"五言之警策"了。

招　隐〔一〕（二首选一）

　　　　杖策招隐士〔二〕，荒涂横古今〔三〕。
　　　　岩穴无结横〔四〕，丘中有鸣琴。
　　　　白雪停阴冈〔五〕，丹葩曜阳林〔六〕。
　　　　石泉漱琼瑶〔七〕，纤鳞或浮沉〔八〕。
　　　　非必丝与竹〔九〕，山水有清音。
　　　　何事待啸歌〔十〕？灌木自悲吟〔十一〕。
　　　　秋菊兼糇粮，幽兰间重襟〔十二〕。
　　　　踌躇足力烦，聊欲投吾簪〔十三〕。

■ 注释

　　〔一〕左思的《招隐》诗共二首，本篇是第一首。

　　〔二〕杖：持。策：细的树枝。招：招寻。

　　〔三〕荒涂：荒芜的道路。横：塞。此句言道路荒芜，好像从古至今无人走过。

　　〔四〕岩穴：山岩的洞穴。结横：指房屋建筑。

〔五〕阴：山北为阴。冈：山脊。

〔六〕丹葩（pā）：红花。阳林：山南的树林。阳，山南为阳。

〔七〕漱：激荡。琼瑶：美玉，这里指山石。此句言泉水激荡于山石之间。

〔八〕纤鳞：小鱼。

〔九〕丝：弦乐器。竹：管乐器。

〔十〕啸歌：吟唱。

〔十一〕灌木：丛生的树木。上四句言山中水石风木所发的"天籁"之声便是清美的音乐和悲凄的吟哦了，何须再奏乐和吟唱呢。

〔十二〕糇（hóu）：干粮。间：杂。此二句言食物里兼有秋菊，衣襟上杂佩幽兰，系由屈原《离骚》中"纫秋兰以为佩"、"夕餐秋菊之落英"句化来。

〔十三〕踌躇：徘徊。烦：疲乏。聊：且。投簪：抛弃冠簪，犹言挂冠，即放弃官职，不再仕宦。簪，古人用以联结冠和发。冠为士大夫所用，以别于庶人。末二句言徘徊仕途，足力疲乏，也想在此隐居。

■ 简析

"招隐"的内涵有一个发展变化的过程。"招隐"作为题目，最早出现在西汉淮南小山的《招隐士》中，但这里之"招隐"，其意思是把隐士从荒无人烟的自然中招回人世间来，即所谓"王孙兮归来，山中兮不可以久留"。魏晋以来，玄学兴起，自然山水不再被视作艰险困顿之境，隐居山林也不再被看作是一件枯槁憔悴的事情，隐逸与山水乐趣合而为一，因而"招隐"内涵便一变而为寻访隐居者，并与他们一道隐居。左思《招隐》二首的命意正是"寻访隐居者"。第一首写作者入山寻访隐士，发现山中清幽静谧的自然环境，对餐菊、佩兰的隐士生活无限仰慕，便决心弃捐世俗之恋，挂冠归隐，得意丘中。左思萌生隐居之念，与他的寒素出身、他对高门权贵的蔑视以及视利禄富贵如同浮云的价值观密切有关。他在《咏史》第五首中曾唱道：“自非攀龙客，何为欻来游？被褐出阊阖，高步追许由。振衣千仞冈，濯足万里流。”本诗同样表现了作者的与世俗决绝的思想。

《世说新语·任诞》记：“王子猷居山阴，夜大雪。眠觉，开室，命酌酒。四望皎然。因起彷徨，咏左思《招隐》诗。忽忆戴安道。时戴在剡，即便夜乘小船就之。经宿方至，造门不前而返。人问其故，王曰：‘吾本乘兴而来，兴尽而返。何必见戴？’”这则文学史上的佳话说明了《招隐》诗在东晋时的影响。

娇女诗〔一〕

吾家有娇女，皎皎颇白皙〔二〕。

小字为纨素〔三〕，口齿自清历〔四〕。

鬓发覆广额〔五〕，双耳似连璧〔六〕。

明朝弄梳台〔七〕，黛眉类扫迹〔八〕。

浓朱衍丹唇〔九〕，黄吻澜漫赤〔十〕。

娇语若连琐，忿速乃明懂〔十一〕。

握笔利彤管，篆刻未期益〔十二〕。

执书爱绨素，诵习矜所获〔十三〕。

其姊字惠芳，面目𬇕如画〔十四〕。

轻妆喜楼边〔十五〕，临镜忘纺绩〔十六〕。

举觯拟京兆，立的成复易〔十七〕。

玩弄眉颊间，剧兼机杼役〔十八〕。

从容好赵舞〔十九〕，延袖象飞翮〔二十〕。

上下弦柱际，文史辄卷襞〔二十一〕。

顾眄屏风画，如见已指摘〔二十二〕。

丹青日尘暗，明义为隐瞶[二十三]。

驰骛翔园林，果下皆生摘[二十四]。

红葩缀紫蒂，萍实骤抵掷[二十五]。

贪华风雨中，眴忽数百适[二十六]。

务蹑霜雪戏，重綦常累积[二十七]。

并心注肴馔，端坐理盘槅[二十八]。

翰墨戢闲案，相与数离逖[二十九]。

动为垆钲屈，屣履任之适[三十]。

止为荼荈据，吹嘘对鼎𤭩[三十一]。

脂腻漫白袖，烟熏染阿锡[三十二]。

衣被皆重地，难与沉水碧[三十三]。

任其孺子意，羞受长者责[三十四]。

瞥闻当与杖，掩泪俱向壁[三十五]。

■ **注释**

〔一〕据《左棻墓志》记载，左思有二女，长女名芳字惠芳，次女名媛字纨素。

〔二〕皎皎：光彩的样子。白皙（xī）：面皮白净。

〔三〕小字：即乳名。

〔四〕清历：分明。

〔五〕广额：宽广的额头。晋时女子习尚广额、细眉。

〔六〕连璧：即双璧，形容双耳的白润。

〔七〕明朝：即清早。

〔八〕黛：画眉膏，墨绿色。类扫迹：像扫帚扫的似的，形容随意涂抹。

〔九〕浓朱：深红，指口红。衍：敷抹。

〔十〕黄吻：即黄口，本指小孩，这里指小孩的唇。澜漫：淋漓的样子。此句言小嘴唇抹得一片赤红。

〔十一〕连琐：连环形或连环纹，这里指说话滔滔不绝。忿速：恼急。明懂（huā）：指言语干脆斩截。懂，乖戾。此二句言撒娇和撒泼时情态各异。

〔十二〕利：贪爱。彤管：红漆管的笔，古代女史官所用，《后汉书·皇后纪序》："女史彤管，记功书过。"篆刻：指写字。益：进步。上二句言纨素喜欢用好笔写字，但不能期望有所长进，因为她不过是游戏罢了。

〔十三〕绨（tí）：厚绢。素：白绢。古人在绢上写书。矜：自夸。上二句言纨素翻弄书本是因为喜爱那绨素，一有所获便向人夸示。以上十六句写纨素。

〔十四〕睐：美。《太平御览》卷八六七引作"粲"，可从。粲，音"灿"，美好的样子。又纪容舒《玉台新咏考异》亦谓当作"粲"。

〔十五〕轻妆：淡妆。

〔十六〕纺绩：纺纱织布。织麻为缕叫绩。此句言光顾照镜子竟忘了纺绩。

〔十七〕觯（zhì）：酒器。"举觯"于文义难通，故疑当作"觚（gū）"，是一种木做的写字工具。京兆：指张敞。张敞于汉宣帝时为京兆尹，故称张京兆，曾为妻画眉。拟京兆，模仿张敞画眉。的：古时女子面额的装饰，用朱色点成。上二句言惠芳握笔模仿张敞的样子画眉，学着点的，点成了又涂了重点。

〔十八〕剧：疾速。兼：倍。机杼：纺织机。上二句言惠芳化妆时的紧张情况，倍于纺绩劳作。

〔十九〕从容：舒缓貌。赵舞：古代赵国的舞蹈。

〔二十〕延袖：展袖。飞翮（hé）：飞翔的鸟翼。翮，鸟羽的茎，即翎管。

〔二十一〕上下：指胡乱拨弄琴弦。柱：乐器上架丝弦的木柱。襞（bì）：折叠。此二句言她又喜欢拨弄琴瑟，常把文史典籍卷折起来，丢在一边。

〔二十二〕眄（miǎn）：斜着眼看。屏风画：屏风上的绘画。如见：谓看不清楚，只得其仿佛。指摘：指点批评。

〔二十三〕丹青：指屏风上的画。尘暗：为尘土所蒙蔽。明义：明显的意义。隐赜（zé）：隐晦。此四句言屏风上的画，日久为灰尘所蔽，明显的意义已经隐晦难知了，而惠芳只是瞥了几眼，还没看出所以然，便随意批评起来了。以上十六句写惠芳。

〔二十四〕骛（wù）：乱跑。此二句言在园林中乱跑，把未成熟的果实都生摘下来了。

〔二十五〕红葩：红花。蒂：花与枝茎相连的地方。萍实：传说中的一种果实。《孔子家语》："楚昭王渡，江中有一物大如斗，圆而赤，直触王舟。舟人取之，王大怪之，遍问群臣，莫之能识。王使使聘于鲁，问于孔子，子曰：'此所谓萍实者也，可剖而食之，吉祥也。唯霸者为能获焉。'使者反，王遂食之，大美。"这里借指一般果子。骤：迅速、频繁。抵掷：投掷。此二句言采花时连花茎一起折下来，摘了果子互相投掷玩耍。

〔二十六〕华：即花，六朝以前无花字。贪华，喜爱花。眒（shèn）：疾貌。眒忽，倏忽。适：往。此二句言她们喜爱园中的花，风雨中也多次跑去看。

〔二十七〕蹑：（niè）：踏。重：重复。綦（qí）：鞋带。此二句言她们一定要到外面去踏雪游戏，为了防止鞋子脱落，便在鞋上横七竖八系了许多鞋带。

〔二十八〕并心：犹言全神。肴馔（zhuàn）：熟食的鱼肉叫肴，酒、牲、脯醢总名叫馔。槅：同"核"，古人祭祀时盛在笾中的桃、梅之类的果品叫"核"。盘槅，犹言盘果。此二句言她们全神贯注地端坐料理食品。

〔二十九〕戢（jí）：收藏。案：几桌。离逖：远离。此二句言她们把笔墨收放在案头上，丢开很多天不用。

〔三十〕动：轵。垆：缶，古人用为乐器。钲（zhēng）：乐器名，铙、铎之类。屈：疑为"出"之误。屣（xǐ）履：拖着鞋。此二句言她们听到门外有钲、缶的声音，便连鞋都顾不得穿好，拖着它就跑出去了。

〔三十一〕止为句：丁福保根据《太平御览》改为："心为荼荈剧"，可从。荈（chuǎn）：晚采的茶。荼荈一作"荼菽"。荼，苦菜。菽，豆类的总称。这两种东西大概是古人所煮食的饮料。鼎，三足两耳的烹饪器具。鬲（lì）：即鬲，空足的鼎，也是烹饪器具。此二句是说她们心中为煎汤不熟而着急，因此对着鼎鬲不停地吹火，其实是帮了倒忙。

〔三十二〕阿锡：或作"阿緆"，"锡"与"緆（xì）"古字通。阿为细缯，緆为细布。此二句言她们因在灶下吹火，衣服都被油腻和烟弄脏了。

〔三十三〕衣被：犹衣着，指衣服。地：质地，底子。重地，指衣服的底色被烟污熏，变得五颜六色。重地，一作"重池"，意思是衣被多重缘饰，中心如池，然与上下文意思不连贯，故不从。水碧：碧水的倒文。上二句言衣服脏污，难以下水洗涤。

〔三十四〕孺子：儿童的通称。此二句言她们任性淘气，不愿让大人管束。

〔三十五〕瞥：见。当与杖：将要挨打。此二句言瞥见或听到大人要打她们时，便都面向墙壁掩面而泣。以上二十四句纨素、惠芳合写。

■ **简析**

与《咏史》相比较，《娇女诗》在题材内容和表现风格方面都别具一格。《咏史》言志述怀，"文典以怨"，"得讽谕之致"，而《娇女诗》则写亲情逸趣，生动洒脱，富于诙谐幽默的韵致。诗篇描写了作者的两个娇小稚气的爱女，先写纨素，次写惠芳，然后合写。诗人先写女儿们的娇美，后写她们的娇纵，充分写出了她们可爱、可笑又可气的种种情态，首尾相扣，结构紧凑，韵味无穷。钟惺《古诗归》曾评《娇女诗》："通篇描写娇痴游戏处不必言，如握笔、执书、纺绩、机杼、文史、丹青、盘榼等事，都是成人正经事务，错综穿插，却妙在不安详，不老成，不的确，不闲整，字字是娇女，不是成人。"指出了该诗在性格刻画、形象塑造方面的绝妙之处，所言甚是。另外，诗中所表现的情致也非常动人。作者似乎从一切尘世烦恼中超脱而出，将全部情感倾注在一双娇女身上，以深情的辞文、体察入微的刻画、诙谐的趣味打动千百年来的读者，从中我们不难体察到诗人的一颗爱心。此诗以其题材新颖、艺术造诣高超而对后世产生了很大的影响，如陶渊明的《责子》诗、杜甫《北征》中关于女儿的吟咏、李商隐的《娇儿诗》等都与本诗一脉相承。

张　协（一首）

张协（？—307？），字景阳，安平（今河北省安平县）人。少有俊才，辟举后累迁至中书侍郎，转为河间内史。因见世道纷乱，弃官隐居草泽，清简寡欲，以吟咏自娱。永嘉初，复征为黄门侍郎，托病不就，卒于家。与兄张载以及张华齐名，并称"三张"。他的诗"词采葱蒨，音韵铿锵"，多"巧构形似之言"（钟嵘《诗品》评语），风格清新流宕，富于形象性，但思想内容一般。存诗十三首，有辑本《张景阳集》一卷。

杂　诗[一]（十首选一）

朝霞迎白日，丹气临汤谷[二]。
翳翳结繁云，森森散雨足[三]。
轻风摧劲草，凝霜竦高木[四]。
密叶日夜疏，丛林森如束[五]。
畴昔叹时迟，晚节悲年促[六]。
岁暮怀百忧，将从季主卜[七]。

■ 注释

〔一〕张协的《杂诗》共十首，这里选的是第四首。

〔二〕丹气：日光照射空气成红色，即上句的朝霞。汤谷：传说日出之处。一作"旸谷"，意同。此二句写春日朝气蓬勃的景象，言红光映天，迎接白日从汤谷出现。

〔三〕翳翳（yìyì）：浓云遮蔽的样子。结繁云：众云集结。森森：形容雨下得很密。雨足：即雨点。此二句写夏日多雨。

〔四〕摧：折。劲草：挺拔的秋草。竦（sǒng）：同"耸"。竦高木，言霜凋叶落；树木变得瘦高瘦高的。此二句写秋天草木枯凋。

〔五〕疏：稀少。森：树枝众多的样子。束：捆缚。此二句写冬日森严景象，言树叶落尽，枝条直伸向天空，森然如束。

〔六〕畴（chóu）昔：从前，指少年时代。迟：慢。晚节：年老时节。年促：年岁急促。此二句言少壮时嫌时光过得太慢，到了老年，却悲叹年岁流逝得太快了。

〔七〕岁暮：一年将尽之时，兼喻人的晚年。百忧：形容忧愁之多。从：跟从。季主：司马季主，汉初著名的卜者，常卖卜于长安东市。宋忠和贾谊游于市中，问他为何要从事卖卜这种卑下的营生，他回答："贤者不与不肖者同列，故君子处卑以避众。"（见《史记·日者列传》）末二句言岁暮忧多，故将学习司马季主，怀道自匿，隐居避众。

■ 简析

《杂诗》十首为张协的代表作。本篇为叹老伤时之作。诗中通过描写四时代序，感慨时光易逝，抒发了忧时避世的心情。前八句写景，作者精心铸造了四时光景的艺术形象，特征准确而鲜明，意蕴丰富。后四句抒情，"畴昔叹时迟，晚节悲年促"是全诗的警策，也是主题思想所在。在对时节光阴的形象的赋咏之中，诗人情怀化作叹老伤时的情绪，百忧交集之下，认为到唯有避世隐居才是出路所在。全诗含蓄深沉，感慨不尽，表现了作者那清醒而无奈、激越而无望的情感世界。

此诗语言提炼精确，除了善用动词而外，语法灵活和韵调谐情也是特点所在，如"翳翳"二字，以叠字形容词作前置状语，产生了声韵舒缓悠扬的效果。又如"密叶"二句用流水假对，上下句语法结构不同，便使语调情韵产生急转而下的效果。于此，我们可以看出张协的诗确实具有"巧构形似之言"的艺术特点。

张　翰（一首）

　　张翰（生卒年不详），字季鹰，吴郡吴县（今江苏省苏州市）人。江东士族出身，"八王之乱"初起，齐王司马冏讨平赵王司马伦，举为大司马东曹椽。性格豪放，纵任不拘，时称"江东步兵"，比之为魏、晋之际的阮籍。诗如其人，淡丽雅致，但流传后世者甚少。

思吴江歌〔一〕

秋风起兮佳景时，吴江水兮鲈鱼肥〔二〕。
三千里兮家未归〔三〕，恨难得兮仰天悲〔四〕。

■　**注释**

　　〔一〕诗题又作《秋风歌》。吴江：淞江，在江苏省。

　　〔二〕鲈鱼：盛产于吴江的一种食用鱼。

　　〔三〕三千里：形容从洛阳到故乡的遥远路程，不是确数。

　　〔四〕难得：难有回故乡的机会。

■ 简析

《世说新语·识鉴》记载，张翰从江南来到洛阳，做大司马齐王司马冏的幕僚。在洛阳时，他见秋风起，便思念吴中的莼菜羹、鲈鱼脍，说："人生贵得适意尔，何能羁宦数千里以要名爵！"于是便弃官回乡去了。不久，司马冏被杀，时人都认为他有预见。这便是《思吴江歌》的本事即创作背景。

本诗为楚歌体小诗，其中心思想是抒发作者的"不如归"之叹。西晋惠帝朝，八王乱起，政局混乱，名士惶惑，在仕进与隐退的抉择中，张翰选择了后者。这与他"人生贵得适意"的人生观密切有关。据《世说新语·任诞》记载，有人问张翰："卿乃可纵适一时，独不为身后名邪？"他回答："使我有身后名，不如即时一杯酒。"诗中表现的宁可回家吃乡土美味而不要名爵的决绝态度，正是他的这种不要名而要"即时一杯酒"的人生观的体现。这是腐败黑暗的门阀政治给当时文士们的赠予，在他们逃名求退、托病辞官行动的背后，是对乱世和个人命运的无奈，他们的内心其实是非常悲苦的。

王　赞（一首）

王赞（生卒年不详），字正长，义阳（今河南省新野县）人。官至司空椽、散骑侍郎。传诗不多，但能直抒胸臆，不蹈流俗。

杂　诗

朔风动秋草，边马有归心[一]。

胡宁久分析[二]，靡靡忽至今[三]。

王事离我志，殊隔过商参[四]。

昔往鸧鹒鸣[五]，今来蟋蟀吟。

人情怀旧乡，客鸟思故林[六]。

师涓久不奏，谁能宣我心[七]？

■ **注释**

〔一〕朔风：北风。动：吹动。边马：边地士卒骑用的马。此二句以马写人，言边马都已思归，人当然更思归了。

〔二〕胡宁：哪能。分析：和亲人分离。

〔三〕靡靡：犹迟迟。

〔四〕王事：国家的差事，指服役。离：分。殊隔：和家人远隔。

过：超过。商参：指商星和参星，它们东西相对，出没互不相见，故这里用以作比。此二句言国家的事牵系着我的心，使我顾不到自家的私事，和家人远隔，不能相见。

〔五〕鸧鹒（cānggēng）：黄莺，鸣于春天。

〔六〕旧乡：故乡。此二句言人在情感上总是怀念自己的故乡，好比鸟飞外地总是思恋原来栖宿过的树林。

〔七〕师涓：春秋时卫国的乐师。据《韩非子·十过》记载，卫灵公经过濮水时，夜闻一种奇怪的音乐，他命令师涓记录下来，结果师涓第二天就完成了任务。宣：表明。此二句用典，表达内心的感慨，言像师涓这样的乐师很久不奏乐了，谁能将我的心情传与他人知道呢？

■ 简析

本篇抒写边地士卒久役思归之情，与《诗经·小雅·采薇》的主题有所相似。"朔风动秋草，边马有归心"两句甚得后人赞赏，《宋书·谢灵运传》称之为"直举胸情"的名句。钟嵘《诗品》评王赞为以一首诗名世的诗人之一，并把他列为中品，这是因为王赞此诗符合钟嵘"直寻"的诗歌美学标准。从东晋到南朝刘宋，诗赋创作堆砌典故，炫耀学问，以致"文章殆同书钞"（《诗品序》），针对这种情况，钟嵘指出诗歌"至乎吟咏情性，亦何贵乎用事"、"观古今胜语，多非补假，皆由直寻"，强调诗歌创作应从大自然和社会生活中直接寻找"胜语"。本诗除末二句外，别无用典之处，而多用比兴手法，抒情性强，讽谕性突出，旋律明快，节奏强烈，具有感人的力量，难怪能得钟嵘赏评。

刘 琨（二首）

　　刘琨（271—318），字越石，中山魏昌（今河北省无极县东北）人。出身士族，少时有诗名，好老、庄，尚清谈，与石崇、陆机等人以文章事权贵贾谧，为"二十四友"之一。西晋末年，在尖锐的民族矛盾中成为爱国志士。他与祖逖为友，同被共寝，闻鸡起舞，以保国的重任自许。永嘉元年（307），出任并州（今山西一带）刺史，召募流民与刘渊、刘聪对抗。兵败，父母被害。晋愍帝建兴三年（315），受命都督并、冀、幽三州军事，又为石勒所败。后投幽州刺史鲜卑人段匹磾，相约共扶晋室，终以嫌隙为段所害。存诗三首，俱为后期作品，托意雄浑，风格悲壮，充溢着爱国激情，在西晋诗坛上独树一帜。有《刘中山集》传世。

扶风歌〔一〕

朝发广莫门〔二〕，暮宿丹水山〔三〕。
左手弯繁弱〔四〕，右手挥龙渊〔五〕。
顾瞻望宫阙〔六〕，俯仰御飞轩〔七〕。
据鞍长叹息〔八〕，泪下如流泉〔九〕。

系马长松下，发鞍高岳头〔十〕。

烈烈悲风起，泠泠涧水流〔十一〕。

挥手长相谢〔十二〕，哽咽不能言。

浮云为我结〔十三〕，归鸟为我旋〔十四〕。

去家日已远，安知存与亡。

慷慨穷林中〔十五〕，抱膝独摧藏〔十六〕。

麋鹿游我前，猿猴戏我侧〔十七〕。

资粮既乏尽，薇蕨安可食〔十八〕。

揽辔命徒侣，吟啸绝岩中〔十九〕。

君子道微矣，夫子故有穷〔二十〕。

惟昔李骞期，寄在匈奴庭〔二十一〕。

忠信反获罪，汉武不见明〔二十二〕。

我欲竟此曲〔二十三〕，此曲悲且长。

弃置勿重陈〔二十四〕，重陈令心伤〔二十五〕。

■ **注释**

〔一〕该诗《乐府诗集》收入《杂歌谣辞》，以四句为一解，共九解。扶风，汉代郡名，治所在今陕西省泾阳县。诗题《扶风歌》为乐府曲题，其原初大约为陕西关中民歌。

〔二〕广莫门：西晋都城洛阳北门。

〔三〕丹水山：即丹朱岭，丹水发源处，在今山西高平市北。

〔四〕繁弱：古代良弓名。

〔五〕龙渊：古代宝剑名。

〔六〕顾瞻：回头仰望。宫阙：指洛阳城里的宫殿。

〔七〕俯仰：高高低低地。御：列。飞轩：指宫殿中四檐飞耸的廊宇。

〔八〕据：靠。

〔九〕以上四句写对故国的依恋，言出广莫门时回望宫阙，但见廊宇高耸，自己靠在马鞍上长叹不已，泪下如泉涌。

〔十〕发鞍：卸下马鞍。或谓"发鞍"当作"废鞍"可备一说。高岳：高山。

〔十一〕泠泠（línglíng）：山泉声。上四句应开头第二句"暮宿丹水山"，写在丹水山夜宿。

〔十二〕谢：辞谢、告别。

〔十三〕结：凝聚。

〔十四〕旋：盘旋。上四句写在丹水山遥与京城诀别，不但自己悲痛难言，连浮云归鸟都替己伤心，凝聚盘旋不忍离去。

〔十五〕穷林：荒野深林。

〔十六〕摧藏：即悽怆。

〔十七〕麋（mí）：鹿之一种。此二句写荒野深林中人迹灭绝。

〔十八〕资：钱。薇蕨（jué）：指野菜。此二句写途中缺粮饥饿困境。

〔十九〕揽辔（pèi）：拉住马缰绳。徒侣：指随从部下。吟啸：吟咏歌唱。绝岩：绝壁。此二句言手挽马缰，命令徒侣准备启程，我要在此绝壁悬崖之上放声歌唱。

〔二十〕微：衰微。夫子：指孔子。穷：穷困。《论语·卫灵公》："夫子在陈绝粮，子路愠，见曰'君子亦有穷乎？'子曰：'君子固穷，小人穷斯滥矣！'"此二句以孔子之事比喻自己所遭受的困阨，言君子之道衰微不行，因而孔子也有穷困的时候。

〔二十一〕惟：语助词。李：指汉代李陵。愆（qiān）期：即"愆期"，错过期限，这里指李陵逾期未归汉朝。寄：寓居。据《史记·李将军列传》记载，李陵于汉武帝天汉二年（前99）率步卒五千出征匈奴，匈奴以八万士兵围击李陵。由于兵力悬殊甚大，李陵战败，终于投降，流落在匈奴那里。此二句言此。

〔二十二〕汉武：汉武帝刘彻。不见明：不被谅解。李陵投降匈奴后，汉武帝把他全家都杀了。此二句言李陵本来对汉朝忠诚，却反而获罪，得不到汉武帝的谅解。司马迁在《报任安书》中说李陵"身虽陷败，彼观其意，且欲得其当而报于汉"。关于李陵忠信的说法本此。又刘琨诗中用李陵的典故，是担心晋朝统治者对他的忠心怀疑。

〔二十三〕竟：结束，指唱完。此曲：指《扶风歌》。

〔二十四〕弃置：放在一边。

〔二十五〕重陈：再次陈述。

■ 简析

　　本篇作于永嘉元年作者出任并州刺史时。《晋书·刘琨传》记载："琨在路上表曰：'九月末得发，道险山峻，胡寇塞路。辄以少击众，冒险而进。顿伏艰危，辛苦备尝……'"诗中即叙写了作者自洛阳赴任途中的所见所感，并抒发了自己忧思忠愤的心情。清人陈祚明指出该诗是抒写作者"英雄失路，满衷悲愤"（《采菽堂诗选》）之作。确实，从诗中那随笔倾吐、哀音顿挫的吟唱中，我们无不感受到作者那悲愤激越、凄怆壮烈的爱国情怀。全诗九解，前二解抒写誓志赴任的情怀，报国心切使他弯弓挥剑，激昂慷慨；顾恋朝廷使他据鞍长叹，伤心落泪。三四解写途中情景，遥望家乡，悲风流水，挥手长别，云结鸟旋，凄怆之情、无归之感表现得异常真切。五六解写进退维谷之境。七八解表明志节。九解作结，沉重的长叹留下不绝的哀音。这首诗苍苍茫茫、一气盘旋，长吟以叙爱国之行，悲歌以明忠贞之志，是作者倾诉给历史的一曲忠悃悲愤的长歌。诗人在诗中所抒发的情感有着特定的历史内涵。当时正是西晋王朝腐朽危亡之际，民族矛盾触发了作者忠于民族、国家的激情，而王室的腐败混乱又使他在对朝廷的忠信、顾恋之中增添了些许苦闷彷徨。因而，全诗自始至终透露着历史的苍凉感，具有悲壮之美。刘勰《文心雕龙·才略》评刘琨诗"雅壮而多风"。钟嵘《诗品》亦评刘琨"善为凄戾之词，自有清拔之气"。这种风格特点，在本诗中得到了很好的体现。

重赠卢谌〔一〕

握中有悬璧，本自荆山璆〔二〕。

惟彼太公望，昔在渭滨叟〔三〕。

邓生何感激，千里来相求〔四〕。

白登幸曲逆〔五〕，鸿门赖留侯〔六〕。

重耳凭五贤〔七〕，小白相射钩〔八〕。

苟能隆二伯，安问党与仇〔九〕。

中夜抚枕叹，想与数子游〔十〕。

吾衰久矣夫，何其不梦周〔十一〕？

谁云圣达节，知命故不忧〔十二〕？

宣尼悲获麟，西狩涕孔丘〔十三〕。

功业未及建，夕阳忽西流〔十四〕。

时哉不我与〔十五〕，去矣若云浮〔十六〕。

朱实陨劲风〔十七〕，繁英落素秋〔十八〕。

狭路倾华盖〔十九〕，骇驷摧双辀〔二十〕。

何意百炼钢，化为绕指柔〔二十一〕。

■ 注释

〔一〕卢谌（chén），字子谅，范阳（今河北省涿州市）人，刘琨堂外甥，任刘琨幕府从事郎中，与刘琨常有诗歌赠答。作者在此之前曾有一首四言体《答卢谌诗并序》。

〔二〕握：《晋书·刘琨传》作"幄"，亦通。幄中，帐中。悬璧：用悬黎制成的璧。悬黎，美玉名。荆山：在今湖北南漳县西。楚国卞和曾在此得到璞玉，被称为"和氏璧"。璆（qiú）：美玉。此二句以美玉喻卢谌的才德。

〔三〕惟：思。太公望：即姜尚。据《史记·齐太公世家》记载，姜尚年老隐居渭水之滨，周文王姬昌出猎遇见了他，两人谈得非常投契，文王高兴地说："自吾先君太公曰，当有圣人适周，周以兴，子真是邪？吾太公望子久矣。"因号"太公望"。此二句是说，想那太公姜尚，从前是渭水边上的一个老翁。

〔四〕邓生：指东汉邓禹，南阳（今河南南阳）人。感激：感动奋发。据《东观汉记》，汉光武帝刘秀起事后，邓禹从南阳北渡黄河，追到邺城，投奔刘秀。

〔五〕白登：山名，在山西大同市东。幸：幸亏。曲逆：指陈平，他曾被封曲逆侯。据《史记·陈丞相世家》记载，汉高祖刘邦曾被匈奴围困在白登山上，陈平出奇计解围，才侥幸脱险，故而此处曰"幸曲逆"。

〔六〕鸿门：地名，在今陕西省西安市临潼区东。留侯：指张良，张良被封留侯。据《史记·项羽本纪》，项羽在鸿门宴请刘邦，范增使项庄舞剑，图谋乘机杀刘邦，幸赖张良事先早有防备，使项庄无法下手，刘邦得以幸免。本句即言此。

〔七〕重耳：春秋时晋文公名，晋献公之子。五贤：辅助重耳的五位臣子，为狐偃、赵衰、颠颉、魏武子、司空季子。晋献公嬖骊姬，迫太子申生自缢，重耳避祸逃亡在外，后来借秦国之力还晋，立为晋侯，他任用五贤，终于成就霸业。

〔八〕小白：春秋时齐桓公名。射钩：指管仲。相射钩，指任用管仲为相。管仲初事齐公子纠，公子纠和小白争夺君位，管仲用箭射中小白身上的带钩。后来小白即君位，不记前仇，任管仲为相。以上八句列举历史上几个有所作为的人物，寄托作者渴望匡扶晋室的壮志。

〔九〕苟：如果。二伯：即二霸，指晋文公和齐桓公两位霸主。党：党羽、党人，这里指"五贤"，他们是重耳的党羽。仇：指管仲，他曾是小白的仇人。此二句言如果能辅助二伯兴隆霸业，又何必计较是同党还是先前的仇人呢？目的在于希望卢谌能将此意转达段匹磾，不要计较小嫌，共成大业。

〔十〕中夜：半夜。数子：指以上列举的那些历史人物。游：交游。

〔十一〕吾衰二句：《论语·述而》："甚矣吾衰也，久矣，吾不复梦见周公。"此处化用孔子的话，感慨自己生命即将完结，不能建功立业了。

〔十二〕圣达节：《左传·成公十五年》："曹子臧曰：'前志有之曰：圣达节，次守节，下失节。'"节，分。达节，犹知分。知命：《周易·系辞上》："乐天知命，故不忧。"此二句言谁说圣人因为安分知命便没有忧愁呢？

〔十三〕宣尼：即孔子，汉平帝追谥孔子为褒成宣尼公。狩：冬猎。据《春秋》记载，鲁哀公十四年冬在鲁国西边狩猎，获得麒麟，孔子听到这一消息后便"反袂拭面，涕泣沾袍"，悲伤麒麟出现的不是时候，并感叹道："吾道穷矣。"此二句写孔子之忧，借以抒发作者对自身遭遇之感慨。

〔十四〕夕阳西流：喻自己生命将终结。

〔十五〕不我与：不等我。与，待、等。

〔十六〕去：逝去。若云浮：比喻时光流逝迅速。以上四句言日月飞逝，时光不等人，已经来不及建立功业了。

〔十七〕朱实：红色的果实。陨（yǔn）：落。

〔十八〕繁英：繁花。英，花。素秋：古代阴阳家以白色配秋天，故称素秋。

〔十九〕华盖：华美的车盖，这里指车。

〔二十〕驷：驾车的四匹马。辀（zhōu 舟）：车辕。上四句以朱实、繁花在秋风中凋落，狭路翻车，惊马把车辕折断，比喻自己在充满险恶的世途上遭到的沉重打击。

〔二十一〕这二句以经过千锤百炼的钢如今变成能绕在手指上那样柔软，喻自己经历失败之后，已由坚强的志士变为无能为力的阶下囚。

■ 简析

本篇作于作者被段匹磾禁囚期间，一般认为是刘琨的绝笔之作。据《晋书·刘琨传》记载，刘琨因儿子刘群得罪段匹磾而受牵连被段囚禁后，"自知必死，神色怡如也"，于是他便写了此诗赠给卢谌。本传还认为刘琨此诗"托意非常，摅意幽愤，远想张（良）、陈（平），感鸿门、白登之事，用以激谌"，实际上指出了本诗的主题思想。关于本诗的结构，张玉毂《古诗赏析》说："首二，即以璆璧比卢谌才质之美，立定篇主。'惟彼'十二句，历引昔贤，为卢之影，言才质美者固当有为如此。勒到想与之游，即是冀与卢同建功业也。'吾衰'十句，落到己身衰暮无成，即将孔圣亦忧，拓空作引，然后实点出功业未建，时不我与，感慨顿住。后六，忽叠四比，比出遭世多艰，士气固易摧折，再用钢金绕指，比出有志者亦复灰心，闵然竟止。"全诗慷慨悲凉，气势激越，是一曲情调壮烈的英雄悲歌。由于诗人当时所处环境的特殊，加之卢谌为段匹磾的副官，未便直持其意，所以诗人采取了咏怀诗体，多用典故，指事用意比较隐晦，尤其是寄意于卢谌的地方，更有意用典而不点破用意，因而需仔细咀嚼。

郭　璞（三首）

　　郭璞（276—324），字景纯，河东闻喜（今山西省闻喜县）人。博学多才，精于卜筮，通古文奇字，曾为《尔雅》《方言》《山海经》《穆天子传》《楚辞》等书作注。西晋亡，随晋王室南渡，任著作郎，迁尚书郎，因反对王敦谋反而被杀。王敦乱平，追赠弘农太守。为南渡之际的重要作家，传诗二十二首，《游仙诗》十四首为代表作，主要内容是歌咏高蹈出世，蔑视富贵荣华，以寄托对现实的不满。与西晋末年盛行的玄言诗相比较，郭璞的诗较富有个人情趣，形象也较鲜明，在艺术成就上自然比那些"淡乎寡味"的玄言诗要高出许多了。有辑本《郭弘农集》。

游仙诗（十四首选三）

其　一〔一〕

京华游侠窟〔二〕，山林隐遁栖〔三〕。
朱门何足荣〔四〕，未若托蓬莱〔五〕。
临源挹清波，陵冈掇丹荑〔六〕。
灵谿可潜盘，安事登云梯〔七〕。

漆园有傲吏[八]，莱氏有逸妻[九]。

进则保龙见，退为触藩羝[十]。

高蹈风尘外，长揖谢夷齐[十一]。

■ **注释**

〔一〕本篇原列第一。

〔二〕京华：京都。游侠窟：游侠活动的处所。窟，原为洞穴，这里指盘踞聚留之处。

〔三〕隐遁：指隐居避世的人。栖：山居称为"栖"。

〔四〕朱门：豪贵人家。荣：荣耀。

〔五〕末若：不如。托：托身。蓬莱：传说中的海上仙山。一说"蓬莱"当作"蓬藜"，"蓬藜"即草野，指隐者所居的地方，"藜"与栖、荑、梯、羝、齐为韵。

〔六〕源：水的源头。挹（yì）：斟。陵冈：登上山冈。掇：采拾。丹荑：初生的赤芝草，凡草之初生通名荑。据《本草》，芝是灵草，食之可以延年益寿。此二句言隐者渴了到水源掬饮清波，饥了登山采食灵芝。

〔七〕灵谿（xī）：水名。庾仲雍《荆州记》："大城西九里有灵谿水。"潜盘：隐居盘桓。登云梯：指登仙。仙人升天因云而上，所以叫云梯。此二句言灵谿完全可以隐居，何必升天求仙呢？郭璞《游仙诗》是借游仙来抒发隐逸情怀，故这里说潜隐便是游仙。

〔八〕漆园傲吏：指庄周。《史记·老庄申韩列传》："庄子尝为漆园吏，楚威王闻庄周贤。使使厚币迎之，许以为相。周笑谓楚使者曰：'子亟去，无污我。'"即所谓"傲吏"。

〔九〕莱氏：指老莱子。据《列女传》记载，老莱子逃世，耕于蒙山之阳，楚王请他出来做官，他先是答应了，但他的妻子反对，说："今先生食人酒肉，受人官禄，为人所制也。能免于患乎？妾不能为人所制。"扔下畚箕便跑，老莱子也随着隐居去了。此即所谓"逸妻"。

逸，节行高超。

〔十〕进：指仕进。保：保持。龙见（xiàn）：《易经·乾卦》九二：
"见龙在天，利见大人。"王弼注："出潜离隐，故曰见龙。"见，同
"现"。退：退隐。触藩羝：《易经·大壮》上六："羝羊触藩，不能退。"
此二句言像庄周、老莱子那样的贤者，如果出仕的话，一定能够见重于
君王。但是如果陷入困境，想退出来隐居，就会像羝羊触篱笆，角被卡
住，再也退不回来了。言下之意是说应该像庄周、老莱妻那样不为荣禄
所动，安于做"潜龙"。

〔十一〕高蹈：远行，指隐遁出世。风尘：人世间。谢：辞。夷
齐：伯夷和叔齐。据《史记·伯夷列传》，伯夷、叔齐为商朝孤竹君之
子，他们互相推让王位，逃到西伯昌（周文王）那里。当武王伐纣时，
他们又义不食周粟，逃到首阳山，采薇而食，结果饿死在山上。此二句
言辞别伯夷、叔齐，完全超乎尘世之外。意思是说隐居山林可以完全超
尘出世，又可免于饿死，因而比伯夷、叔齐的做法更高明。

■ **简析**

游仙诗的起源很早。借游仙以抒怀，屈原《离骚》为开山鼻
祖，以后代有继作，不绝如缕。游仙诗大体可以分为两类：一是
着意描写仙境，这是正格游仙诗；一是借游仙以抒情。郭璞是第
一位以游仙名家的诗人，他的游仙诗属于借歌咏游仙以表达自己
人生志趣一类，既不同于正格的游仙诗，也不同于魏晋以来那些
玄谈式的游仙诗，游仙、山林、隐逸三者在他的游仙诗中往往是
三位一体的，而赞美隐逸，鄙夷世荣，追求彻底超脱，则为寓意
所在。钟嵘《诗品》认为郭璞的《游仙诗》"词多慷慨，乖远玄
宗"，"乃是坎壈咏怀，非列仙之趣也"。李善在《文选·游仙诗》
注中亦说："凡游仙之篇，皆所以滓秽尘网，锱铢缨绂，沧霞倒
景，饵玉玄都。而璞之制，文多自叙。虽志狭中区，而辞无俗
累。见非前识，良有以哉。"这些评论意见都中肯地指出了郭璞

《游仙诗》的整体特点和价值。

　　本篇为郭璞十四首《游仙诗》之序曲。诗中通过京华与山林、朱门与蓬莱、游侠窟与隐遁栖等多组形象的对立，表达了诗人对仕与隐、尘世与仙界的强烈爱憎。清醒的人世体察，悲苦的内心情感，虚幻的理想追求，互相结合在一起，形成了本诗浪漫而消极、幻丽而真实的特点，确实耐人品味。

其　二〔一〕

青溪千余仞〔二〕，中有一道士。

云生梁栋间，风出窗户里。

借问此何谁？云是鬼谷子〔三〕。

翘迹企颍阳，临河思洗耳〔四〕。

阊阖西南来，潜波涣鳞起〔五〕。

灵妃顾我笑〔六〕，粲然启玉齿〔七〕。

蹇修时不存〔八〕，要之将谁使〔九〕？

■ 注释

〔一〕本篇原列第二。

〔二〕青溪：山名，旧注以为是荆州临沮县的青溪山。此句写山之高峻。

〔三〕鬼谷子：相传为战国时高士，楚人，姓名传说不一，隐居鬼谷，自号鬼谷子，是纵横家苏秦、张仪的老师，著有《鬼谷子》。

〔四〕翘迹：举足。企：企慕。颍（yǐng）阳：颍水之阳，相传唐尧时高士许由曾在此隐居。洗耳：据皇甫谧《高士传》，许由拒绝唐尧的让位，逃到"颍水之阳，箕山之下"，又因听说尧要召他任九州长便"洗耳于颍水"，表示连听都不愿意听。此二句言企慕许由的高行。

〔五〕阊阖（chānghé）：阊阖风的简称，西方之风曰阊阖风。潜：

深。涣鳞起：荡漾地泛起鱼鳞般的波纹。此二句言风至而波纹起。

〔六〕灵妃：指宓（fú）妃，传说中的洛水女神。

〔七〕粲（càn）然：欢笑的样子。玉齿：洁白的牙齿。

〔八〕蹇（jiǎn）修：古贤人名，相传是伏羲氏之臣，掌媒事。时：当今时世。

〔九〕要（yāo）：同"邀"。之：她，指灵妃。使：使命。以上四句言女仙顾笑有情，但因为无媒不得交接，表示有意学仙而无缘。屈原《离骚》："吾令丰隆乘云兮，求宓妃之所在。解佩纕以结言兮，吾令蹇修以为理。"上四句本此。

■ 简析

　　本篇的旨意不在求"列仙之趣"，而是借方外超实的意象，表现作者隐遁避世的怀抱和对于游仙的企慕，饶有情趣，是《游仙诗》中最为情采激扬的篇章。水上邂逅女神故事，自屈原以来，已成为一种寄托理想、表达不遇的惆怅的固定表现模式，曹植赋洛神，阮籍咏二女即为如此。郭璞在本诗中亦采用了这一表现模式。他在诗中举出鬼谷子、许由以表示对隐逸的仰慕，陈祚明《采寂堂古诗选》云："景纯本以仙姿游于方内，其超越恒情，乃在造语奇杰，非关命意。《游仙》之作，明属寄托之词，如以'列仙之趣'求之，非其本旨矣。"何焯《义门读书记》亦云："景纯《游仙》，当于屈子《远游》同旨。盖自伤坎㘭，不成匡济，寓旨怀生，用以写郁。"所评极是。本诗语言清丽，构思精巧，笔调浪漫，意蕴丰厚，难怪钟嵘《诗品》认为郭璞"文体相辉，彪炳可玩"，并称他为"中兴第一"。

其 三〔一〕

逸翮思拂霄，迅足羡远游〔二〕。

清源无增澜，安得运吞舟〔三〕。

珪璋虽特达〔四〕，明月难暗投〔五〕。

潜颖怨青阳，陵苕哀素秋〔六〕。

悲来恻丹心，零泪缘缨流〔七〕。

■ 注释

〔一〕本篇原列第五。

〔二〕逸翮（hé）：指善飞者。逸，迅疾。此二句言大鸟骏马向往高远乃为本性使然，喻才德之士希望高举远游亦是本性素愿所决定的。

〔三〕增澜：重叠的大波。增：通"层"。吞舟：指能吞舟的大鱼。《韩诗外传》卷六引孟子语："吞舟之鱼不居潜泽，度量之士不居污世。"此二句言清清源泉掀不起波澜，吞舟大鱼不能在小水里容身游戏，喻才德之士因嫌人间狭小而思遐举尘外。

〔四〕珪璋：玉制礼器，士大夫执以朝见天子、皇后。《礼记·聘义》："珪璋特达，德也。"古人常以玉比人的品德，此句用"珪璋特达"比喻有才德者不借外助。

〔五〕明月：宝珠名。《汉书·邹阳传》："明月之珠，夜光之璧，以暗投入于道，众莫不按剑相眄者。"此句用邹阳的比喻说明有才德者如果才德不被人认识，便像将明珠在暗中投掷与人，势必为人所排拒。

〔六〕潜颖：指在幽潜之处结穗的植物。颖，禾穗。青阳：春日。苕：草木之翘秀者。陵苕，指在高处的植物。此二句言植物因所处境地不同，有的怨春光来得迟，有的恨风霜到得早，寄托皇恩不到寒庶，高攀不免摧折的感慨。

〔七〕零：落。缨：古代帽子上系在颔下的带子。

■ 简析

刘熙载《艺概·诗概》评郭璞《游仙诗》"假栖遁之言，而激烈悲愤，自有言外，乃知识曲者宜听其真也"。此评为我们理解本诗指出了径途。篇中运用了一系列典故和比喻，抒写才德之士因不容于人间、备受压抑而向往高举远游的幽怀壮思。东晋袭用九品中正制，加之统治集团内部派系林立，倾轧日剧，出身微贱的寒庶很难有进身之阶。卑微者既难显达，一时显达者又常因树高招风而备受摧折，生不逢时的悲哀普遍地存在于士大夫的心灵深处，愤世嫉俗的怨恨是当时人们的共同心理。诗中抒泄的正是这种才智之士知音不遇、壮志难酬的苦闷。时代苦闷促使诗人情不自禁地走向玄虚的神仙世界，向往嘉遁远游，以远离污浊尘世，逃避现实磨难，这便是本篇以及全部十四首《游仙诗》产生的思想基础。游仙、隐遁的企慕中寄寓着作者对现实的全部感受。本诗语言典雅而清丽，音韵悠扬，充分表现出了作者的壮思悲绪、幽愤深哀，因而独具悲放哀婉的风格。

孙 绰（一首）

孙绰（314—371），字兴公，太原中都（今山西省平遥县）人。家居会稽，孙楚之孙。少好隐居，游放山水。历任章安令、散骑常侍、著作郎、廷尉卿等职。辞赋、散文俱佳，曾自诩其《游天台山赋》为"掷地当作金石声"之作，碑诔更为当世所重，当时的权贵之流去世，必请他作碑文，以求刻石传世。为东晋玄言诗代表诗人之一，存诗多为四言体，其中赠答之作，几乎全为玄言诗，曾自评自己的诗是"托怀玄胜，远咏老、庄，萧条高寄，不与时务经怀"（《世说新语·品藻》）。

秋 日

萧瑟仲秋日〔一〕，飙戾风云高〔二〕。
山居感时变，远客兴长谣〔三〕。
疏林积凉风，虚岫结凝霄〔四〕。
湛露洒庭林〔五〕，密叶辞荣条〔六〕。
抚茵悲先落，攀松羡后凋〔七〕。
垂纶在林野〔八〕，交情远市朝。
澹然古怀心，濠上岂伊遥〔九〕。

■ **注释**

〔一〕仲秋：秋季的第二个月，通常为农历八月。

〔二〕飙（biāo）戾：形容秋风狂暴。

〔三〕远客：指作者。兴：兴起、唱起。长谣：长歌。

〔四〕岫（xiù）：山。此二句言秋天的树林变得稀疏，树荫消失，但却仿佛贮存凉风似的，充满寒意。山峰光秃，翠微消失，看上去好似粘在冰冻的天宫上，分外寂冷。

〔五〕湛（zhàn）露：清露。庭林：庭院树林。

〔六〕辞：谢落。荣条：繁荣的枝条。

〔七〕茵：本意为垫子或褥子，这里代指绿草。此二句言抚摸着这如茵的秋草，哀伤它在秋风中最早枯萎；攀缘松树，羡慕它的长青不凋。

〔八〕垂纶（lún）：垂钓。

〔九〕澹（dàn）然：同"淡然"，指对世事不经心，不在意。古怀心：自然纯朴，摆脱世俗名利之心。濠上：《庄子·秋水》载，庄子和惠施在濠水的石桥上游览，庄子说："儵鱼出游从容，是鱼之乐也。"惠子说："子非鱼，安知鱼之乐？"庄子说："我知之濠上也。"意思是说，鱼在水里自由自在地游乐，庄子在濠上自由自在地游玩，都是各得其所，自由自在，这样的生活乐趣是相同的。岂伊遥：岂只在那遥远的古代。此句言自己淡泊名利，远离市朝，在山林过自由自在的生活，其乐趣与庄子相通。濠上之乐并不只在遥远的古代，眼下这山林隐逸亦是。

■ **简析**

曹魏正始以来，士大夫纷纷弃儒学而崇老庄，奢言玄理，蔚然成风，进而以玄理入诗，玄言诗因此而兴起。到了东晋时期，玄言诗炽盛一时，成为当时诗坛的一大景观。刘勰《文心雕龙·时序》云："自中朝贵玄，江左称盛，因谈余气，流成文体。是以世极迍邅，而辞意夷泰，诗必柱下旨归，赋乃漆园之义疏。"确实，玄言诗一变建安文学的传统，把诗歌变成了高谈老庄玄理的枯燥无味的哲学讲义。缺乏形象性，脱离现实，是玄言诗的基本特征。孙绰作为东晋诗坛玄言诗的代表诗人之一（另一位是许询），写作了大量的玄言诗，皆离不开寄言上德、托意玄珠的模式。但是，如果不存成见的话，他的玄言诗也并非完全是"理过其辞，淡乎寡味"，"平典似道德论"，他在一些玄言诗中借山水灵气领略玄理，把山水形象作为表现玄理的媒介，追求与玄理相冥合的精神境界，确实耐人品味，比如眼前的这首《秋日》即是如此。诗的前半写秋日山中自然景色变化，天高云淡，万木凋零，一派萧瑟气象。后半写隐逸山林的逍遥情趣，作者以超脱时务的态度，在远离现实的山林，用老、庄的生命情趣来领略自然风景，确为"萧条高寄，不与时务经怀"。诗中多用白描，形象生动鲜明，诗末归结到怀心濠梁，这实际上已开了谢灵运山水诗篇末谈玄之先河。

谢道韫（一首）

　　谢道韫（生卒年不详），陈郡阳夏（今河南省太康县）人，谢
奕之女，王凝之之妻。聪慧有才辩，能诗善赋，且精通玄理，往
往折服谈玄名士，时人评曰："王夫人神情散朗，故有林下风气。"
（《晋书·谢道韫传》）存诗二首，俱不作呢喃语，而有玄趣。

泰山吟〔一〕

峨峨东岳高〔二〕，秀极冲青天。
岩中间虚宇，寂寞幽以玄〔三〕。
非工复非匠，云构发自然〔四〕。
气象尔何物，遂令我屡迁〔五〕。
逝将宅斯宇〔六〕，可以尽天年。

■ **注释**

　　〔一〕本篇题名一作《登山》。

　　〔二〕峨峨：高峻貌。

　　〔三〕此二句言泰山的山岩洞穴仿佛天然间隔的空虚宅院，寂寞无
声，幽静深邃。

〔四〕此二句言它绝非人间工匠所能制造，而是自然造物所构筑。

〔五〕屡迁：指思想波动不定。《易·系辞》："为道也屡迁"，"唯变所适"。这是儒家的训诫。此二句以泰山的寂寞虚静与人间风云气象的万千变化对比，责问变幻莫测的风云气象到底是何物，竟使自己心中波动不定，迷失了大道，从而引出下文。

〔六〕宅斯宇：以斯宇为宅，指隐居泰山。此二句言决心离开变化多端的人境，来到泰山这样的寂寞幽静的环境中居处，恬淡无为，延年益寿。

■ 简析

本篇虽看起来似登临泰山之作，但实际上作者从未到过泰山，因而如同孙绰的《游天台山赋》一样，乃卧游遥想之作。诗中通过赞美泰山而抒发人生理趣，表现出明显的好道非儒倾向。诗的前六句赞美泰山。诗人并不是从儒家观念出发礼赞东岳岱宗的神圣尊严，而是以道家观念赞叹泰山为自然造化之杰作，因为这座天工神斧的自然大厦十分符合作者的经过老庄思想滋养的审美理想。作者深为感慨，恍然大悟，对天发问，自叹波动，于是决心隐居山林，以为归宿。这时，泰山作为理想的林下佳境，与作者的心灵完全融合为一了，诗的后四句正表达了作者的这一对于人生根本途径和归宿的哲理思考。本篇虽然是一首玄言诗，但并非"平典似道德论"，也不"淡乎寡味"，以理观情，以情写境，理以情出，情归于理是其明显的特点。作者处处从道家思想的角度来感受泰山的自然之美，视之为自己理想的化身和精神寄托之所在，所以诗中虽不见多少关于泰山的自然形态的具体美感，但诗人主体的意趣却表现得异常充分，这正是该诗值得称道之处。

陶渊明（共十六首）

陶渊明（365—427），一名潜，字元亮，浔阳柴桑（今江西省九江市西南）人。出身没落士族，生活贫困，早年抱有普济苍生之志，曾应征为江州祭酒，旋因难以忍受仕途的污浊而辞官归去。后又因生计所迫，先后出任镇军参军、建威参军、彭泽令等职，任彭泽令仅八十余日便决心弃官归去。从此躬耕隐居，过了二十余年的田园生活。刘宋时曾召他为著作郎，不就。死后世人尊称为"靖节先生"。

陶诗一百二十多首，主要描写田园生活和田园风光，抒发了作者在优美、恬静、纯朴的田园生活中所体会到的人生情趣，反映了他憎恶污浊现实、鄙夷功名利禄的高尚节操和守志不阿的耿介性格。风格平淡自然，诗语简洁含蓄，意境浑厚，韵味隽永，在东晋诗坛上可说是独树一帜，贡献特独。钟嵘《诗品》曾评其为"古今隐逸诗人之宗"。然在南朝崇尚骈俪的文学风气影响之下，他的作品在当时并不为世所重，直到唐代以来才产生了其应有的影响。有《陶靖节集》，清陶澍注《靖节先生集》是较好的注本。

和郭主簿〔一〕（二首选一）

蔼蔼堂前林〔二〕，中夏贮清阴〔三〕。

凯风因时来〔四〕，回飙开我襟〔五〕。

息交游闲业〔六〕，卧起弄书琴。

园蔬有余滋〔七〕，旧谷犹储今〔八〕。

营己良有极〔九〕，过足非所钦〔十〕。

春秫作美酒〔十一〕，酒熟吾自斟。

弱子戏我侧〔十二〕，学语未成音〔十三〕。

此事真复乐〔十四〕，聊用忘华簪〔十五〕。

遥遥望白云，怀古一何深〔十六〕！

■ 注释

〔一〕《和郭主簿》共二首，本篇为第一首。约作于晋安帝元兴元年
（402），当时诗人辞官闲居在家。和：和诗，即写诗回答别人的赠诗。
郭主簿：事迹不详。主簿，官名，主管簿书。

〔二〕蔼蔼（ǎiǎi）：形容林木茂盛。

〔三〕中夏：仲夏，阴历五月。贮：贮存、贮留。

〔四〕凯风：南风。因时：应时、随着时令。

〔五〕回飙：迥风。开：吹开。

〔六〕息交：停止交游。游：驰心于其间。闲业：不急之务，即指
下句所说读书、弹琴的生活。

〔七〕园蔬：园子里的蔬菜。余滋：生长的很多。滋，滋生。

〔八〕旧谷：往年的陈粮。

〔九〕营己：经营自己生活所需。良有极：实在有限。

〔十〕过足：过多。钦：羡慕。以上四句言园中有菜蔬，家中有陈
粮，生活过得去就可以了，并不贪求过多的东西。

〔十一〕春（chōng）：捣谷去皮。秫（shú）：黏稻。

〔十二〕弱子：幼子。

〔十三〕未成音：吐音还不清楚。

〔十四〕此事：指以上所写田园生活情景。真复乐：率真而快乐。

〔十五〕聊用：暂且用以。华簪：华贵的发簪，这里指仕宦富贵。

〔十六〕怀古：怀古的心情。此二句言遥望白云，怀念古人高尚行迹的心情，不禁深重起来。

■ 简析

　　本篇写诗人自己夏日村居闲适生活及怀古幽情。诗以轻松愉快的笔调，从各个方面展示了诗人的村居生活。诗人"息交"、"绝游"，驰心于"闲业"，以琴书自慰，满足以蔬谷自给，不追求奢侈的享受，不羡慕仕宦富贵。诗人的这种田园情趣，是他"忧道不忧贫"的人格精神的体现。当他意识到社会政治的腐败与险恶之后，在同流合污与保存人格二者之间，他选择了后者。诗中所表现的闲适愉悦的田园情趣，体现了诗人的达观，有乐以忘忧的味道。家居闲适生活引发了诗人的怀古幽情，从陶渊明的社会理想来看，他的怀古是怀念古代的淳朴社会和古人的高迹。故而诗人在篇末所抒发的怀古幽情，表现了他社会理想的审美取向。钟嵘《诗品》评陶诗："笃意真古，辞兴婉惬，每观其文，想其人德。"这在本篇中完全可以得到印证。

归园田居（五首选三）

其　一〔一〕

少无适俗韵〔二〕，性本爱丘山〔三〕。

误落尘网中〔四〕，一去三十年〔五〕。

羁鸟恋旧林，池鱼思故渊〔六〕。

开荒南野际，守拙归园田〔七〕。

方宅十余亩〔八〕，草屋八九间。

榆柳荫后檐〔九〕，桃李罗堂前〔十〕。

暧暧远人村〔十一〕，依依墟里烟〔十二〕。

狗吠深巷中，鸡鸣桑树颠〔十三〕。

户庭无尘杂〔十四〕，虚室有余闲〔十五〕。

久在樊笼里，复得返自然〔十六〕。

■ 注释

〔一〕本篇原列第一。

〔二〕适俗：适应世俗社会。韵：情调、风度。

〔三〕性：本性。丘山：指与世俗社会对立的大自然。

〔四〕尘网：指尘世，意思是尘世好比罗网。这里指仕途。

〔五〕三十年：应为"十三年"。陶渊明从初次出仕为江州祭酒到辞彭泽令归田，恰好是十三年。

〔六〕羁鸟：关在笼中的鸟。池鱼：养在池里的鱼。故渊：池鱼原来所在之水潭。此二句以鸟恋旧林、鱼思故渊喻自己在仕途中怀恋田园的心情。

〔七〕际：之间。守拙：依着自己愚拙的本性。"拙"在此是诗人的愤慨之辞，表示自己不会逢迎取巧去做官。此二句言自己宁愿抱守愚拙的本性归隐田园，而不愿混迹于尔虞我诈、钩心斗角的官场上。

〔八〕方：四周。此句言住宅四周有十余亩地。

〔九〕荫：荫遮。

〔十〕罗：罗列。

〔十一〕暧暧（àiài）：暗淡的样子。

〔十二〕依依：轻柔的样子。墟里：村落。

〔十三〕此二句化用汉乐府诗《鸡鸣》"鸡鸣高树颠,狗吠深宫中"句。颠:顶端。

〔十四〕尘杂:世俗的杂事。

〔十五〕虚室:闲静的住室。余闲:闲暇。

〔十六〕樊(fán)笼:关鸟兽的笼子,这里比喻仕宦生活。樊,栅栏。返自然:指归隐田园。此二句言弃官归田,就像长期被关在笼中的鸟儿又得重返自然。

■ **简析**

晋安帝义熙元年(405)乙巳十一月,陶渊明辞去只做了八十多天的彭泽县令,坚决退隐田园,从此终身不仕。《归园田居》五首作于诗人归田后的次年。组诗从不同侧面反映了诗人归田后的生活,抒发了他离开官场后的闲适愉快心情,赞美了躬耕生活和田园风光,历来被视为是诗人的代表作之一。

本篇叙写了退隐田园的原因,以及归田后的生活和愉快心情。诗人从小就对污浊的世风深恶痛绝,但几度出仕,误坠尘网,深受羁缚。如今终于脱离了官场,归隐田园,无异于羁鸟归林、池鱼回渊,那草屋、田地、树木、村落、炊烟,乃至鸡鸣、犬吠,这一切对于诗人来说显得那么亲切,那么可爱。它使诗人摆脱了樊笼,摆脱了心为身役的困境,摆脱了官场的丑恶,满足了"爱丘山"的本性,保持了自己独立、完整的人格,实现了避伪趋真、避薄还淳。有评曰:"渊明不为诗,写其胸中之妙尔。"(《后山诗话》)又云:"陶潜、谢朓诗皆平淡有思致,非后来诗人怵心刿目雕琢者所力也。"(《韵语阳秋》)本篇正体现了这样的特点,诗中运用口语化的诗歌语言,将田园风光描绘的栩栩如生,意趣盎然,字里行间洋溢着诗人归田后欣喜愉快的情感。

其　二〔一〕

野外罕人事〔二〕，穷巷寡轮鞅〔三〕。

白日掩荆扉〔四〕，虚室绝尘想〔五〕。

时复墟曲中，披草共来往〔六〕。

相见无杂言〔七〕，但道桑麻长〔八〕。

桑麻日已长，我土日已广〔九〕。

常恐霜霰至，零落同草莽〔十〕。

■　**注释**

〔一〕本篇原列第二。

〔二〕野外：郊外。罕：少。人事：指与人交结往来的俗事。

〔三〕穷巷：偏僻的里巷。穷：僻。轮鞅（yāng）：车马。鞅，马驾车时套在颈上的皮带。

〔四〕荆扉：柴门。

〔五〕绝：屏绝。尘想：世俗的杂念。

〔六〕时复：有时又。墟曲：乡野偏僻的地方。曲，偏僻的角落。披：拨开。此二句言有时也走出家门和村里的邻里往来。

〔七〕杂言：有关尘杂世俗的言谈，如仕宦求禄等。

〔八〕但道：只谈论。桑麻长：桑麻生长的情况。

〔九〕此二句言桑麻一天天在生长，我开垦的荒地一天天扩大。

〔十〕霰（xiàn）：小雪粒。莽：密生之草。此二句言时常担心霜雪骤降，将庄稼摧残，使它们凋零如同草莽。同时也隐含着对眼前的田园生活能否长久的忧虑。

■　**简析**

　　本篇写诗人归隐田园以后宁静悠闲的生活情景。前四句写他

141

归田后断绝了世俗交游，安处虚室穷巷，没有尘俗的欲念。中间四句写与农民们朝夕往来、共话桑麻的情景。后四句写躬耕过程中的感受，既有对劳动成果的欣喜之情，又有对庄稼收成好坏的忧虑。诗人热爱纯朴、宁静的田园生活，乐于躬耕自给，但是战乱频仍，世无宁日，因而篇末同时又担心田园生活能否长久。

<h2 style="text-align:center">其　三〔一〕</h2>

种豆南山下，草盛豆苗稀。

晨兴理荒秽〔二〕，带月荷锄归〔三〕。

道狭草木长，夕露沾我衣〔四〕。

衣沾不足惜，但使愿无违〔五〕。

■ **注释**

〔一〕本篇原列第三。

〔二〕晨兴：早起。荒秽（huì）：荒芜。秽，田中杂草。此句言早晨起来下地锄草。

〔三〕带月：戴月。荷：扛。

〔四〕夕露：夜晚的露水。沾：浸湿。

〔五〕但：只。愿无违：不要违背归耕田园的心愿。

■ **简析**

陶渊明在人生的旅途上，经过几次出仕与归隐的反复之后，最终回到了自己朝思暮想的田园故居，坚定地走上了躬耕之路。虽然这并非是一条舒适的坦途，他思想上也曾有过"贫富常交战"的斗争，但结果"道胜无戚颜"，宁肯潦倒终身，决不退步。本篇即生动地记录下了诗人在躬耕之路上早出晚归的辛勤劳动生活情景和感受，抒发了对躬耕自给生活的赞美之情。诗句明白如话，深蕴情感，形象栩栩如生，真切动人。读之，我们仿佛看到一位肩荷锄头、头顶明月的老农正从多露的荒径上走来，并使我们共同分享着他的喜悦与忧愁。"带月"句意境美好而深邃，诗中有画，曾得前人好评。以"田家语"入诗，平淡冲和，质朴自然，这种风格特点与诗人追求真淳的人生理想，达到了高度的一致。

饮　酒〔一〕（二十首选五）

其　一〔二〕

衰荣无定在，彼此更共之〔三〕。

邵生瓜田中，宁似东陵时〔四〕。

寒暑有代谢，人道每如兹〔五〕。

达人解其会，逝将不复疑〔六〕。

忽与一觞酒，日夕欢相持〔七〕。

■　**注释**

〔一〕《饮酒》共二十首，题下有序云："余闲居寡欢，兼秋夜已长，偶有名酒，无夕不饮。顾影独尽，忽然复醉。既醉之后，辄题数句自娱，纸墨遂多，辞无诠次，聊命故人书之，以为欢笑尔。"可知这些诗都是酒后的题咏，非为一时所作。关于这组诗的写作年代说法不一，较为普遍的看法是认为约作于晋安帝义熙二年（406），时作者四十二岁，已辞彭泽令归田。

〔二〕本篇原列第一。

〔三〕彼此：指衰与荣。更共：交替出现。此二句言人生的衰败和荣盛都不是固定不变的，两种命运人们都会遇到。

〔四〕此二句用典，以邵平种瓜典故具体说明人生荣衰变化之无常不定，言邵平在瓜田里种瓜的境遇，怎能跟他当东陵侯时的生活相比呢？邵生：指邵平。据《史记·肖相国世家》，邵平在秦时为东陵侯，秦亡后沦为平民，在长安城东种瓜自给。瓜美，人称为东陵瓜。

〔五〕代谢：来者为代，去者为谢。如兹：如同这个。此二句言时令有来有去，人生之道亦复如是。

〔六〕达人：旷达之人，指作者自己。解其会：理解其中的奥理，指衰荣无定之理。逝：发语辞。疑：迷惑。此二句言只有达观之者才能明白这一道理，并在人生之途上不再迷惑。

〔七〕忽：快速。觞（shāng）：古代酒杯之称。此二句承前而来，意为我要快些喝酒，好让欢乐能朝夕持续。

■ **简析**

萧统《陶渊明集序》云："有疑陶渊明之诗，篇篇有酒，吾观其意不在酒，亦寄酒为迹者也。"《饮酒》以下十九首，便是这种"寄酒为迹"之作。二十首中，明及饮酒者十一首，不及饮酒者九首，但细细读来，确实篇篇有酒在。有因事而饮，有因人而饮，有单杯独饮，有与人共饮，有喜饮，有愁饮，而借酒咏怀，表现自己对现实人生的看法，则为总的特点。

本篇位于组诗之首，有统摄以下十九首的作用。诗中抒发了诗人对人生世事的体验感受，道出了饮酒的根本原因。诗人悟出：人生衰荣无定，故而应该达观，正因为达观，所以饮酒，而饮酒可以忘忧。方东树《昭昧詹言》说本诗"言不必撄情无常无定之衰荣，惟知其古今皆若此，故但饮酒可也"。确实，本诗通篇讲人世衰荣无定，而要旨在"达"，饮酒求欢，遗世忘忧，因而诗人实际上是从人生的深处写饮酒。但是，诗人的这种达观之中又无不透露出几分生命的苦涩、隐痛，这种况味不仅在六朝文人中间很普遍，即使在整个中国文人生活史上也屡见不鲜。陶渊明此篇实在是表现中国文人与酒的不解之缘的具有典型意义的夫子自白。

其　二〔一〕

结庐在人境〔二〕，而无车马喧〔三〕。
问君何能尔〔四〕，心远地自偏〔五〕。
采菊东篱下，悠然见南山〔六〕。
山气日夕佳，飞鸟相与还〔七〕。
此中有真意〔八〕，欲辩已忘言〔九〕。

■ **注释**

〔一〕本篇原列第五。

〔二〕结庐：筑宅，这里指居住。人境：人间、世间。

〔三〕车马喧：指世俗交往的干扰。

〔四〕君：作者自谓。尔：如此，这样。指开头二句所言。

〔五〕心远：心境超远，摆脱了世俗的束缚。偏：僻静。

〔六〕悠然：悠闲自得的样子。"见南山"，《文选》作"望南山"。苏轼云："因采菊而见山，境与意会，此句最有妙处。近岁俗本皆作'望南山'，则此一篇神气都索然矣。"（《东坡题跋》）

〔七〕山气：山间的气象。日夕：傍晚。相与还：结伴归来。

〔八〕此中：指此时此地此境，亦指隐居田园、悠闲自得的生活情境。真意：生命的真正意趣。

〔九〕欲辩句：《庄子·齐物论》："辩也者，有不辩也，大辩不言。"《庄子·外物》："言者所以在意也，得意而忘言。"末二句言此中含有真意，可以意会之，但不能亦无需用言语表达出来。

■ 简析

本篇以即事即景的方法，叙写安贫乐道、悠然自得的心境。诗的前四句说出"心远地自偏"的道理。诗人认为只要隐者之心远远离开尘俗，将一切功名利禄全置之度外，达到寄心高旷、心无滞物，虽居人境，身在寰中，亦如同居于远离人世的偏荒僻野一般，是为"心远地自偏"。后六句描写欣赏自然的悠然心境，以及从自然景色中领会到的无限意趣。东篱把菊，悠然见山，山色飞鸟，此时此地此境，构成了一幅自然任真的画面，而这又与归隐田园的诗人此时此刻的心境完全合拍，所谓"此中有真意"之"真意"，正是作者从这田园生活中所领略到的超然事外、冲淡平和的生命意趣，其是人生真正意义之所在，而这种人生况味是那些以功名富贵撄累其心的世人难以体味到的。这种超然境界使人沉浸、陶醉，使人生命得到升华，但只可意会，不可言说，也无须言说。吴淇《六朝选诗定论》评本篇"心远为一篇之骨，真意为一篇之髓"，所评极是，可以帮助我们理解本诗主旨。

"采菊东篱下，悠然见南山"为千古传诵之名句，但是如果离开全诗孤立地去看，便很难领悟到它的妙处。此二句之所以好，主要在于全诗辞淡意远，兴会独绝。另外，如果没有前四句点出"心远"的主旨，以及后面对欣赏自然景色的悠然心境的渲染，这两句也不会显出如现在这般的艺术魅力。正因为如此，这二句才蕴含了一种物我皆忘的超然生气。其出语超诣，著一"见"字，境与意会，准确地传达出了诗人悠闲自得、物我双忘、超然邈出宇宙之外的神韵，因此正成为"心远地自偏"这种超越的精神世界的形象化表现。王国维在《人间词话》中创"有我之境"、"无我之境"诗境说，他在解说"无我之境"时即以此二句为例，这正说明此二句的妙处在于诗人没有直接表达自己的内在情感，而是通过对无心而得妙过程的客观描写，通过审美意象传达出了更为深邃浑朴、余味曲包的情感意趣。

其　三^{〔一〕}

秋菊有佳色，裛露掇其英^{〔二〕}。
泛此忘忧物^{〔三〕}，远我遗世情^{〔四〕}。
一觞聊独进^{〔五〕}，杯尽壶自倾^{〔六〕}。
日入群动息^{〔七〕}，归鸟趋林鸣。
啸傲东轩下^{〔八〕}，聊复得此生^{〔九〕}。

■ **注释**

〔一〕本篇原列第七。

〔二〕裛（yī）露：带着露水。裛，沾湿。掇：采集。英：花。古人以为服菊可以健身延年，采菊是为了泡酒服食。

〔三〕泛：同"纵"。泛，纵饮。忘忧物：指菊花酒。

〔四〕远我：使我远。遗世情：逃脱世俗的心情。

〔五〕觞（shāng）：古代酒杯。

〔六〕壶身倾：酒壶倾倒，表示酒已喝光。

〔七〕日入：太阳落山。群动：万物。息：寂静。

〔八〕啸傲：无拘无束的样子。啸，呼啸。傲，高傲。东轩：东窗。

〔九〕聊复：姑且。得：这里指度过。

■ **简析**

　　本篇写远离世俗、自得其乐的生活情调。诗人对菊纵怀饮酒，洒脱自在，不受拘羁，从而进入一种超然忘世的境界。但是，诗人告诉我们他之所以这样一杯复一杯地独饮，是为了忘忧，做到遗世独立。这是因为诗人虽然归隐，但未能完全忘却人世，他还想有所为而实际上又不可能，因而心中忧愁结集，便只好以酒消愁了。好在醉境可以使人获得解脱，因此诗人多么庆幸归隐后的这种有酒则饮、遇酒则醉，啸傲东轩的无拘无束的生活，视之为最好的归宿。全诗充溢着一种自得之情，传达出了诗人超然物外、心处闲逸的神态。虽诗语平淡，然意旨深邃，富有高趣，无异于一幅高士归隐图，读之有身临其境之感。

其　四〔一〕

青松在东园，众草没其姿〔二〕。
凝霜殄异类，卓然见高枝〔三〕。
连林人不觉〔四〕，独树众乃奇〔五〕。
提壶抚寒柯，远望时复为〔六〕。
吾生梦幻间，何事绁尘羁〔七〕。

■ **注释**

〔一〕本篇原列第八。

〔二〕没其姿：掩没了青松的英姿。

〔三〕殄（tiǎn）：灭绝。异类：指众草。卓然：挺拔的样子。此二句言寒霜使众草凋零，而青松的枝干却因此而格外挺拔。

〔四〕连林：树木相连成林。人不觉：不被人注意。

〔五〕独树：一株、独棵。众乃奇：众人感到奇特。

〔六〕寒柯（kē）：指松树枝。柯，树枝。时复为：王士祯《古诗选》释云："时复为，时复为饮也。"此二句言提着酒壶，手抚寒枝，不时地一边饮酒一边望远。

〔七〕何事：为什么。绁：系马之缰绳，引申为牵制。尘羁：犹尘网，指尘世的羁绊。此二句言人生如在梦幻之中，何必把自己束缚在尘网之中呢！

■ 简析

　　陶渊明在诗文中屡次以松菊自况，如"芳菊开林耀，青松冠岩列。怀此贞委姿，卓为霜下杰"（《和郭主簿》），"三径就荒，松菊犹存"（《归去来兮辞》），俱以松菊象征自己的坚贞情志。本篇前六句咏孤松，所采用的是亦赋亦比的笔法，以众草衬托青松，从连林突出孤松，充分地表现了孤松、亦即诗人自己傲岸不群的雄姿，收到了"松亦人，人亦松"、物我融汇的艺术效果。诗人意在叙说在是非不分、贤愚不辨的社会里，自己的坚贞高洁人格不为人所重这一历史的悲剧，从而把批判的锋芒指向社会。抚松饮酒，远望深思，诗人只能发出这样的慨叹：人生短暂，世路坎坷，一切如在梦幻之中。何不从世俗尘网的缰绊中解脱出来，回到大自然的怀抱之中，抱朴含真，自由自在地生活呢？清人吴汝能评论说："此篇语有奇气，先生以青松自比，语语自负，语语自怜，盖抱奇姿而终于隐遁，时为之也。非饮酒谁能遣此哉？"（《陶诗汇评》卷三）所见甚为中肯。

<h2 style="text-align:center">其　五[一]</h2>

故人赏我趣[二]，挈壶相与至[三]。
班荆坐松下[四]，数斟已复醉。
父老杂乱言，觞酌失行次[五]。
不觉知有我，安知物为贵[六]。
悠悠迷所留，酒中有深味[七]。

■ 注释

〔一〕本篇原列第十四。

〔二〕赏我趣：欣赏我的志趣，即与我志趣相投。

〔三〕挈（qiè）：提。

〔四〕班荆：以荆树枝条铺地。班，铺列。荆，一种落叶灌木。《左
传·襄公二十六年》："班荆相与食，而言复故。"

〔五〕觞酌：进酒劝饮。失行次：失去尊卑长幼次序。此二句写酒
醉后的情形。

〔六〕此二句写诗人醉中所达到的物我双忘、情境合一的境界，而
这种境界正是他所要追求的。

〔七〕留：止。此二句言世路悠悠，归宿何在？唯有酒中"深味"
可以追求。

■ 简析

本篇写与友人共饮至醉而进入物我双忘妙境之乐趣。诗中对
于饮酒兴致、饮时的融洽欢快气氛，以及醉中神态的描写，无不
情趣盎然。这种饮中乐趣只有不慕荣利、托身田园的诗人才能体
悟得到。诗人日夕酣饮，其旨趣是为了完全忘却世态，这是诗人
于悠悠世路、茫茫迷途中所找到的一种人生安慰，篇末"深味"
云者正指此。

杂　诗〔一〕（十二首选一）

白日沦西阿〔二〕，素月出东岭〔三〕。
遥遥万里辉，荡荡空中景〔四〕。
风来入房户〔五〕，夜中枕席冷。
气变悟时易〔六〕，不眠知夕永〔七〕。
欲言无予和〔八〕，挥杯劝孤影。
日月掷人去，有志不获骋〔九〕。
念此怀悲凄〔十〕，终晓不能静〔十一〕。

〔一〕《杂诗》共十二首，这里选的是第二首。

〔二〕沦：沉、落。阿：山曲。

〔三〕素：形容月光皎洁。

〔四〕万里辉：指月光。荡荡：广阔的样子。景：同"影"，指月轮。此二句言月光普照，高空晴影。

〔五〕房户：房门。

〔六〕气：气候。时易：季节变化。

〔七〕夕永：夜长。

〔八〕无予和：没有人和我对答。

〔九〕日月：光阴。骋：伸展。此二句言光阴弃人而去，我虽有志，却得不到伸展。

〔十〕此：指有志不得伸这件事。

〔十一〕终晓：彻夜，直到天亮。

■ 简析

　　陶渊明的组诗《杂诗》，非为一时所作，王瑶编注《陶渊明集》将十二首分为两组，前八首系于晋安帝义熙十年（414），后四首系于晋安帝隆安五年（401），可从。慨叹时光易逝、人生短促、壮志难酬，是贯穿全组十二首的中心思想，因诗人"求我盛年欢，一时无复意"，因而有的篇章流露出及时行乐的情绪。本篇写因季节变更而引起的光阴已逝、壮志未酬的悲哀。传统诗词中的时空意象实际上是一种主体的生命意象，而其表面方式却千姿百态。本诗前两句以"沦"、"出"二字包蕴了日月运行、时间推移、季节变更诸多意旨，三四句运用"遥遥"、"荡荡"两组叠字，增添了大自然的气势，所写景物阔大，寄寓深远，正是作者宽广的生命情怀之写照。中间四句笔致由广大的宇宙转入小小的庭户之内，写自己的体肤感受，将自身的人生体验同季候变迁这一自然现象融汇起来，从而引出感时悲秋、壮志未酬之叹。后六句直接表现长夜不眠的诗人在月光之下、秋风之中的孤独、寂寞情境。一个"孤"字道出了诗人世无知音的悲哀，而"日月掷人去，有志不获骋"的愤懑不平正是全篇的主旨所在。诗人内心的失落是社会的失落，因而便只能悲感于那历史的长夜之中。

咏贫士〔一〕（七首选一）

万族各有托〔二〕，孤云独无依〔三〕。
暧暧空中灭，何时见余晖〔四〕。
朝霞开宿雾〔五〕，众鸟相与飞〔六〕。
迟迟出林翮，未夕复来归〔七〕。
量力守故辙〔八〕，岂不寒与饥？
知音苟不存〔九〕，已矣何所悲〔十〕。

■ 注释

〔一〕本篇原列第一。

〔二〕万族：犹万物，喻众人。托：依托，凭附。

〔三〕孤云：喻贫士。

〔四〕暧暧：昏昧的样子。晖：光辉。此二句言孤云在天空中黯然消散，何时能看到它的光辉？

〔五〕宿雾：夜雾。此句言朝霞驱散夜雾。或云比喻刘宋代替东晋朝。

〔六〕相与：结伴、一同。此句喻众人趋利。

〔七〕翮（hé）：鸟羽之茎，这里指鸟。此二句言唯有那一只鸟（喻贫士）迟迟地飞出树林，天还没有黑又飞回来了。这也是诗人自况。

〔八〕故辙：旧道，指安于贫贱之道。

〔九〕苟：且。

〔十〕已矣：犹算了吧！以上四句言自己量力而行，甘守贫贱故道，岂有不受冻挨饿的吗？但世上既然没有知音，悲伤又有什么用呢？诗人的安贫守贱，既有道家的旷达，又有儒家的执着。

■ 简析

《咏贫士》七首一组，都是借古代贤人安贫守贱之事来抒写自己不慕荣利的情怀，属诗人晚年作品。本篇为第一首，具有序曲的作用。诗中咏贫士，也是作者自咏。前四句用兴而比的手法，以孤云喻贫士的孤独和高洁。中间四句以景语、情语、隐语相融汇的手法抒写自己所以出仕与归田。后四句直抒胸臆，点明心志。汤汉《陶靖节先生诗》注云："孤云倦翮，以兴举世皆依乘风云，而己独无攀缘飞翮之志，宁忍饥寒，以守志节，当世纵无知意者，亦不足悲也。"可谓深得本诗三昧之语。

拟　古〔一〕（九首选一）

日暮天无云，春风扇微和〔二〕。
佳人美清夜〔三〕，达曙酣且歌〔四〕。
歌竟长叹息，持此感人多〔五〕。
皎皎云间月〔六〕，灼灼叶中华〔七〕。
岂无一时好，不久当如何〔八〕？

■ 注释

〔一〕本篇原列第七。

〔二〕扇：吹动。此句言春风吹拂，天气微暖。

〔三〕美清夜：喜爱晴朗的夜晚。

〔四〕达曙：直到天明。酣：酒足气振的样子。

〔五〕竟：毕。此：指佳人清夜至曙唱歌叹息之事。一说下文"皎皎"四句为佳人所唱歌辞，则"此"指这四句歌辞。此二句言美人唱完歌便会长声叹息，怎不令人感慨良多。

〔六〕皎皎：光明的样子。

〔七〕灼灼（zhuózhuó）：花盛的样子。华：同"花"。

〔八〕一时好：一时之美好，指"云间月"圆而又缺，"叶中华"开而复凋。此二句言月和化美在一时，久之又不免凋谢。

■ 简析

《拟古》九首一组，约作于刘宋初年。虽题为"拟古"，实为咏怀，内容不外忧国伤时、追慕节义、讥刺荣利之徒。寄寓深沉，笔法相当隐晦曲折。本篇借佳人对花月的嗟叹，抒发了华年易逝、好景不长的感慨。或以为是慨叹时政，即感叹恭帝的好景不长。诗中大量运用比兴手法，"日暮天无云，春风扇微和"为因时起兴，"皎皎云间月，灼灼叶中华"为即物起兴，而借佳人兴叹以喻己志，则为整体用比兴，此可视为陶渊明对《诗经》以来比兴手法的继承发展。情景交融，既不刻意雕琢，也不涂抹色彩，只以白描手法淡笔勾勒，以情真景真动人，于平淡自然中显出浓郁诗味，所谓陶诗"质而实绮、癯而实腴"特点正复如是。方东树评曰："情景交融，盛唐人所自出。"又感叹盛衰有时、荣乐不常，是魏晋诗歌的重要主题，从中可以领略六朝人的生命情调。本诗中的好景不常之叹，亦正体现了作者对于生命的执着。

咏荆轲[一]

燕丹善养士[二]，志在报强嬴[三]。

招集百夫良[四]，岁暮得荆卿[五]。

君子死知己[六]，提剑出燕京。

素骥鸣广陌[七]，慷慨送我行[八]。

雄发指危冠，猛气冲长缨[九]。

饮饯易水上[十]，四座列群英[十一]。

渐离击悲筑[十二]，宋意唱高声[十三]。

萧萧哀风逝，淡淡寒波生[十四]。

商音更流涕，羽奏壮士惊[十五]。

心知去不归[十六]，且有后世名[十七]。

登车何时顾[十八]，飞盖入秦庭[十九]。

凌厉越万里[二十]，逶迤过千城[二十一]。

图穷事自至[二十二]，豪主正怔营[二十三]。

惜哉剑术疏[二十四]，奇功遂不成[二十五]。

其人虽已没，千载有余情[二十六]！

■ 注释

〔一〕荆轲：战国末年刺客，自齐入燕。好击剑，与市中狗屠及高渐离交好。燕太子丹本在秦国作人质，因秦王嬴政待他不好，逃回燕国，策划召募勇士刺杀秦王。荆轲被荐，很受太子的优待。后来选定时机，带着燕国督亢地图奉献秦王，并在地图中藏一匕首，以便行刺。临行时，太子丹及众宾客皆白衣素冠，于易水旁为他饯别，"高渐离击筑，荆轲和而歌，为变徵之声士皆垂泪涕泣。又前而歌曰：'风萧萧兮易水寒，壮士兮一去不复还。'复为羽声忼慨，士皆瞋目，发尽上指冠。于

155

是荆轲就车而去，终已不顾。"至秦，见秦王，献上地图，"图穷而匕首见"，荆轲刺杀不中，被杀。（《史记·刺客列传》）

〔二〕燕丹：即燕太子丹。士：指春秋战国时诸侯所供养的门客。

〔三〕志：目的。报强嬴：向强大的秦国报仇。秦王姓嬴。

〔四〕百夫良：能抵挡百人的勇士。《诗经·秦风·黄鸟》咏赞秦穆公时三位良臣为"百夫之特"、"百夫之防"、"百夫之御"，意为百夫之中最雄俊者，一人可当百人者。

〔五〕岁暮：年终。荆卿：即荆轲，卿为尊称。

〔六〕死知己：即"士为知己者死"之意。

〔七〕素骥：白色的骏马。广陌：大道。

〔八〕我：指荆轲。

〔九〕雄发：怒发。危冠：高冠。猛气：勇猛的气概。长缨：用来系冠的丝带。此二句言荆轲怒发冲冠、猛气动缨。

〔十〕饮饯：饮酒送别。易水：水名，在今河北省易县西。

〔十一〕四座：周围座位。列：坐列。群英：众多英雄。

〔十二〕渐离：高渐离，燕国人，善击筑。筑：古乐器名，像筝，十三弦，颈细而曲，用竹尺敲奏。悲恐：形容筑声悲切动人。

〔十三〕宋意：燕国勇士，太子丹的门客。唱高声：高声歌唱。

〔十四〕萧萧：风声。淡淡：水动荡的样子。此二句亦即"风萧萧兮易水寒"之意。

〔十五〕商音：古乐音阶名，五音之一。古代乐调分宫、商、角、徵、羽五声，又称五音。商音悲凉。羽奏：指羽声，其音激昂。此二句言当筑声由凄凉的商声变为高亢的羽声时，人们的心情也由哀伤而至于震惊。

〔十六〕去不归：此去必死，不能归来。

〔十七〕且有：但有。后世名：传名于后世。

〔十八〕何时顾：何曾回顾。

〔十九〕飞盖：驱车如飞。盖：车盖，这里指车。秦庭：秦国的朝廷。

〔二十〕凌厉：勇往直前的样子。

〔二十一〕逶迤（wēiyí）：迂曲长远的样子。

〔二十二〕图穷句：荆轲献秦王督亢地图，中藏匕首。秦王展图，图展到尽头，匕首露出，荆轲左手把秦王之袖，右手持匕首刺秦王，未至身，秦王惊起，袖绝，轲逐秦王，王环柱而走。事：即指行刺。

〔二十三〕豪主：指秦王。征营：同"怔营"，惊恐。此句言秦王当时非常惊恐。

〔二十四〕疏：生疏，这里指剑术不精。史载荆轲剑术不精，曾与卫国剑客盖聂论剑，不称盖意。荆轲行刺秦王失败身亡后，鲁句践惋惜地说："嗟乎惜哉！其不讲于刺剑之术也。"

〔二十五〕奇功：指行刺秦王事。

〔二十六〕其人：指荆轲。没：死。千载：千年以来。此二句言荆轲虽死，但他的精神流传千古，至今仍然激动着人心。

■ 简析

南宋理学大师朱熹说："渊明诗，人皆说平淡，余看他自豪放，但豪放得来不觉耳。其露出本相者，是《咏荆轲》一篇，平淡的人如何说得这样言语出来。"（《朱子语类》卷一四〇）其实，陶渊明的性格既有超逸静穆的一面，也有"金刚怒目"的一面，反映到诗歌创作方面便形成了平淡自然和豪放激烈两种风格兼而有之，当然主要的亦即被后世称道的方面还是自然平淡的风格。但是，越到晚年，陶诗歌越趋慷慨激昂，风格也越显遒劲豪放。尤其是晋宋易代之际，他那久郁心中的强烈感情像火山一样喷薄而出，他以不屈的抗争精神抨击社会现实的黑暗，因而诗中闪耀着"金刚怒目"式的光辉。龚自珍《舟中读陶诗》说："陶潜酷似卧龙豪，千古浔阳松菊高。莫信诗人竟平淡，二分《梁甫》一分《骚》。"正是有感于此而发。本诗是陶渊明晚年作品，与《咏三良》、《咏二疏》同样，俱是以咏史而述怀。诗人歌颂了荆轲的侠义、复仇精神，惋惜他行刺秦王的壮举的失败，抒发了自己对强暴者的反抗精神和愤恨情感。诗人缅怀和赞叹荆轲，除了他从少年时代就开始的对荆轲的侠义精神和英烈壮举的喜爱，以及对秦始皇的憎恶而外，还在于他认为荆轲其人其事表明了士的一种运遇遭际，即如果能获知音，事死节，报知遇，立奇名，死而不朽，于愿足矣。这亦是荆轲故事使晚年陶渊明最为动情处，本诗即以此为主题思想。诗末云：“其人虽已没，千载有余情。”这既是赞叹荆轲的精神不死，更重要的是抒发自己的思想意向。诗中所咏基本上依史籍所载荆轲本事，作者采取了乐府叙事的形式和手法，以叙为主，夹叙夹议，诗人的激扬豪放之情随着英雄事迹的悲凉慷慨流露而出，因而增强了作品的浑厚感。

读山海经〔一〕（十三首选二）

其　一〔二〕

孟夏草木长〔三〕，绕屋树扶疏〔四〕。

众鸟欣有托，吾亦爱吾庐〔五〕。

既耕亦已种，时还读我书。

穷巷隔深辙，颇回故人车〔六〕。

欢言酌春酒〔七〕，摘我园中蔬。

微雨从东来，好风与之俱〔八〕。

泛览周王传〔九〕，流观山海图〔十〕。

俯仰终宇宙，不乐复何如〔十一〕。

■ **注释**

〔一〕《读山海经》共十三首，从其中所涉及的史料来推断，当作于宋武帝永初三年（422），时作者五十八岁，归隐田园已十七年之久。组诗是诗人读《山海经》、《穆天子传》等书时有感而作，除发端和末首外，其他十一首俱咏二书所记奇异事物，借古而咏今。《山海经》，古代地理著作，多记述海内外山川异物和神话传说，十八卷，汉刘歆校定，晋郭璞作注和图赞。

〔二〕本篇原列第一。

〔三〕孟夏：初夏。长：生长。

〔四〕扶疏：形容树木枝叶繁茂向四周分布。

〔五〕欣有托：欣喜自己有所依托，指众鸟有巢可以归宿。庐：草屋、房舍。此二句写物我各得其所。

〔六〕穷巷：僻巷。隔：隔绝。深辙：大车的车辙。车大辙深。古人常以门外多深辙，表示贵人来访的多。颇：多。回：回转。此二句言自己居处偏巷，车路不通，常使朋友回车而去，言下之意是少与世人往来。

〔七〕言：语助词。春酒：冬酿春成的酒。《诗经·豳风·七月》："为此春酒，以介眉寿。"

〔八〕之：它，指微雨。俱：一道来。

〔九〕泛览：和下句"流观"一样，俱是浏览的意思，亦即作者所说的"不求甚解"，为消遣而读书。周王传：指《穆天子传》，记述周穆王驾八骏游行四海之事，系神话传说，共五篇，晋郭璞曾作注。

〔十〕山海图：指《山海经图》，图已失传。

〔十一〕俯仰：顷刻之间，形容迅速。此二句言通过浏览图书，顷刻之间可以神游宇宙，这还不感到快乐的话，又要怎样呢?

■ **简析**

陶渊明晚年，正值晋宋交替，政局急遽变化，他的个人境遇也大不如前，"朝夕所资，烟火裁通"（《有会而作》），潦倒如此，但他仍不改初衷，不"为五斗米折腰"，继续过"晨出肆微动，日入负来还"的躬耕生活，淡泊明志，宁静致远，寄情田园，以读书为乐。本诗即记写了他的这种耕读乐趣。诗中以朴素的语言描写了自己清幽可爱的田园环境，恬然自乐的闲适心境，自食其力的生活情景，以及泛览流观的读书之趣。最后以一个"乐"字总括前面所写，点破全诗主旨，把田园隐居、耕余读书的旨趣，归结为一个"乐"字，确令人玩索不尽。

其　二〔一〕

精卫衔微木〔二〕，将以填沧海〔三〕。
刑天舞干戚〔四〕，猛志固常在〔五〕。
同物既无虑，化去不复悔〔六〕。
徒设在昔心，良晨讵可待〔七〕？

■ **注释**

〔一〕本篇原列第十。

〔二〕精卫：古代神话中的鸟名。据《山海经·北山经》载，炎帝的小女儿女娃游于东海，溺死，化为鸟，名精卫。为了报仇，精卫总是衔西山的木石往东海里投，欲将东海填平。

〔三〕以：用。沧海：大海。

〔四〕刑天：传说中的兽名。据《山海经·海外西经》载，刑天与天帝争位，被砍掉了头，它就以乳为目，以脐为口，手执干戚，继续与天帝战斗。干：盾牌。戚：大斧。

〔五〕猛志：坚决斗争的壮志。固：本来。

〔六〕同物：人化为物，指女娃死后变成鸟。化去：化为异物，也是死的意思。此二句赞精卫、刑天虽死不悔的斗志，言它们对死既没有顾虑，也绝不后悔。

〔七〕徒设：空有。在昔心：过去的雄心壮志。良晨：指实现壮志的时候。讵（jù）：岂。可待：可以等到。此二句言精卫、刑天空怀昔日的复仇壮志，但实现壮志的时刻却难以到来。此亦是作者在叹惋自己"有志不获骋"。

■ **简析**

本篇借神怪之事，写心中块垒，通过赞美精卫和刑天死而不屈的顽强斗争精神，表现了诗人对社会现实的不满和反抗，寄托了他壮志难酬的慷慨激愤心情。这种"金刚怒目"式的作品的产生，说明诗人对世事并没有完全遗忘和冷淡。"忆我少壮时，无乐自欣豫。猛志逸四海，骞翮思远翥。"（《杂诗》之五）诗人少年时期就有"大济苍生"的宏愿，志向高远，感情豪迈。虽然社会的动乱、世道的黑暗使他无法施展抱负，便毅然隐居，去过躬耕陇亩、自食其力的生活，但他的志向并未完全泯灭，本篇所咏正说明诗人心中的"猛志"不但犹在，而且至老弥坚。

挽歌诗〔一〕（三首选一）

荒草何茫茫，白杨亦萧萧〔二〕。
严霜九月中，送我出远郊。
四面无人居，高坟正嶕峣〔三〕。
马为仰天鸣，风为自萧条。
幽室一已闭，千年不复朝〔四〕。
千年不复朝，贤达无奈何〔五〕。
向来相送人〔六〕，各自还其家。

亲戚或余悲，他人亦已歌〔七〕。

死去何所道，托体同山阿〔八〕。

■ **注释**

〔一〕《挽歌诗》又作《拟挽歌辞》，共三首，这里选的是第三首。挽歌是古代用于丧葬的歌，相传最初是拖引柩车的人所唱，故称挽歌。当时习俗，人死之后，亲朋好友多唱挽歌以示哀悼。自作祭文、挽歌，是魏晋名士的一种风气，如袁山松每出游便令左右作挽歌，人称"山松道上行殡"。

〔二〕茫茫：形容荒草无边。萧萧：风吹树木所发之声。此二句写秋景，亦写郊外墓地景象。

〔三〕嶕峣（jiāoyáo）：高耸的样子。

〔四〕幽室：指墓穴。朝：早晨。此二句言墓穴一旦被封闭，就等于陷入漫漫长夜，不复再见光明。

〔五〕贤达：指有道德、有知识的人。这句言死亡面前人人平等，即使贤达者也不能例外。

〔六〕向来：刚才。相送人：来送葬的人。

〔七〕或：或许。余悲：悲哀不尽。此二句言送葬的人各自回家后，亲戚或许还有余哀，其他的人却已经在歌唱了。

〔八〕道：说。山阿（ē）：山陵。此二句言死去有什么可说的呢？无非是寄身于山陵之中罢了。

■ **简析**

《挽歌诗》是作者生前自挽之词，作者还有《自祭文》一篇，它们共同体现了陶渊明对待人生以及面对死亡的态度。陶渊明卒于南朝宋文帝元嘉四年（427）十一月，而诗中说"严霜九月中"，故一般认定此诗是他死前两个月所写。组诗第一首写初死入殓，第二首写祭奠入殡，本首则写送殡入葬，均作亡人自叹语气。全篇以一"送"字贯穿始终，通过描写深秋景物、送葬场面、入葬时的感叹，以及送葬后的情景，表现了作者对于死亡的达观态度和超越情怀。前人曰："靖节于属纩时犹能作此达语，非生平有定力，定识，乌能如此。"（温汝能《陶诗汇评》）所见甚是。诗情与哲理相结合为本诗最大的特点。与他的那些探求生活的真谛的田园诗一样，本诗在探究生死这一哲学问题时，亦体现出了诗人一贯坚持的"自然"、"任真"、"任化"的人生观。所谓"千年不复朝，贤达无奈何"、"死去何所道，托体同山阿"云者，正表明他对死亡乃不可逆转之自然规律、死亡面前人人平等、死亡是人生的归宿等有着清醒而深刻的哲理思考，而这又无不决定于他的基本的人生态度和哲学观念。本诗作为末篇尤调高响绝，今读之犹如闻其声，如见其人。魏晋时文士自作祭文挽歌者多矣，然如本诗辞情俱达者并不多见。

宋　诗

颜延之（二首）

　　颜延之（384—456），字延年，琅琊临沂（今山东省临沂市）人。早年孤贫，好读书，无所不览，"文章之美，冠绝当时"。（《宋书·本传》）好饮酒，行为放达。刘裕即位后，为太子舍人，又领步兵校尉，元嘉三年出任永嘉太守。孝武帝时为金紫光禄大夫。作诗好雕词炼句，多用古事，以致诗语艰涩。在当时与谢灵运齐名，世称"颜谢"，但实际成就在谢之下。存诗二十余首，有《颜光禄集》。

五君咏〔一〕（五首选二）

阮步兵〔二〕

阮公虽沦迹〔三〕，识密鉴亦洞〔四〕。
沉醉似埋照〔五〕，寓词类托讽〔六〕。
长啸若怀人〔七〕，越礼自惊众〔八〕。
物故不可论〔九〕，途穷能无恸〔十〕？

■ 注释

　　〔一〕《五君咏》共五首，分咏"竹林七贤"中的阮籍、嵇康、刘伶、阮咸、向秀等五人。

〔二〕本篇原列第一。阮步兵：即阮籍，他曾为步兵校尉，所以世称阮步兵。

〔三〕沦迹：隐没自己的踪迹。

〔四〕鉴：照，这里指观察识别。洞：深远。此句言阮籍的见识很细密，对事物的观察也很深刻。

〔五〕埋照：有才识而深自敛藏，即韬光。照：光。此句言阮籍饮酒求醉好像是有意隐藏自己的才识。

〔六〕寓词：在诗歌中寄托自己的思想感情，这里指写作《咏怀诗》。此句言阮籍写《咏怀诗》好像是用来讥讽现实。

〔七〕长啸：放声吟唱。《三国志·魏志》注引《魏氏春秋》："籍少时尝游苏门山。有隐者，莫知姓名，籍从与谈太古无为之道及论五帝三王之义。苏门生萧然曾不经听。籍乃对之长啸，清韵响亮。苏门生迪尔而笑。籍既降，苏门生亦啸，若鸾凤之音焉。"《世说新语·栖逸》亦载阮籍善啸，可"啸闻数百步"。

〔八〕越礼：不拘礼法。此句言阮籍不受礼法的束缚，使一般人感到惊愕。据《晋书·阮籍传》记载："籍嫂尝宁，籍相见与别"；"邻家少妇有美色，当垆沽酒。籍尝诣饮，醉便卧其侧"；"兵家女有才色，未嫁而死。籍不识其父兄，径往哭之，尽哀而还。"这在当时都被看作是越礼的行为。

〔九〕物故：世故、世事。此句言阮籍不论世事，因为世事已不可论。

〔十〕途穷：没有路。途，道路。恸：悲痛。此句本《晋书·阮籍传》："（籍）时率意独驾，不由径路，车迹所穷，辄恸哭而返。"

■ **简析**

《五君咏》是颜延之的咏古名篇，关于其写作背景，《宋书·颜延之传》说："元嘉三年，（徐）羡之等诛，徽为中书侍郎，寻转太子中庶子，顷之，领步兵校尉，赏遇甚厚。延之好酒疏诞，不能斟酌当世，见刘湛、殷景仁专当要任，意有不平，常云：'天下之务，当与天下共之，岂一人之智所能独了！'辞其激扬，每犯权要。谓湛曰：'吾名器不升，当由作卿家吏。'湛深恨焉，言于彭城王义康，出为永嘉太守。延之甚怨愤，乃作《五君咏》。"所咏的阮籍、嵇康、刘伶、阮咸、向秀五位历史人物，都对当时的黑暗政治和虚假的名教不满，其生活经历和思想情趣与延之有某些相似之处，故诗人借咏他们来抒发自己怀才莫展的幽愤。本诗咏阮籍。诗中赞扬了阮籍，说他隐居醉酒、作诗咏怀、长啸怀人、越礼惊众和不论世事，都包含着对当时政治的清醒认识和不满。作者通过对阮籍的怀想表达了自己的不得意情怀。全诗章法严密，先总述，后分写，最后以诘句作结，环环相衔，首尾圆合，堪称"体裁绮密，情喻渊深"之作（钟嵘《诗品》）。

嵇中散〔一〕

中散不偶世〔二〕，本自餐霞人〔三〕。
形解验默仙〔四〕，吐论知凝神〔五〕。
立俗迕流议〔六〕，寻山洽隐沦〔七〕。
鸾翮有时铩，龙性谁能驯〔八〕。

■ **注释**

〔一〕本诗原列第二。嵇中散：即嵇康，他曾拜魏中散大夫，故称嵇中散。

〔二〕不偶世：不能同世俗之人和谐相处。偶，合、谐。

〔三〕餐霞人：即仙人。神仙家以霞为"日之精"，并有餐霞的修炼方法，就是在幻觉中感到日中五色流霞环绕着自己，于是便把日光流霞全吞入口中。

〔四〕形解：尸解。道教认为求仙者修炼成功时便能遗弃形骸羽化飞升。在晋朝时就有过关于嵇康尸解成仙的传说。验：证实。此句言嵇康尸解而去就可以证实他已经默然成仙了。

〔五〕吐论：发表议论，指嵇康写作《养生论》。凝神：言修养心性达到凝神专一的境界。此句言从嵇康著《养生论》就可以看到他是深知凝神之理的。

〔六〕立俗：置身于世俗之中。迕：违背。流议：流俗的议论。此句言嵇康处于世俗之中，言行不入世俗之眼。或疑本句当作"立议迕流俗"，是说嵇康非汤武而薄周孔的议论是与世俗相悖逆的。

〔七〕洽：融洽。隐沦：指隐士。嵇康尝入山采药忘返，并与隐士孙登、王烈同游。此句言嵇康能在山林中与隐逸之士融洽相处。

〔八〕鸾翮：鸾鸟的翅膀。铩（shā）：摧残。鸾、龙俱喻指嵇康。当时人们都以龙、凤比喻嵇康，《晋书·嵇康传》："康早孤，有奇才，远迈不群，身长七尺八寸，美词气，有凤仪，而土木形骸，不自藻饰，人以为龙章凤姿。"这两句是互文，意思是说具有龙章凤姿的嵇康，虽然有时受到摧残，但他本性崇尚自然，任何人也不能使他驯服。

■ 简析

本诗赞扬嵇康桀骜不驯、不与世俗同流合污的反抗性格，借以表达作者虽受打击而决不妥协的坚强意志。全诗格调飘逸，情感充沛，成功地表现出了嵇康傲世独立的思想性格。头两句开门见山地点明嵇康超世脱俗的个性特征，三四句以形解仙化和吐论不凡的具体事例为"餐霞人"提供佐证，五六句通过与流俗相悖和与隐士相亲进一步丰富"不偶世"的性格特征，末二句则以鸾凤和蛟龙为喻，对嵇康宁死不屈的性格作了礼赞。前人云："咏古人必能写出古人之神，方不负题。"（《诗法易简录》）本诗艺术上的成功之处正在于写出了嵇康之"神"。

谢灵运（六首）

　　谢灵运（385—433），小名客儿。祖籍陈郡阳夏（今河南省太康县），世居会稽（今浙江省绍兴市）。出身东晋大族，是谢玄的孙子，晋时袭封康乐公，世称谢康乐。为人奢豪放纵，喜游山陟险，不恤政事，游娱宴集，夜以继日。入宋降为侯，任散骑侍郎，转太子左卫率。少帝即位，与执政大臣争权失败，出为永嘉太守，不久辞官隐居会稽。文帝时曾任临川内史。元嘉十年（433）被人告发谋反而被杀。

　　作品主要是山水诗。对自然景物观察细致入微，能于诗中再现山水胜景，形象鲜明，意境优美，对于扭转东晋以来"淡乎寡味"的玄言诗统治诗坛的局面，开创山水诗创作新时代，以及扩大诗歌的表现领域，都产生了积极的推动作用。又堆砌辞藻，刻意求工，是其不足之处。有《谢康乐集》，诗注以黄节《谢康乐诗注》为详。

七里濑〔一〕

羁心积秋晨〔二〕，晨积展游眺〔三〕。
孤客伤逝湍〔四〕，徒旅苦奔峭〔五〕。

石浅水潺湲〔六〕，日落山照曜〔七〕。

荒林纷沃若〔八〕，哀禽相叫啸。

遭物悼迁斥〔九〕，存期得要妙〔十〕。

既秉上皇心，岂屑末代诮〔十一〕。

目睹严子濑〔十二〕，想属任公钓〔十三〕。

谁谓古今殊，异代可同调〔十四〕。

■ **注释**

〔一〕七里濑（lài）：又名七里滩，在今浙江省桐庐县富春江上，其下数里有严陵濑，是东汉严光隐居垂钓的地方。濑，水流沙上为"濑"。

〔二〕羁心：羁旅之心，即旅人的愁思。积：聚集。此句言在秋天的早晨自己的羁旅之思更加浓重了。

〔三〕展：申展，这里是尽情的意思。此句言自己怀着这种秋晨的羁旅之思来尽情地游赏眺望。

〔四〕逝湍：奔流而去的水。湍，急流。

〔五〕徒旅：游客。徒旅及孤客皆诗人自指。奔峭：崩落断裂的陡峭江岸。

〔六〕潺湲（chányuán）：水流的样子。

〔七〕日落：日光下射。照曜（yào）：阳光闪耀的样子。

〔八〕纷：纷纷、众多。沃若：即沃然，美好繁盛的样子。

〔九〕遭物：看到眼前景物，即面对流水、日光、荒林和哀禽。悼：感伤。迁斥：被贬谪、斥逐。

〔十〕存期：期望、想要。存，想。要妙：精微玄妙的道理，这里指老庄哲理。

〔十一〕秉：掌握、把持。上皇心：上古时代人们淳朴的思想感情。上皇：指伏羲氏。岂屑（xiè）：哪顾，不管。末代：衰乱之世，这里指作者所处的社会。诮（qiào）：责备、讥诮。此二句言自己既已具备了上古人的淳朴思想，哪管时人的讥诮呢？

〔十二〕严子濑：即严陵濑。严子，即严光，字子陵，少与刘秀同游学，刘秀即帝位，光不愿出仕，隐于富春山，耕钓以终。

〔十三〕想属（zhǔ）：联想。任公：任国公子。《庄子·外物》有寓言说任国公子用大钓钩和大绳子，以五十头牛做钓饵，钓于东海，一年以后才钓到一条大鱼，结果从浙河以东苍梧以北的人都饱吃了鱼肉。

〔十四〕同调：情调相同，志同道合。此二句言自己虽与庄子、严光不同时代，但却心意相合，意谓非常羡慕江海渔钓的隐逸生活。

■ **简析**

刘宋永初三年（422）七月，谢灵运出为永嘉太守。在从都城建康去永嘉上任的途中，他经过自己的庄园始宁墅（今浙江省绍兴市上虞区），又游历了富春渚和七里濑等处，本诗即写于其间。

诗从秋晨眺望写起。荒寒的景物，艰苦的旅途，引起了诗人的迁斥之感。但是，诗人超悟出只要寄意高远，于道不违，便不以迁斥为恨，而以隐居的严子陵和逍遥垂钓的任公子为同调。由追慕古人的情调而领悟古人隐居生活所蕴含着的精深妙谛，古人那超然逍遥的情趣，便跨越过流逝的时光，轻轻地栖息在诗人的心灵中了。诗中不但描绘了淳朴的自然景色，真切地摹写了流水、日光、荒林和哀禽，而且展示了诗人心灵由孤独愁思到会悟及由会悟到愉悦的变化历程，从中可以看出诗人在自然山水和老庄哲学的怀抱中获得了心灵超越和精神解脱。山水、隐逸情调、老庄哲学和佛理，这三者共同构成了谢灵运山水诗的文化内涵。

登池上楼^{〔一〕}

潜虬媚幽姿，飞鸿响远音^{〔二〕}。

薄霄愧云浮，栖川怍渊沉^{〔三〕}。

进德智所拙，退耕力不任^{〔四〕}。

徇禄及穷海，卧疴对空林^{〔五〕}。

衾枕昧节侯^{〔六〕}，褰开暂窥临^{〔七〕}。

倾耳聆波澜^{〔八〕}，举目眺岖嵚^{〔九〕}。

初景革绪风，新阳改故阴^{〔十〕}。

池塘生春草，园柳变鸣禽^{〔十一〕}。

祁祁伤豳歌^{〔十二〕}，萋萋感楚吟^{〔十三〕}。

索居易永久。离群难处心^{〔十四〕}。

持操岂独古，无闷征在今^{〔十五〕}。

■ **注释**

〔一〕池上楼：在永嘉郡（今浙江省温州市），是谢灵运任永嘉太守时所居住的园池，后世称"谢公池"。

〔二〕潜虬（qiú）：潜藏着的虬龙。虬，传说中一种有角的小龙。《易·乾》卦："潜龙勿用。"此处以潜虬喻隐士。媚：美好。幽姿：形容潜虬在水中自由自在的姿态。飞鸿：高飞的鸿雁。此处以鸿雁喻仕途得意者。响远音：发出嘹亮悠远的鸣声。

〔三〕薄：迫近。云浮：指高飞的鸿鸟。栖川：栖息水中。怍（zuò）：惭愧。渊沉：指潜沉深渊的虬龙。刘履《选诗补注》释此四句云："言虬以深潜而自媚，鸿能奋飞而扬音。二者出处虽殊，亦各得其所矣。今我希近薄霄，则拙于施德，无能为用，故有愧于飞鸿。退效栖川，则不任力耕，无以自养，故有怍于潜虬也。"这四句以虬龙、飞鸿起兴，言自己不能像虬龙、飞鸿那样得所，进退失据，俯仰有愧。取喻与陶渊明《始作镇军参军经曲阿作》诗"望云惭高鸟，临水愧游鱼"句相似。

〔四〕进德：进德修业，指仕途进取。《易经·乾·文言》："君子进德修业，欲及时也。"退耕：退隐耕作。

〔五〕徇禄：追求官禄。及：到。穷海：边远的海边，指永嘉郡。卧疴（ē）：卧病。疴，病。空林：指冬季干枯的树林。这四句承前四句而来，言自己在仕途上因智力不济无所作为，要退而隐耕则力不胜任，为了求得俸禄反而落到穷居海边、卧病在床的处境。

〔六〕衾（qīn）：被子。衾枕，指卧病床上。昧节侯：分不清季节。昧，暗，这里指感觉不到。

〔七〕褰（qiān）：掀起，揭开。此句言病后登楼，揭开帷帘，眺望楼外景色。

〔八〕倾耳：侧耳倾听。聆：听。波澜：指水声。

〔九〕岖嶔（qīn）：山势高峻的样子。

〔十〕初景：初春的日光。革：改变。绪风：余风，指冬季残留下来的寒风。新阳：指新春。故阴：指阴冷的冬天。此二句描写冬去春来的季节变换。

〔十一〕变鸣禽：指藏在园柳中鸣叫的鸟儿变了种类。此二句写登楼所见初春新景，信手拈来，毫不雕饰，遂成千古名句。

〔十二〕祁祁（qíqí）：众多的样子。豳（bīn）歌：《诗经·豳风·七月》："春日迟迟，采蘩祁祁，女心伤悲，殆及公子同归。"豳，古国名，在今陕西旬邑县西。此句言看到春草繁茂，使人想到"采蘩祁祁"的诗句，不免悲伤，意在表明出仕不归因而思乡之情。

〔十三〕萋萋：形容春草繁茂。楚吟：指楚辞《招隐士》，其中有"王孙游兮不归，春草生兮萋萋"之句。此句言想起"春草生兮萋萋"这首楚歌，不禁伤心，亦意在抒发思归之念。

〔十四〕索居：独处。离群：离开人群。难处心：难以安心。此二句言离开朋友孤居独处容易觉得日子太长，寂寞得难以忍受。

〔十五〕持操：坚持自己高尚的节操。古：指古人。无闷：没有烦恼、苦闷。《易·乾卦》："龙德而隐者也，不易乎世，不成乎名，遁世无闷。"意谓有德的隐者不随波逐流，不追求成名，因此他们能够避世无闷。征：验证。征在今，今天从我这里可以得到验证。此二句言难道只有古人才能坚持自己的节操吗？我今天也可以做到隐居避世而毫无烦恼苦闷。

■ **简析**

本诗是谢灵运任永嘉太守时所写。诗人任永嘉太守的时间为宋武帝永初三年（422）七八月至少帝景平元年（423）七八月，可知本诗应作于景平元年初春。

谢灵运官场失意，出任永嘉太守后，不理政事，肆意遨游，纵情山水，寄志林泉，借自然灵气来洗刷心头的烦恼与忧愁，本诗即表现了诗人力图在秀丽的山水境界中忘却自己内心的孤独和苦闷的倾向。诗写作者久病初起登楼眺望所见所感。前部分抒写"徇禄"的不得已和官场失意的牢骚，中间描绘了登楼眺望所见之宜人春色及由此而感受到的喜悦，最后表达了意欲辞官隐居的愿望。诗中对初春时节池水、远山、春草、鸣禽的变化的描写非常成功，使人感到生意盎然。"池塘生春草，园柳变鸣禽"二句以其自然浑成、清新可爱而成为描写初春景色的千古绝唱，为历代诗家所点化引用。

登江中孤屿〔一〕

江南倦历览〔二〕，江北旷周旋〔三〕。
怀新道转迥，寻异景不延〔四〕。
乱流趋孤屿，孤屿媚中川〔五〕。

云日相晖映，空水共澄鲜[六]。

表灵物莫赏，蕴真谁为传[七]。

想象昆山姿，缅邈区中缘[八]。

始信安期术，得尽养生年[九]。

■ **注释**

〔一〕江：指永嘉江，今称瓯江。孤屿（yǔ）：即瓯江中的江心屿，位于温州市区北面瓯江中游，为中国四大名屿之一。

〔二〕江南：此处江南及下句的江北指永嘉江南北两岸。历览：遍览。

〔三〕旷周旋：久不游览。周旋：应酬，此处指前去游赏。

〔四〕怀新：寻求新境异景之心。迥（jiǒng）：远。景：日光，指时间。此二句言因心里急于要发现奇景新境，所以反而觉得道路遥远、时间过得太快了。

〔五〕乱流：从江中截流横渡。趋：疾行。媚：优美而悦人。中川：江水中间。此二句言船正迅速地从江中横渡，突然发现优美动人的孤屿山立在江心。

〔六〕空水：天空和江水。澄鲜：清澈鲜美。

〔七〕表灵：显示出如此的灵秀。表，显现。物：世人。蕴：藏。真：真人、神仙。此二句言孤屿山显示出如此钟灵秀丽之美，但世人尚且不知欣赏它，何况其中蕴藏神仙的事就更不会有人去传述了。

〔八〕昆山：即昆仑山，传说中神仙的住处。姿：指神仙的姿容。缅邈：悠远。区中缘：人世间的各种因缘关系。此二句由眼前秀美的景物想象到昆仑山上神仙的姿容，倍感亲切，因而觉得和人世的尘缘离得更远了。

〔九〕安期术：安期生的长生之术。安期，即安期生，古代传说中的神仙，因得长生不老之术而活过了一千岁，事见《列仙传》。此二句言从此山的灵异，方才相信神仙之道，可以使人长生以尽年岁。

本篇亦写于永嘉太守任上，是诗人游永嘉江中孤屿山的诗作。诗中记写了游览的经历和孤屿山的风光，以及惊叹、沉醉之余为眼前美景竟为世所弃、无人赏玩而产生的惋惜之情。其中"云日相晖映，空水共澄鲜"二句，写白云丽日、澄江蓝天互相辉映的景色，鲜明生动，展示出一个纯净空明的空间，体现了"谢诗如芙蓉出水"的特点。篇末从眼前孤屿的景色联想到昆仑山的仙境，进而想到养生之术，表达了作者远离朝市、养生尽年的愿望。在诗尾谈玄说理是谢诗中常见的现象，由此人们认为谢灵运的山水诗总有一个玄言的尾巴。其实，玄言出现在山水诗中，是早期山水诗的共同特点，这正说明了玄学与山水诗的兴盛有着深层的联系，故亦不必过加指责。

过白岸亭〔一〕

拂衣遵沙垣〔二〕，缓步入蓬屋〔三〕。
近涧涓密石〔四〕，远山映疏木。
空翠难强名，渔钓易为曲〔五〕。
援萝聆青崖〔六〕，春心自相属〔七〕。
交交止栩黄，呦呦食蒴鹿。
伤彼人百哀，嘉尔承筐乐〔八〕。
荣悴迭去来，穷通成休戚〔九〕。
未若长疏散，万事恒抱朴〔十〕。

■ 注释

〔一〕白岸亭：据《太平寰宇记》，亭在槽溪西南，离永嘉八十七里，因溪岸沙白而得名。

〔二〕拂衣：振衣，喻起行。遵：循、沿。垣：矮墙，这里指沙岸。

〔三〕蓬屋：此指白岸亭。

〔四〕涓密石：细水流过密石。涓，细流。

〔五〕空翠：山中青绿色的水气。难强名：很难勉强加以描述。《老子》二十五章："吾不知其名，字之曰道，强为之名曰大。"黄节认为此句"虽写远山疏木，含有玄理"。渔钓句：言渔钓者易于全身。《老子》二十二章："曲则全。"王弼注："不自见其明则全也。"黄节注此句云："渔钓者利于不自见，故用曲。"一说此句"为曲"与上文"强名"对举，言渔钓之乐易于吟唱。又或认为"曲"为"河曲"之意，"易为曲"言在近涧中容易找到迥折的河湾以便渔钓。此二句承上"远山"、"近涧"而来，写景而含有玄理。

〔六〕援：牵持，攀附。萝：藤萝。聆青崖：在青崖上聆听。

〔七〕属：连。此句言春景与自己的心境自然融会在一起。

〔八〕交交四句：《诗经·秦风·黄鸟》："交交黄鸟，止于棘，谁从穆公？子车奄息。……彼苍者天，歼我良人！如可赎兮，人百其身。"这是秦国人哀悼子车奄息等三人为秦穆公殉葬的诗。《小雅·黄鸟》："黄鸟黄鸟，无集于栩。"交交，鸟鸣声。栩：栎树。黄，即黄鸟。又《诗经·小雅·鹿鸣》："呦呦鹿鸣，食野之苹。我有嘉宾，鼓瑟吹笙。吹笙鼓簧，承筐是将。"这是宴赏群臣嘉宾的诗。呦呦（yōuyōu），鹿鸣声。苹，草名，白蒿类。承，奉。筐，用以盛币帛赏赐宾客。上四句言树上黄鸟的鸣声使我想起了《诗经》里哀悼三良的诗章，感到很悲哀；食苹之鹿的鸣声，又使我想起宴飨封赏之乐。

〔九〕荣悴：荣耀与忧困。休戚：喜与忧。此二句承前四句而来，言荣悴交替，没有一定；穷通变化无常，使人或喜或忧。

〔十〕疏散：通达散淡。抱朴，《老子》十九章："见素抱朴，少私寡欲。"朴，天然未加工的木材，"抱朴"比喻守持人的本真。此二句承上言不如永远过疏散的隐居生活，对万事抱不闻不问的态度，以保持自己的"本性"。

■ 简析

谢灵运性好山水,《宋书》本传称他经常"寻山陟岭,必造幽峻,岩嶂千重,莫不备尽",且"所至辄为诗咏,以致其意焉"。钟嵘《诗品》评谢灵运的山水诗:"兴多才高,寓目辄书,内无乞思,外无遗物。"指出了谢诗的特点。这首《过白岸亭》,正是体现了谢诗"兴会标举"(沈约《宋书·谢灵运传》评语)特点的佳作之一。诗篇先写白岸亭周围的山光水色,其犹如一曲洋溢着春天气息的乐章,流水潺潺作响,山色青翠空明,一切无不充满勃然生机。应接不暇的美景激起了诗人的玄趣,因而所描写的山水景物中无不渗透着玄气,"近涧涓密石,远山映疏木。空翠难强名,渔钓易为曲"四句,巧妙地将《老子》"吾不知其名,强为之名曰大"的思想与山色描写融合在一起,以及取《老子》"曲则全,枉则直"之义加以点化,使整个山水画面蒙上了一层神秘的玄理色彩。这正说明,在魏晋士大夫的意识中,山水与玄理是相通的,"以玄对山水"以至"山水以形媚道"是他们对自然山水的审美观照中所持之"解读"方法,亦即山水是他们悟道和寄托幽情的工具。继而抒发荣悴穷通无常的慨叹,最后表示要不问世事,归朴养真。全诗表现了诗人因仕途失意以致在春日美景面前忧喜交加的复杂心情。

石壁精舍还湖中作〔一〕

昏旦变气候〔二〕,山水含清晖〔三〕。
清晖能娱人,游子憺忘归〔四〕。

出谷日尚早^{〔五〕}，入舟阳已微^{〔六〕}。

林壑敛暝色^{〔七〕}，云霞收夕霏^{〔八〕}。

芰荷迭映蔚^{〔九〕}，蒲稗相因依^{〔十〕}。

披拂趋南径^{〔十一〕}，愉悦偃东扉^{〔十二〕}。

虑澹物自轻，意惬理无违^{〔十三〕}。

寄言摄生客^{〔十四〕}，试用此道推^{〔十五〕}。

■ **注释**

〔一〕石壁精舍：作者的庄园始宁县（今浙江省绍兴市上虞区）始宁墅附近的佛寺。一说精舍为书斋的别称。湖：指巫湖。谢灵运《游名山志》："湖三面悉高山，枕水渚山。溪涧凡有五处。南第一谷，今所谓石壁精舍。"

〔二〕昏旦：早晚。

〔三〕清晖：指山光水色。此句是说山林青翠而湿润，湖水倒映着落日的余晖。

〔四〕娱：悦，乐。憺（dàn）：安闲舒适。此二句出屈原《九歌·东君》："羌声色兮娱人，观者憺兮忘归。"

〔五〕出谷：指离开石壁时。

〔六〕入舟：指上船渡湖回返。阳已微：阳光已经很微弱。阳，日光。

〔七〕林壑：树林和山谷。敛：聚集。暝色：暮色。

〔八〕霏：云霞飞扬的样子。此句言傍晚时候，云霞渐收，飘向天边。

〔九〕芰（jì）：菱。映蔚：映照成彩。此句言湖中芰荷绿叶繁盛互相映照着。

〔十〕蒲稗（bài）：菖蒲和稗子。此句言水边菖蒲和稗子很茂盛，交杂生长在一起。

〔十一〕披拂：用手拨开路旁的杂草。趋：快步而走。

〔十二〕偃（yǎn）：仰卧歇息。扉（fēi）：门。

〔十三〕虑澹：思想淡泊。意惬（qiè）：心意满足。此二句言一个人只要思想淡泊，就自然觉得外物无足轻重；只要内心感到满足，就不会违背自然的常理。

〔十四〕摄生客：指讲求养生之道的人。摄生，养生，即保养生命。

〔十五〕此道：指上面所说的"虑澹"、"意惬"。推：推理，推求。

■ 简析

　　景平元年（423）秋，谢灵运称病辞去永嘉太守的官职，回到始宁墅过起了"岩栖"的生活。石壁精舍是诗人经常游览的地点，本诗即叙写了他游览该处后返回住所的所见所感。诗的前六句写石壁风景和游观乐趣；中间六句写由石壁还巫湖途中所见之晚景；后四句抒发了因山水而联想到的"养生"道理，流露出浓重的道家淡泊轻物的思想。全诗以"还"为线索，从石壁动身，写到出谷山行；由入舟泛湖，写到登岸后趋南径、偃东扉，次序分明，步步突出了一个"还"字。同时，又用"儋忘归"、"日尚早"、"阳已微"等紧扣"忘还"，在"还"与"忘还"的矛盾中表现了诗人对沿途景物一步三回头的依恋心情，从而更加衬托出了山水景物的秀丽迷人。诗尾的议论与前面写景结合自然，毫无生硬、累赘之感。

夜宿石门〔一〕

朝搴苑中兰，畏彼霜下歇〔二〕。

暝还云际宿〔三〕，弄此石上月〔四〕。

鸟鸣识夜栖〔五〕，木落知风发〔六〕。

异音同至听〔七〕，殊响俱清越〔八〕。

妙物莫为赏〔九〕，芳醑谁与伐〔十〕。

美人竟不来，阳阿徒晞发〔十一〕。

■ 注释

〔一〕诗题一作《石门岩上宿》。石门：山名，在今浙江省嵊州市。谢灵运《游名山志》："石门涧六处，石门溯水上入两山口，两边石壁，右边石岩，下临涧水。"诗人在此筑有石门别墅。

〔二〕搴（qiān）：取。苑：花圃。歇：凋谢。此二句言因怕兰花被秋霜打坏，所以趁着早晨去园中采撷。

〔三〕暝：黄昏。云际：云间。此句指还宿于石门别墅。

〔四〕弄：赏玩。石上月：山高，月亮看上去像是近在岩石之上，故云。

〔五〕识：知。

〔六〕木落：叶落。风发：风起。

〔七〕异音：指鸟鸣、木落、风发之声。同至听：同至于耳。或云"至听"之"至"作极解，"至听"即最好听的声音，犹言"天籁"，亦通。

〔八〕殊响：犹"异音"。清越：清亮悠扬。

〔九〕妙物：指上面所写到的美妙的景物。莫为赏：不为人所欣赏。

〔十〕芳醑（xǔ）：芳香的美酒。谁与：与谁。伐：赞美。

〔十一〕美人：指诗人的知己。阳阿：传说中太阳升起的山丘。山南叫阳，曲隅为阿。徒：空。晞（xī）：晒干。上二句出屈原《九歌·少司命》："与汝沐兮咸池，晞汝发兮阳之阿。望美人兮未来，临风怳兮浩歌。"表达没有知己的朋友，徒然独游的心境。

■ 简析

本诗是作者宿于石门别墅所作。诗的前四句，以朝游引出夜宿，点题而起，通过朝惜兰花、暮赏秋月等意象，传达出了诗人与兰花为伴，以明月为友，高卧云间，超迈出尘的情怀。中间四句写山中秋夜景象，描绘了一幅精美的山间月夜图，韵味深远，富有画意。特别值得注意的是作者以所闻写景，不以目治，而以耳治，从鸟鸣、叶落而觉树枝摇动、微风轻起，衬托出山间的寂静，读来如身临其境，见其影，闻其声，绝妙无比。后四句以无人共赏美景而作结，表达了诗人内心的孤独与凄凉之情。

鲍 照（共十首）

　　鲍照（约 414—466），字明远，东海郡（今山东临沂市兰陵县）人，家居建康（今江苏省南京市）。出身贫寒，因向宋临川王刘义庆献诗而受到赏识，被任为国侍郎。文帝时迁中书舍人。临海王刘于顼镇荆州，任前军参军，因而世称鲍参军。后刘子顼作乱，鲍照为乱军所杀。

　　鲍照一生向往建功立业，但生当世族当权、门阀制度森严的时代，备受歧视，很不得意。与谢灵运、颜延之合称为"元嘉三大家"，而实际成就高于谢、颜。诗作内容丰富，或抒发个人理想和抱负，或反映战乱和徭役压迫下的人民生活之苦，或揭露、批判士族门阀制度下的社会黑暗，大部分作品表现出怀才不遇的不平和英雄无路的愤懑，也有的作品流露了乐天安命、及时行乐的思想和感伤情绪。他的七言诗和杂言乐府继承了汉魏乐府的传统而又有所发展，感情慷慨淋漓，风格俊逸奔放，音节激昂顿挫，语言通俗自然。尤其是他的七言诗，对于当时诗体的发展起了很大的推动作用。《南齐书·文学传论》说他"发言惊挺，操调险危"，他的这种挺峭跌宕的诗风对唐代李白、岑参、高适等人的七言歌行产生了积极的影响。有《鲍参军集》，诗集注本以黄节《鲍参军诗注》较为详备。

代东门行〔一〕

伤禽恶弦惊〔二〕，倦客恶离声〔三〕。

离声断客情〔四〕，宾御皆涕零〔五〕。

涕零心断绝〔六〕，将去复还诀〔七〕。

一息不相知，何况异乡别〔八〕。

遥遥征驾远〔九〕，杳杳白日晚〔十〕。

居人掩闺卧〔十一〕，行子夜中饭〔十二〕。

野风吹草木，行子心肠断。

食梅常苦酸，衣葛常苦寒〔十三〕。

丝竹徒满坐，忧人不解颜〔十四〕。

长歌欲自慰，弥起长恨端〔十五〕。

■ 注释

〔一〕《东门行》：属古乐府《相和歌》。代：犹拟。

〔二〕伤禽：为箭所伤的飞禽。恶：厌恶。弦惊：弓弦放开时发出的声响。此句用《战国策·楚策》更羸发虚弓而得鸟的典故。更羸用无箭的空弓射下了一只大雁，他解释其原因说这只大雁本已受伤，所以飞得慢，又因久已失群，所以悲鸣。由于创伤还在，惊心未忘，所以一听见弓弦声就竭力高飞，使得创伤骤然加剧，便从空中掉了下来。

〔三〕倦客：倦游之人。离声：离歌之声。

〔四〕断客情：即伤客人，使行人伤心。

〔五〕宾御：宾指送别者，御指御车者。涕零：流泪。

〔六〕心断绝：心肝摧裂，形容悲痛到了极点。

〔七〕诀：话别。此句言行人将要走又转回来话别。

〔八〕一息：顷刻，喘息之间。不相知：指不在一起。此二句言片刻的分离已很难过，更何况是远去异乡长期分离呢！

〔九〕征驾：远行的车子。

〔十〕杳杳（yǎoyǎo）：深远幽暗的样子。

〔十一〕闺：闺门，内室之内。

〔十二〕夜中：夜半。饭：这里作动词用，意谓进食。

〔十三〕梅：梅子。葛：葛布，一种做单衣用的夏布。此二句用比，言正如食梅苦于味酸、衣葛苦于难以御寒，作客他乡亦不能不为忧愁所苦。

〔十四〕丝竹：弦乐器和管乐器，指音乐。解颜：开颜，指欢笑。此二句言空有满座的人演奏音乐，也无法使愁人心情快乐，反而更添忧伤。

〔十五〕弥：益，更加。端：头绪。此二句言想放声歌唱来宽慰自己，却反而引起更加深重的愁悲。

■ **简析**

本篇写游子临行前的痛苦情景及离家后天涯作客的凄悲心情。前八句描写离家时依依不舍的惜恋情景，起调以"伤禽"怕听弓弦之声比拟和兴起"倦客"怕听离歌之声，接下来以宾御的伤感作为衬垫，表现出游子离亲别友、难舍难分、不胜痛苦的悲剧气氛。中间八句描写异乡作客的凄苦之状。既别之后，征人在途，思亲怀远，触景伤情，风餐露宿，形象的描述，突出征途之劳景况。后四句写离愁，满座吹奏弹唱使游子心中更增加忧伤，本想长歌自慰却愈添愁绪，作者运用反衬的手法，把游子忧心忡忡、肝肠俱碎的离别凄苦表现得异常充分。诗中多用比喻，无不自然而贴切，把游子的心态刻写的细致入微，确为描写离愁别恨的佳作。

代放歌行〔一〕

蓼虫避葵堇，习苦不言非。

小人自龌龊，安知旷士怀〔二〕？

鸡鸣洛城里〔三〕，禁门平旦开〔四〕。

冠盖纵横至〔五〕，车骑四方来。

素带曳长飙，华缨结远埃〔六〕。

日中安能止〔七〕，钟鸣犹未归〔八〕。

夷世不可逢〔九〕，贤君信爱才〔十〕。

明虑自天断，不受外嫌猜〔十一〕。

一言分珪爵，片善辞草莱〔十二〕。

岂伊白璧赐，将起黄金台〔十三〕。

今君有何疾，临路独迟廻〔十四〕？

■ **注释**

〔一〕代：拟、模仿的意思。放歌行：古乐府题名，属《相和歌》。李善注引《歌录》说，汉乐府《孤子生行》的古辞叫《放歌行》。

〔二〕蓼（liǎo）虫：一种生长在蓼草上的小虫。蓼，一种草本植物，叶味辛辣。葵堇（jǐn）：又名堇葵，一种野菜，味甜。《尔雅翼释草》："《楚辞》曰：'蓼虫不知徙乎葵菜。'言蓼辛葵甘，虫各安其故，不知迁也。"龌龊（wòchuò）：局狭的样子，指拘限于狭隘的境界。旷士：旷达之士。此四句言小人心胸窄狭不知旷士胸怀，犹如蓼虫不知堇葵之甜一样。

〔三〕洛城：洛阳城，这里泛指京城。

〔四〕禁门：皇宫的门。天子居住的地方叫禁中，门设禁卫，故称禁门。平旦：天刚亮之时。

〔五〕冠盖：冠冕和车盖，借指戴高冠乘车上朝的贵官们。纵横至：纷纷而来。

〔六〕素带：古时大夫所用的衣带。曳（yè）：牵引，这里是摇曳、飘动之意。长飙：暴风。华缨：用彩色丝做成的冠缨。结远埃：蒙上了远途的尘埃。此二句写官宦们驱车奔走、风尘仆仆的景况。

〔七〕日中：中午。

〔八〕钟鸣：钟鸣漏尽，指深夜戒严之后。

〔九〕夷世：太平之世。此句言现今正是太平之世，是不容易遇到的。自此以下八句都是拟"小人"歌颂当朝的话语。

〔十〕信：确实。

〔十一〕天：指天子。此二句言英明的考虑出于天子自己的判断，决不会受外人的影响而产生猜疑。

〔十二〕珪：一种上圆下方的玉板，古代封官时赐珪作为符信。爵：爵位，官阶。草莱：草野。此二句言只要有一言之美就赐给官爵，有一点善处便征召为官，使之脱离草野。

〔十三〕岂伊：那里。伊，语助词。白璧赐：赏赐白璧。《史记·平原君虞卿列传》记载，赵孝成王一见虞卿便赏赐黄金百镒、白璧一双。黄金台：台名，故址在今河北易县东南。燕照王筑此台，上置千金，以招聘天下贤士。此二句言君王礼贤下士，岂但赏赐白璧，还将为贤士起造黄金台呢！

〔十四〕君：指旷士。路：指仕途。迟迥：迟疑不前。此二句拟小人诘问旷士之词，言你有何不合适处，何以面临通畅仕途而迟疑徘徊呢？

■ **简析**

本篇写旷士不仕而自放的胸怀和小人钻营奔竞的情况。诗中"旷士"为诗人自喻，"小人"则指那些争名夺利、追逐荣禄之徒。前四句以蓼虫不知葵堇之甘甜起兴，引出龌龊小人拘于狭隘境地而难知旷士的宽阔胸怀。接着下来八句刻画京城中的达官贵人们钻营奔竞的丑态，无不活灵活现，淋漓尽致，再现了京城官宦追功争禄趋之若鹜的情形。后十句写仕途中人对当朝的颂扬以及对旷士的诘问，从而照应了"小人自龌龊，安知旷士怀"的主旨。元嘉年间是号称政治清明的时代，但官场的腐败依然如故，门阀之风仍旧盛行，出身寒微如鲍照者，即使才能出众也难以受到朝廷重用，往往成为政治的牺牲品。在本诗中，作者以敏锐的观察，切身的体会，暴露了充斥朝廷的群小追逐荣利钻营竞奔的情景，从而衬托出旷达之士的高尚胸怀，具有深广的时代内涵。

诗中多用衬托手法和对偶句式，双句协韵，一韵到底。音节响亮，道劲有力，叙事状物惟妙惟肖，尤其是对官宦们的冠盖、车骑、素带、华缨的描写，无不精彩，既写出了他们华丽的外表、钻营的劳碌，更揭示了他们内心的狭隘龌龊。前人曾评鲍照诗"善制形状写物之词"（钟嵘《诗品》）、"沉雄笃挚，节亮句道"（黄子云《野鸿诗的》），这在本篇中都得到充分的体现。

代出自蓟北门行〔一〕

羽檄起边亭〔二〕，烽火入咸阳〔三〕。
征骑屯广武〔四〕，分兵救朔方〔五〕。
严秋筋竿劲〔六〕，虏阵精且强〔七〕。
天子按剑怒，使者遥相望〔八〕。
雁行缘石径〔九〕，鱼贯度飞梁〔十〕。
箫鼓流汉思〔十一〕，旌甲被胡霜〔十二〕。
疾风冲塞起，沙砾自飘扬。
马毛缩如猬〔十三〕，角弓不可张〔十四〕。
时危见臣节〔十五〕，世乱识忠良。
投躯报明主〔十六〕，身死为国殇〔十七〕。

■ **注释**

〔一〕《出自蓟北门行》：乐府旧题，属《杂曲歌辞》。《乐府题录》：
"《出自蓟北门行》，其致与《从军行》同，而兼言燕、蓟风物及突骑勇
悍之状。"蓟，古燕国都城，在今北京一带。本篇为拟乐府。

〔二〕羽檄：古代的一种紧急军事文书。边亭：边境上驻兵防守敌
寇的哨所。

〔三〕烽火：古时边防告警用的烟火。咸阳：秦朝都城，在今陕西
咸阳市东，这里借指京城。

〔四〕征骑（jì）：征召骑兵。屯：驻守。广武：县名，在今山西省
代县。

〔五〕朔方：郡名，治所在今内蒙古自治区鄂尔多斯市。

〔六〕严秋：指深秋。筋竿：弓箭。筋指弓弦，竿指箭杆。

〔七〕虏阵：指入侵敌军的阵容。

〔八〕使者：天子派出的使臣。此句言传达天子命令和了解军情的
使臣一个紧接着一个。

〔九〕雁行（háng）：象大雁飞行时那样排成一字形的行列。缘：
沿，循。

〔十〕鱼贯：如鱼群在水中游动时那样前后相连。度：过。飞梁：
高架在河上面的桥梁。

〔十一〕箫鼓：军乐。流汉思：传达出汉人的情思。汉，汉族。

〔十二〕旌甲：旌旗铠甲。被：披。胡霜：边地的风霜。

〔十三〕缩如猬：形容马毛直竖。

〔十四〕角弓：用兽角装饰的弓。张：拉开。

〔十五〕危：危难。节：节操。

〔十六〕投躯：捐躯舍身。

〔十七〕国殇：为国牺牲的英雄。屈原《九歌·国殇》追悼为楚国
而阵亡的将士，后来便称为国牺牲的英雄为国殇。

■ 简析

　　鲍照所处的南北对峙的时代，同时也是民族危机深重的时代。面对国势阽危的残酷现实，诗人和当时许多爱国志士一样，对北伐大业极为关注，写下了许多歌颂将士们浴血边疆、为国捐躯的光辉诗篇，《代出自蓟北门行》即为其中之一。诗中描写边境告警、朝廷发兵抵御敌人进犯的情景，表现了将士们面对强虏、同仇敌忾的爱国献身精神。诗人以高昂的激情，酣畅的笔墨，渲染前线告急的紧迫之势，描写行军阵容的井然而壮观。战场恶劣的自然环境以及将士们迎战敌人的昂扬斗志，无不惊心动魄，振人耳目。刘宋王朝平日空有恢复之志，而于养兵蓄锐、加强战备之道则不甚了了，以至边境告急，临事张皇，诗中对此亦隐约有所透露。本诗格调雄浑悲壮，诗语峻健，有挺峭跌宕之势，犹如万丈瀑布悬空而下，一泻千里，奔入大河，确实体现了如前人所评之"高鸿决汉，孤鹘破霜"（郑厚《艺圃折中》）的特点，从而成为边塞诗的楷模，对唐代及后世边塞诗产生了深远的影响。

拟行路难[一]（十八首选三）

其 一[二]

奉君金卮之美酒[三]，玳瑁玉匣之雕琴[四]。
七彩芙蓉之羽帐[五]，九华蒲萄之锦衾[六]。
红颜零落岁将暮，寒光宛转时欲沉[七]。
愿君裁悲且减思[八]，听我抵节行路吟[九]。

不见柏梁铜雀上^{〔十〕}，宁闻古时清吹音^{〔十一〕}。

■ **注释**

〔一〕《行路难》：乐府杂曲，属《杂曲歌辞》，本为汉代歌谣，晋人袁山松改其音调，自制新词，流行一时。古辞和袁词俱失传。

〔二〕本篇原列第一。

〔三〕奉：奉送，献给。君：泛指听者。卮（zhī）：古代盛酒的器皿。

〔四〕玳瑁（dàimào）：龟类，生于海中，背上有甲，可做装饰品。

〔五〕七彩芙蓉：多种颜色的芙蓉花图案。羽帐：用翠鸟的羽毛装饰的帐子。

〔六〕九华蒲萄：以许多蒲萄花纹组成的图案。蒲萄，即葡萄。锦衾：用锦做成的被子。以上四句写赠送给人的四件解忧之物。

〔七〕红颜零落：容颜变得衰老；寒光：寒日的光辉。宛转：转移。时欲沉：时将晚。此二句用意与屈原《离骚》"惟草木之零落兮，恐美人之迟暮"同，言人已容颜衰败，年岁将老，正如月光转移，夜将深沉一样。

〔八〕裁悲：减少悲伤。裁，减。减思（sì）：减少愁思。思，忧愁。

〔九〕抵（zhǐ）节：击节。抵，侧击。节，乐器名，又叫"拊"。行路吟：指《行路难》诗。

〔十〕柏梁：台名，故址在长安，建于汉武帝元鼎二年（前115）。铜雀：台名，故址在邺城（今河北临漳县）西北，曹操于建安十五年（210）所建。柏梁台和铜雀台都是歌咏宴游的场所。

〔十一〕宁：岂。清吹：指管乐。

■ 简析

鲍照的抒情诗,抗音吐怀,雄视百代,全面而真实地反映了一个才华出众的寒门诗人的抱负、抗争和在坎坷、崎岖的人生旅程上艰难行进的丝丝轨迹,在表现封建时代贫寒文人怀才不遇的痛苦、理想的追求及其幻灭的悲哀方面,具有重要的认识价值与美学意义。《拟行路难》是鲍照根据乐府古题创作的一组抒情诗歌,《乐府解题》云:"《行路难》备言世路艰难及离别悲伤之意,多以'君不见'为首。"鲍照正是按照这一本来的题旨而写的,诗中多写封建士族社会中贫寒士人对世道艰难的愤慨,以及离别相思、宦途失意的情感。本篇作为组诗的序曲,内容是感慨时光易逝、年华易老,主张排除一切忧愁而行乐高歌,从而抒发了自己内心壮志未遂的悲愤。作者通过赠送四种可以解忧的物品来劝人解忧,通篇不言自身,但实际上是在借劝慰别人而排遣自己,在表达方面很有特色。《许彦周诗话》说:"明远《行路难》壮丽豪放,诗中不可比拟,大似贾谊《过秦论》。"确实,本诗格调苍凉雄浑,感情沉挚婉约,词采华丽壮美,有楚辞、汉魏之风,读之无不淋漓豪迈,动人心弦。又七言诗体是自曹丕的《燕歌行》开始的,为句句协韵,鲍照的《拟行路难》吸取前人之长,融会贯通,又前进二步,内容深广,气势豪放,句式、韵律富有变化,对唐代七言诗的发展影响颇大,因而被人尊为七言开山之祖:"七言之制,断以明远为祖。何?前虽有作者,正荒忽中鸟径耳。柞械初拔,即开夷庚,明远于此,实已范围千古。故七言不自明远来,皆筴稗而已。"(王夫之《古诗评选》)

其　二〔一〕

泻水置平地〔二〕,各自东西南北流。
人生亦有命,安能行叹复坐愁〔三〕。

酌酒以自宽〔四〕，举杯断绝歌路难〔五〕。
心非木石岂无感〔六〕，吞声踯躅不敢言〔七〕！

■ 注释

〔一〕本篇原列第四。

〔二〕泻：倾。

〔三〕安能：哪能。以上四句为作者在无可奈何之中对自己的宽慰之词。

〔四〕自宽：自我宽慰。

〔五〕断绝：断绝愁思，即用酒浇愁。或谓当作停止歌唱解。以前解较佳。路难：指《行路难》歌曲。此句言因举杯浇愁而吟唱《行路难》。

〔六〕无感：无动于衷。

〔七〕吞声：声将发而又止。踯躅（zhízhú）：徘徊不进。

■ 简析

在十八首《拟行路难》中，本篇大概最能表现诗人内心的痛苦和矛盾了。鲍照所处的时代，仕宦"徒以冯藉世资，用相陵驾，都正俗士，斟酌时宜，品目少多，随事俯仰，刘毅所云'下品无高门，上品无贱族'者也"。（《宋书·恩幸传序》）在门阀的压抑下，鲍照空怀壮志而无所作为，于是他心中深沉的苦闷和强烈的愤懑，便通过此诗宣泄了出来。开篇以平地倒水、流向不一起兴，来揭示门第不同而个人前途迥异的残酷现实。取喻虽然平易质朴，但有横空出世之气势，因而显得挺拔、警策。诗中充满了一种欲言又止、哭诉无门的悲痛气势，情绪婉转而曲折，欲以高歌自遣，却到底难以消除内心的愁苦。诗人有"叹"有"愁"而又"不敢言"，其悲愤之深，痛苦之极，正在这不言之中，因而沈德潜赞许本诗"妙在不曾说破，读之自然生愁。起手无端而下，如黄河落天走东海也，若移在中间，犹是恒调"。（《古诗源》）

其 三^{〔一〕}

对案不能食^{〔二〕}，拔剑击柱长叹息。

丈夫生世会几时^{〔三〕}，安能蹀躞垂羽翼^{〔四〕}。

弃置罢官去^{〔五〕}，还家自休息。

朝出与亲辞，暮还在亲侧。

弄儿床前戏^{〔六〕}，看妇机中织。

自古圣贤尽贫贱，何况我辈孤且直^{〔七〕}。

■ **注释**

〔一〕本篇原列第六。

〔二〕案：古时进食用的小儿，形如有脚的托盘。

〔三〕会：能。此句言一个人生在世上能有多久呢。

〔四〕安能：怎能。蹀躞（diéxiè）：小步行走的样子。垂羽翼：垂下翅膀，这里比喻失意丧气，无所作为。

〔五〕此句表明要弃官而去。

〔六〕弄：逗弄。戏：玩耍。

〔七〕孤：指出身孤寒。直：耿直。

■ **简析**

鲍照《拟行路难》十八首，借旧题以寄新意，抒吐情怀淋漓尽致，遂成千古绝唱。沈德潜说："明远乐府，如五丁凿山，开人世所未有"（《古诗源》），指出了他突破传统乐府的体制而有所创新的特点。鲍照广泛运用七言和五、七言为主的杂言体，故钟惺称许他："能以古诗声格作乐府，以五言性情入七言，别有奇响异趣。"（《古诗归》）本诗作为鲍照《拟行路难》中的一首杰出的述志诗，抒发了作者在门阀制度下有志不能遂的愤慨，突出地表现了他宁肯丢官不做，也不愿蹀躞垂翼、俯仰由人的傲岸不羁的性格。全诗笔力遒劲，纵横变化，洋溢着炽热的情感，弥漫着悲壮的人格力量，从而使其成为困厄而正直的古代知识分子的灵魂咏叹调。

赠傅都曹别〔一〕

轻鸿戏江潭〔二〕，孤雁集洲沚〔三〕。
邂逅两相亲，缘念共无已〔四〕。
风雨好东西，一隔顿万里〔五〕。
追忆栖宿时〔六〕，声容满心耳〔七〕。
落日川渚寒，愁云绕天起〔八〕。
短翮不能翔，徘徊烟雾里〔九〕。

■ **注释**

〔一〕傅都曹：名字和事迹不详。都曹，官名，据《宋书·百官志》，当时都官尚书属下有都官、水部、库部、功部四曹。

〔二〕轻鸿：轻捷善飞的鸿雁，这里喻傅都曹，言其敏捷多能。江潭（xún）：水崖。

〔三〕孤雁：作者自喻，言自己孤独寂寞。集：止，停留。沚（zhǐ）：小洲。

〔四〕邂逅：不期而遇。缘念：即情分。佛教以遇而相契者为有缘法，相续之心念谓之念念。无已：无尽。此二句言两人相遇之后便互相亲近起来，彼此情景深长，永不动摇。

〔五〕好（hào）：喜好。此句本《尚书·洪范》："星有好风，星有好雨。"注："箕星好风，毕星好雨。"箕是东方木宿，毕是西方金宿。

风雨好东西，即好风的箕在东，好雨的毕在西。顿：顿时。此二句以一东一西的箕星和毕星为喻，言二人一旦分离，便相隔万里。

〔六〕栖宿时：指相聚时。鸟类宿于林叫栖，宿于水叫宿。

〔七〕声容：声音和容貌。此句言时时想念着对方的音容。

〔八〕渚（zhǔ）：水中小洲。此二句以"寒"与"愁"渲染离别友人后的忧思。

〔九〕短翮（hé）：短短的翅膀，为作者自喻之辞。此二句言无力远翔，追寻友人，只有在烟雾之中徘徊而已，同时隐喻自己仕途并不如意。

■ 简析

这是一首通篇用喻体的赠别诗。诗中以鸿雁为喻，表达了对朋友的留恋与怀念之情。前四句追忆从前的相遇和友好情谊，中间四句叙述当前的分手和依依惜别之情，后四句预想离别后自己的孤单寂寞。全诗构思新奇，自然浑成；情感含蓄蕴藉，深沉委婉；比喻恰切，形象鲜明，达到了情景交融的境界，无愧为赠别诗中的上乘之作。陈祚明说："鲍参军既怀雄浑之姿，复挟沉挚之情。其性沉挚，故即景命词，必钩深索异，不欲犹人；其姿雄浑，故抗音吐怀，每独成亮节，自得于己。"（《采菽堂古诗选》）鲍诗风格多样化，有的具有挺峭跌宕的阳刚之美，有的具有沉郁奇艳的阴柔之美，本篇当属于后者，全诗写的飘逸俊秀，意境幽深，与他的那些"发唱惊挺，操调险急"的乐府诗姿态有所不同。

发后渚[一]

江上气早寒，仲秋始霜雪[二]。

从军乏衣粮，方冬与家别[三]。

萧条背乡心，凄怆清渚发[四]。

凉埃晦平皋，飞潮隐修樾[五]。

孤光独徘徊，空烟视升灭[六]。

途随前峰远，意逐后云结[七]。

华志分驰年，韶颜惨惊节[八]。

推琴三起叹，声为君断绝[九]。

■ 注释

〔一〕后渚：在建业（今江苏省南京市）城外江上。

〔二〕始：初。

〔三〕方：将。

〔四〕背：离开。此二句言怀着离乡背井的凄惨悲怆心情从后渚出发。

〔五〕凉埃：尘埃。皋：水边的高地。飞潮：飞卷的浪潮。修樾（yuè）：长长的树荫。此二句言路上的尘埃把前方的平皋都遮得昏暗了，滚滚的江涛遮断了远处的高树。

〔六〕孤光：指日光。空烟：江面上空的雾气。此二句言日影孤悬，江上的烟雾远远望去时升时灭。

〔七〕结：聚集。此二句言往前看，看到前方的山峰，更感到路途遥远；往后看，看见后边的浓云，更增加了离愁别绪。

〔八〕华志：美好的志愿。分：分散、消失。韶颜：美好的容颜。节：节序。此二句言美好的志愿在终年的奔波中消失，美好的容颜因惊叹节令的变化而变得暗淡凄惨。

〔九〕三起叹：反复叹息。三，言其多，非为确指。此二句言因为想起自己的遭遇而停止弹琴，连声叹息。

■ 简析

这是一首行旅诗。诗写秋末冬初离家从军远行，自后渚出发后的情况。诗的起篇交代了地点、时间、行踪。接着描写一路所见自然景物，作者以凄凉的自然景物衬托心中的愁思，从而表现了留恋家乡和倦于行役的心情。最后抒发了流年似水、壮志未酬的苦闷，对现实表示了强烈的不满。关于鲍照的五言诗，前人评曰："五言之至者，其唯《十九首》乎！其次则两汉诸家及鲍明远、陶彭泽骎骎乎古人矣！"（张历友《师友诗传录》）他的五言诗讲究骈俪，圆稳流利，词采华丽，对偶工整，且思想深刻，感情饱满，豪爽俊逸，意境深沉，建安风骨犹存，这些在本诗中俱有体现。诗中将荒寒的自然景物和人的愁惨情绪结合得极其自然，诗意浓郁，极富感染力。又韵脚"别"、"樾"、"灭"、"结"、"节"、"绝"，在入声韵律的反复回旋中给人以斩钉截铁、如裂玉帛之感。这种特点的形成，与鲍照创造性地学习建安诗歌骨气奇横、神采焕发和太康诗人咀嚼英华、厌饫膏泽的艺术风格不无关系。

咏　史

五都矜财雄，三川养声利[一]。
百金不市死[二]，明经有高位[三]。
京城十二衢，飞甍各鳞次[四]。
仕子彯华缨，游客竦轻辔[五]。
明星晨未晞，轩盖已云至[六]。

宾御纷飒沓，鞍马光照地〔七〕。

寒暑在一时，繁华及春媚〔八〕。

君平独寂寞〔九〕，身世两相弃〔十〕。

■ **注释**

〔一〕五都：汉代以洛阳、邯郸、临淄、宛、成都为五都。矜：夸耀。三川：郡名，秦时置，其地有河、洛、伊三水，治所在荥阳。声利：名利。此二句言五都、三川都是争名夺利的繁华之地。

〔二〕不市死：不死于市。《史记·越王勾践世家》："（陶）朱公中男杀人，囚于楚。朱公曰：'杀人而死职也，然吾闻千金之子，不死于市。'"此用其意，言富贵人家的子弟杀了人，可以用财钱换回性命。

〔三〕明经：通晓经学。汉代通经学的人可以作博士官，《汉书·夏侯胜传》："胜每讲授，常谓诸生曰：'士病不明经术，经术苟明，其取青紫如俛拾地芥耳。'"此用其意。

〔四〕衢（qú）：四通的大道。甍（méng）：屋脊。飞甍，言高屋凌空。鳞次：形容屋宇密集，排列相次犹如鱼鳞。此二句言京城里大道四通八达，高屋如鱼鳞一样密布。

〔五〕仕子：做官之人。影（piāo）：《广雅》："影影，长组（古代士大夫系玉佩或印的丝带）之貌。"华缨：华贵的帽带。竦轻辔：形容提缰策马奔驰的情状，"竦"有执、动、惊等义。此二句写仕子游客云集京都，服饰华丽，车马不歇。

〔六〕明星：金星。晞：本作"稀"。轩：古代的一种车子，车辕是弯的，车厢周围有遮栏，上面有蓬，大夫以上的人才能乘坐。云至：纷纷来会，其多如云。此二句言天还没有亮，官宦们的车子已经云涌而至。

〔七〕宾御：赶车之人，这里当兼指宾客和仆从。飒沓（sàtà）：众多的样子。此二句言官宦的宾客仆从众多，车子、马鞍色彩斑斓，光照大地。

〔八〕寒暑在一时：言寒暑的变化快，一下子就过去了，喻世态炎凉，变化很快，此二句言季节转瞬即逝，故百花多趁春光明媚之时纷纷争艳，喻仕途中人都纷纷趁机追逐功名富贵，引出下文对严君平的赞叹。

〔九〕君平：姓严，名遵，汉代蜀人，在成都卖卜，每日得百钱便闭门下帘读《老子》，九十多岁卒，著有《老子指归》。

〔十〕此句言君平以卖卜为生，不图仕进，是君平弃绝世俗；世重名利，不重贤才，是世弃绝君平，故曰"两相弃"。李白《古风》十三演此语为"君平既弃世，世亦弃君平"两句。

■ 简析

本诗借咏史而指摘时事，寄托理想。诗中以富贵繁华的生活和穷居寂寞的生活相对照，歌颂了像严君平那样安贫乐道的寒士，讽刺了仕途的蝇营狗苟。诗的大部分极力铺写渲染京城的豪侈，将士族阶层醉生梦死的生活暴露无遗，无不形象而逼真。最后两句通过慨叹严君平弃世独处的生活，抒发了作者怀才不遇及不与世俗同流的愤世之感。鲍照生活于门阀士族统治的时代，由于"身地孤贱"，才华被世所弃，仕途的艰难、世态的炎凉，形成了他愤世嫉俗和孤直耿介的性格，本诗所表现的对矜财逐利权贵小人的憎恶和对寒士被压抑的义愤，正是对门阀制度的不合理性的谴责。

学刘公干体〔一〕（五首选一）

胡风吹朔雪〔二〕，千里度龙山〔三〕。
集君瑶台上，飞舞两楹前〔四〕。
兹晨自为美〔五〕，当避艳阳天〔六〕。

艳阳桃李节〔七〕，皎洁不成妍。

■ 注释

〔一〕刘公幹：名桢，东平（今山东东平县）人，"建安七子"之一，代表作为《赠从弟》三首。鲍照《学刘公幹体》共五首，为一组诗。这里选的是第三首。

〔二〕胡风：北风，因胡地在北方，故称。朔雪：北方的雪，这里喻高洁之士。

〔三〕龙山：指连龙山。《楚辞·大招》王逸注："北方有常寒之山，阴不见日，名曰连龙。"

〔四〕集：止。君：指朔雪。瑶台：华丽的楼台。楹（yíng）：堂屋前面的柱子叫楹。此二句以雪落瑶台之上和飞舞两楹之前喻正直高尚的人只有在适当的环境里，被人重用，其美德才华才能得以显露。

〔五〕兹晨：泛指这时候。

〔六〕艳阳天：指春天。

〔七〕桃李：喻小人。节：季节。这两句言桃李盛开的时节并不容纳朔雪的皎洁，喻小人得势之时，正直高洁的人是不容于世的。

■ 简析

这是一首咏物诗，取喻和结构似学刘桢《赠从弟》第三首（凤凰集南岳）。诗中借朔雪为喻，言正直的人虽然品质高洁，但只能在一定的环境中展示其美，如当世道浇薄、小人得志之时，便不得不退隐避谗。刘履《选诗补注》说："此明远被间见疏而作，乃借朔雪为喻。词虽简短，而托意微婉。"所见极是。诗的前四句描写朔雪，突出其洁质美姿；后四句两次转折以开拓诗意，议论形象化，结句落在朔雪的"皎洁"之上，结构严谨，圆美流转。诗中以婉转曲达的手法暗示本意，收到了"含不尽之意，见于言外"的艺术效果。

陆 凯（一首）

陆凯（生卒年不详），字智君，代北（今河北省蔚县东）人。谨重好学，以忠厚见称。曾任正平太守，在任七年，有良吏之称。

赠范晔诗〔一〕

折花逢驿使〔二〕，寄与陇头人〔三〕。
江南无所有，聊赠一枝春。

■ **注释**

〔一〕范晔：字蔚宗，顺阳郡（治所在今河南淅川县东南）人。博涉经史，善属文，曾为尚书吏部郎，著有《后汉书》。

〔二〕驿使：传递官府文书的人。

〔三〕陇头：即陇山，在今陕西省陇县西北。

■ **简析**

据《太平御览》引南朝宋盛弘之《荆州记》记载："陆凯与范晔相善，自江南寄梅花一枝，诣长安与晔，兼赠诗：（略）。"

唐汝谔《古诗解》则认为："晔为江南人，陆凯为代北人，当是范寄陆耳。"这里按旧文献，仍将此诗归于陆凯名下。诗写在驿站遇北归使者，折梅寄赠北方挚友，以表相思之情。语淡情真，自然清新，是这首小诗的显著特点。其中无布置，不雕饰，发乎天趣，然无，不优美动人，正如《人间词话》所云："能写真景物、真感情者，谓之有境界。"

齐　诗

谢　朓（七首）

　　谢朓（464—499），字玄晖，陈郡阳夏（今河南省太康县）人。父纬，官散骑侍郎，母为宋文帝之女长城公主。与同族谢灵运前后齐名，世称"小谢"。少有美名，文章清丽。初仕为豫章王行参军，迁新安王中军记室。明帝即位，转中书郎，出为宣城太守，因称"谢宣城"。后迁尚书吏部郎，永元元年（499），以事下狱死，年仅三十六岁。

　　谢朓与谢灵运同族，创作上又多受其影响，故后世多以"小谢"称之，亦为南朝山水诗的杰出代表之一。又谢朓与沈约同时而齐名，两人善用声律，共同开创"永明体"，推动了近体诗的发展，梁简文帝曾赞二人之诗为"文章之冠冕，述作之楷模"（见《梁书·庾肩吾传》）。存诗二百余首，多描写自然景色，寄情山水，风格清逸秀丽，彻底摆脱了玄言诗的影响，成为南朝山水诗的杰出代表，盛为时人称誉。梁武帝尝曰："三日不读谢诗，便觉口臭。"严羽《沧浪诗话》有云："谢朓之诗已有全篇似唐人者。"谢朓对唐代诗人产生了极大的影响，曾得到李白、杜甫的激赏。前者有云："蓬莱文章建安骨，中间小谢又清发。"（李白《宣城谢朓楼饯别校书叔云》）后者则云："谢朓每篇堪讽诵，冯唐已老听吹嘘。"（杜甫《寄岑嘉州》）有《谢宣城集》。近人郝立权有《谢宣城诗注》。

王孙游 [一]

绿草蔓如丝，杂树红英发 [二]。
无论君不归，君归芳已歇 [三]。

■ **注释**

〔一〕《王孙游》：乐府旧题，《乐府诗集》收入《杂曲歌词》。

〔二〕蔓：滋生蔓延。红英：红花。

〔三〕无论：莫说。君：指王孙。芳：指春花。歇：尽。芳已歇，
春花凋谢，喻美人迟暮。此二句系从楚辞《招隐士》"王孙游兮不归，
春草生兮萋萋"化出。

■ **简析**

谢朓不仅长于制作山水佳构，也善于创写精巧的抒情小诗。
他的五言小诗写得清新活泼，流丽婉转，已接近唐人绝句，本篇
即为一例。本诗诗意从楚辞《招隐士》"王孙游兮不归，春草生
兮萋萋"化出，以春天花草齐发的蓬勃景象召唤远游的王孙归
来。亦可理解为一首闺怨诗，写一个女子在春光明媚的季节思念
离乡远行的丈夫，盼望他早日归来，而这实际上却是不可能的。
诗中充分流露了"美人迟暮"的情感。诗的前两句写景，创造了
一种春意绵密、气氛浓烈而富有生机的意境。后两句抒写绵绵相
思之苦和春尽的惆怅。全诗情景交融，意境幽远，确有唐人五绝
风姿，难怪胡应麟认为唐人五言绝句"多法宣城，亦以其朗艳近
律耳"。

暂使下都夜发新林至京邑赠西府同僚〔一〕

大江流日夜，客心悲未央〔二〕。

徒念关山近，终知返路长〔三〕。

秋河曙耿耿，寒渚夜苍苍〔四〕。

引领见京室，宫雉正相望〔五〕。

金波丽鳷鹊，玉绳低建章〔六〕。

驱车鼎门外，思见昭丘阳〔七〕。

驰晖不可接，何况隔两乡〔八〕？

风烟有鸟路，江汉限无梁〔九〕。

常恐鹰隼击，时菊委严霜〔十〕。

寄言尉罗者，寥廓已高翔〔十一〕。

■ 注释

〔一〕下都：指荆州，荆州是藩国的都城，故称"下都"。暂使下都，指奉命做荆州随王府的文学，因已奉诏还京，故曰"暂使"。新林：浦名，在今南京市西南。京邑：指南齐的都城金陵（今江苏省南京市），不言"京师"而言"京邑"，是因为作者家在金陵城中。西府：指荆州随王府。同僚：一道任职的朋友。

〔二〕大江：指长江。未央：不已，不止。此二句以日夜奔泻的长江之水象征作者不尽的愁思。

〔三〕徒念：空念。关山：这里指建业的关山，也兼指金陵的城郊。返路：指回荆州的路。此二句言离京城越来越近了，但是重返荆州的路却很遥远了。

〔四〕秋河：秋夜的银河。曙：明。耿耿：光亮。苍苍：深青色。

〔五〕引领：伸颈。京室：指京城金陵。宫雉（zhī）：宫墙。雉，雉堞，即城上的短墙。

〔六〕金波：月光。丽：附丽，这里有"照在……之上"的意思。鸡（zhì）鹊：汉代观名，在长安，这里借指金陵的台观。此句言月光照在宫殿上。玉绳：星宿名，位于斗柄北边。建章：汉代宫名，这里借指金陵的宫殿。此句言远远望去玉绳星低垂于建章宫之下。

〔七〕鼎门：指金陵的南门。《文选》李善注引《帝王世纪》："成王定鼎于郏鄏（今河南洛阳西），其南门名定鼎门，盖九鼎所从入也。"后因称南门为"鼎门"。昭丘：楚昭王的墓，在荆州。昭丘阳，昭丘的日光，这里代指荆州。此二句言已经来到了金陵城门之下，但心中还在思念荆州。

〔八〕驰晖：指日光。接：迎。两乡：指荆州和金陵两地。此二句言荆州的太阳西流昭丘，想在金陵迎接它升起，但朝阳还没有升起来，以致自己现在来到京城之后，连昭丘的日光都看不到了。太阳不受地域限制尚不能骤见，何况相隔两乡的人呢？

〔九〕鸟路：鸟飞过的路线。限：阻隔。梁：桥。上二句言哪怕漫天风云，飞鸟依然可以穿越飞翔，而我却受到江、汉的阻隔，难回荆州。

〔十〕隼（sǔn）：鹰类，形体稍小，这里喻凶残的人。时菊：盛开时节的菊花。委：枯萎。此二句通过形象化的比喻表明自己常怕谗人陷害。

〔十一〕尉（wèi）罗者：张设罗网捕鸟的人，比喻设计害人者如王秀之那种人。寥廓：指广阔的天空。此二句以鸟自喻，言自己已经远走高飞，可以避祸了，这实际上也是对进谗者的一种含蓄的抗议。

■ 简析

本诗写于南齐永明十一年秋。据《南齐书·谢朓传》记载，谢朓为随王萧子隆文学，随王喜好文学，谢朓深受赏识，"流连对晤，不舍日夕"。长史王秀之深怀嫉妒，向齐武帝进谗言，说谢朓以年少惑乱随王，齐武帝便召谢朓回京城建业。本诗即作于此次返京途中。诗中抒发了作者对荆州旧友的怀念和对小人谗言的愤慨之情。诗中运用托景兴情、以物喻情以及借代等艺术手法，在细致地描述夜行景色之后，自吐襟怀，既为远离西府、不能与旧友相处而惆怅，又为远走高飞、免遭小人谗言中伤而庆幸，沉郁顿挫，悲慨淋漓，几难自制。起调融情于景，将主人公忧愤的形象显现在浩荡东流的滔滔大江的背景上，体现了谢朓诗工于发端的特点。全诗情感凝重浑厚，格调深沉悲壮，是谢朓永明年间于宗室诸王门下做幕僚时期的重要诗作，也是他扩展了生活视野、开拓了诗歌新境界、走向创作高峰的一个重要标志，故而历来受到推重。

晚登三山还望京邑 [一]

灞涘望长安，河阳视京县 [二]。
白日丽飞甍 [三]，参差皆可见 [四]。
余霞散成绮，澄江静如练 [五]。
喧鸟覆春洲 [六]，杂英满芳甸 [七]。
去矣方滞淫，怀哉罢欢宴 [八]。
佳期怅何许，泪下如流霰 [九]。
有情知望乡，谁能鬒不变 [十]？

■ 注释

〔一〕三山：在今江苏省南京市西南长江南岸，上有三峰，南北相接。还望：回头眺望。

〔二〕灞涘（sì）：灞水岸。灞，指灞水，源出陕西蓝田县，流经

长安灞桥。涘，岸。王粲《七哀诗》："南登灞陵岸，回首望长安。"河

阳：县名，故址在今河南省孟州市西。京县：指洛阳。潘岳《河阳县

诗》："引领望京县，南路在伐柯。"此二句借王粲望长安及潘岳望洛阳

比喻自己还望京城。

〔三〕白日：指夕阳。丽：依附，这里是披洒的意思。飞甍：见鲍

照《咏史》注〔四〕。

〔四〕参差（cēncī）：高下不齐的样子。

〔五〕余霞：晚霞。绮（qǐ）：锦缎。澄江：清澈的江水。练：白色

丝绢。此二句描写夕阳西下时天边铺展开锦缎般的晚霞，澄清的长江水

如同白练，是谢朓的写景名句。

〔六〕喧鸟：傍晚归巢的喧闹的鸟群。覆：遮盖。

〔七〕杂英：各种各样的春花。芳甸：长满芳草的郊野。甸，郊野。

〔八〕去：指离开京邑。方：将。滞淫：久留。怀哉：犹言"想念

啊"。《诗经·王风·扬之水》，"怀哉，怀哉！曷月予旋归哉"！此二句

言自己将要离开京邑在外久留，因想到从此远离故乡，远离友朋，不胜

悲伤，便匆匆地结束了亲朋们为自己送行的宴席。

〔九〕佳期：指还京邑与亲人团聚的日期。怅：惆怅。何许：几许，

多少。霰：雪粒。此二句怀亲，言归期难卜，不胜怅惆，泪下沾襟。

〔十〕鬒（zhěn）：黑发。此二句言有情之人皆怀念故乡，而久居异

乡，谁能不为此而白了头呢？

■ 简析

本诗可能是齐明帝建武二年（495）春，谢朓出任宣城太守，
离开建业，路过三山时所作。诗中描写了春日黄昏登三山临长江
所见景色，并且抒发了遥望京邑建业时所引起的思乡情怀。首二
句点题，以王粲望长安、潘岳望洛阳比喻自己还望京邑，使事贴
切，借王粲的飘零心境、潘岳的类浮萍的失意情怀传达了自己
的身世感受。诗中重点描绘远望京邑所见傍晚景色，"余霞散成

绮，澄江静如练"为千古名句，其视角选择巧妙，静态与动态融合，属对精工，故而深得诗仙李白赏爱并形于吟咏："解道澄江静如练，令人长忆谢玄晖。"（《金陵城西楼月下吟》）"去矣"句以下抒吐去国怀乡之情，既表现了特定历史时期知识阶层的精神苦闷，又反映了南齐后期"主猜臣乱"的政局给诗人带来的危惧心理。全诗情景交融，体法缜密，造语精丽，不愧为千古山水之杰作。

之宣城郡出新林浦向板桥〔一〕

江路西南永〔二〕，归流东北骛〔三〕。

天际识归舟，云中辨江树〔四〕。

旅思倦摇摇，孤游昔已屡〔五〕。

既欢怀禄情，复协沧洲趣〔六〕。

嚣尘自兹隔，赏心于此遇〔七〕。

虽无玄豹姿，终隐南山雾〔八〕。

■ 注释

〔一〕之：往。宣城郡：在今安徽省宣城市。新林浦：见谢朓《暂使下都夜发新林至京邑赠西府同僚》注〔一〕。板桥：即板桥浦，在新林浦南，《水经注》："江水经三山，又湘浦出焉。水上南北结浮桥渡水，故曰板桥浦，江又北经新林浦。"

〔二〕江路：即水路。永：长。宣城在京邑西南，故这里曰"江路西南永"。

〔三〕归流：指流归大海的江水。骛：奔驰。作者是逆水向西南而行，江水是朝东北流归大海，故云。又此句言外之意是江水能够顺流归海，而自己却离乡远行，不免感叹。

〔四〕辨：识别。江树：江岸之树林。上二句描写作者伫立船上眺望京邑方向所见之远景。

〔五〕旅思：旅途中的心情。摇摇：心情不定。《诗经·王风·黍离》："行迈靡靡，中心摇摇。"此二句言自己多次独自行旅，心中已早有厌倦之意了。

〔六〕怀禄：贪图俸禄，指做官。协：适合。沧洲：水边僻远之地，是古时高士隐居之处。此二句言自己此次到宣城那样僻远的地方去，既满足了"怀禄"即做官的欲望，又符合江滨幽居的兴趣。

〔七〕嚣尘：指喧闹的都市。兹：此，指赴任宣城。赏心：心所赏悦之事，指获得"沧洲趣"。遇：际遇。此二句言此次赴任宣城，从此可以远离都市的喧闹烦乱，过悠闲自得的生活了。

〔八〕玄豹：赤黑色的豹。姿：姿质。据《列女传·陶答子妻传》记载，陶答子妻曾用南山玄豹遇雾雨七日，宁愿挨饿而不下山觅食，终于保全了它美丽的皮毛的故事，劝告自己的丈夫要懂得全身远害的道理。此两句用此典，言自己虽无玄豹那样的才智，善于避害，但此次外任也算是终于实现了幽栖远害、隐遁全身的愿望了。

■ 简析

这是一首羁旅抒怀之诗，作于谢朓赴宣城太守任途中。诗先写江路远景，次写孤旅愁思，终以喜得外任而远隔尘嚣、全身远害自我宽慰。诗人乘舟逆水而行，长江之水滚滚东去，心中、离乡去国之悲与眼前的江水归流之景，使他不禁回首遥望天际，但见帆影点点，江树离离，不胜感慨流连、痛心疾首，羁旅宦游使他感到厌倦，而幽栖避祸又使他感到自慰，抒吐而出的复杂情感使诗人形象清晰地呈现读者眼前。写景与抒吐羁旅宦游之情结合，通过描绘山水境界来映现主体生命的"此在"样态，谢朓此诗实际上是一面展示了他心灵世界的镜子。钟嵘曾云谢朓"一章

之中，自有玉石"，"奇章秀句，往往警道"（《诗品》）。本诗"天
际识归舟，云中辨江树"一联，亦为千古传诵之名句，其气象开
阔，清新秀逸，曾深得王夫之赞誉："语有全不及情而情自无限
者，心目为政，不恃外物故也。'天际识归舟，云中辨江树'，隐
然一含情凝眺之人，呼之欲出。从此写景，乃为活景，故人胸中
无丘壑，眼底无性情，虽读尽天下书，不能道一句。"（《古诗选
评》）李白《黄鹤楼送孟浩然之广陵》中"孤帆远影碧空尽，唯
见长江天际流"二句，实际上便是从谢朓这里点化而来，可见诗
仙对谢朓惊人诗句的赏爱程度了。

落日怅望

昧旦多纷喧^{〔一〕}，日晏未遑舍^{〔二〕}。
落日余清阴^{〔三〕}，高枕东窗下。
寒槐渐如束，秋菊行当把^{〔四〕}。
借问此何时？凉风怀朔马^{〔五〕}。
已伤暮归客，复思离居者^{〔六〕}。
情嗜幸非多^{〔七〕}，案牍偏为寡^{〔八〕}。
既乏琅邪政，方憩洛阳社^{〔九〕}。

■ 注释

〔一〕昧旦：天将明未明之时。纷喧：纷扰喧嚣。

〔二〕日晏：日晚，傍晚之时。未遑舍：没顾得停止。舍，止。

〔三〕清阴：清荫。

〔四〕束：缚。行当：且当，将可。《续晋阳秋》："陶潜九日无酒，
坐宅边菊丛中采摘盈把。"此二句言秋天槐树叶落，渐渐变得枯瘦，好

像捆紧了一般，秋菊也将可采摘了。

〔五〕凉风：北风。朔马：北方所产之马。《古诗·胡马依北风》："胡马依北风，越鸟巢南枝。"这里用其意，言北风引起了朔马对北方故土的怀恋。此二句仿张协《杂诗》"借句此何时，蝴蝶飞南园"句，设为问答，表现思归之情。

〔六〕此二句言我在这日暮之时，本已为日夜思归的旅人感到悲伤，而看到此秋景，更思念那些与亲人分离而独居的人了。

〔七〕情嗜：嗜好。

〔八〕案牍：文书，公文。

〔九〕琅邪政：《后汉书·张宗传》："宗字诸君，南阳鲁阳人也。……后迁琅邪相，其政好严猛，敢杀伐。"洛阳社：《晋书董京传》："董京字威辇，不知何郡人也。初与陇西计吏俱至洛阳，被发而引，逍遥吟咏，常宿白社中。"白社，地名，在今洛阳东。此二句分别用张宗、董京之典，言自己不想如张宗那样施行虐政，而只求过一种像董京那样的散淡悠闲的生活。

■ 简析

本篇写深秋暮景所引起的感触。在夕阳残照里，诗人怅然而望，触景生情，思离友，怀故乡，悲伤不已。诗中所抒吐的感触和理想之趣，表现了时代的压抑和政治风浪给诗人所带来的精神苦闷，因而具有鲜明的个性色彩和时代特征。诗人没有去描绘落日余霞的绚丽，也没有赞赏深秋山色的幽境，而是在淡墨点染中倾抒胸中感触和生活理想。黄子云《野鸿诗的》说："玄晖句多清丽，韵亦悠扬，得于性情独深，虽去古渐远，而摆脱前人习弊，永、元中诚冠冕也。"本诗正复如此。

游东田〔一〕

戚戚苦无悰〔二〕，携手共行乐〔三〕。

寻云陟累榭，随山望菌阁〔四〕。

远树暧阡阡，生烟纷漠漠〔五〕。

鱼戏新荷动，鸟散余花落。

不对芳春酒，还望青山郭〔六〕。

■ **注释**

〔一〕东田：齐武帝时文惠太子立楼馆于钟山下，号曰东田，是当时著名的游览胜地。谢朓有别墅在钟山，常到东田游览。

〔二〕戚戚：愁闷不能排解的样子。悰（cóng），快乐。

〔三〕行乐：指游览东田。

〔四〕陟（zhì）：登高。累榭：层层叠叠的台榭。榭，台上建筑的房屋。菌阁：华美的楼阁。菌，菌桂，香木名。古人常以菌、蕙等香草形容楼阁之华美。此二句言因观云而登上了一层层的台榭，顺着山势看到一座座华美的楼阁。

〔五〕暧：形容远树朦胧的样子。阡阡：同"芊芊"，茂盛的样子。漠漠：布列的样子。此二句写登高远眺所见之景：远处的树木一片郁郁葱葱，烟雾朦胧。

〔六〕芳春酒：芳香的春酒，即美酒。青山郭：靠近青山的城郭。此二句写作者出游归来之后仍留恋东田的景物，所以连春酒都不想喝，而依然遥望东田一带的青山出神。

■ 简析

　　谢朓与谢灵运同为南朝山水诗的杰出代表，但两人诗风却不尽相同。谢灵运以富艳著称，所作多取材于名山佳胜，刻画景物笔致缜密，外无遗物，辞采繁缛精丽，其诗犹如出水芙蓉，天生丽质。谢朓则以清俊见长，他以山水作都邑诗，笔法清约简略，类似白描，其诗犹如人工园林，匠心独运。钟惺《古诗归》云："玄晖以山水作都邑诗，非唯不坠清寒，愈见旷远。"这首《游东田》正充分体现了谢朓的这种风格特点。诗中记写作者与友人携手游览东田之事。开篇叙出游原因，诗人忧感满怀，便借游解愁，来到东田山水园林间。继之描写登高眺远所见景色，远景与近景结合，极有层次感，再现了初夏时节生气勃勃、诗意盎然的景象：远处风台累翼，月榭重叠，竹木蓊郁，烟雾迷漾；近处碧波新荷，鱼戏浅底，众鸟竞飞，落红无数，葱倩华妙，美不胜收。篇尾言既归之后，尚游兴未尽，依恋之情，溢于言表。全诗不但画面清秀明媚，而且情感蕴藉，味之，所得感受恰如沈德潜说的那样："玄晖灵心秀口。每诵名句，渊然泠然，觉笔墨之中，笔墨之外，别有一段深情妙理。"（《古诗源》）

新亭渚别范零陵云[一]

洞庭张乐地，潇湘帝子游[二]。
云去苍梧野，水还江汉流[三]。
停骖我怅望，辍棹子夷犹[四]。
广平听方藉，茂陵将见求[五]。
心事俱已矣，江上徒离忧[六]。

■ 注释

〔一〕新亭：在今江苏省南京市南。范零陵：指范云，范云当时赴任零陵郡内史。零陵，南齐郡名，治所在今湖南省零陵县北。

〔二〕洞庭张乐：传说古时黄帝曾在洞庭演奏《咸池》之乐。张乐，演奏音乐。潇湘：水名。湘水至零陵县西与潇水合流，称潇湘。相传帝尧的二女娥皇、女英随舜不返，死于湘水。帝子，指娥皇、女英。此二句言洞庭是黄帝奏乐的地方，潇湘是娥皇、女英出游的地方，而范云赴零陵正要经过这里。零陵在当时是人烟稀少的荒僻之地，这里诗人以轩辕黄帝奏乐洞庭和帝尧二女潇湘之游的传说故事加以点画，意在宽慰范云。

〔三〕苍梧：山名，即九嶷山。传说舜南行死于苍梧之野。此二句言行云正飘向苍梧之野，江汉的流水归向建业，喻范云将去零陵，自己则留在建业。

〔四〕停骖（cān）：即停车。骖，古时四马驾车，两旁的马叫骖。夷犹：犹豫不前。此二句言自己停车江边，怅望不返，而范云也停船江上，不忍离去，表现临别时难舍难分的情景。

〔五〕广平：指晋人郑袤（mào）。郑袤曾任广平太守，有政绩，为百姓所爱，临去，百姓恋慕涕泣。听方藉：声望将高起来。听，名望。藉，甚、盛。茂陵：指司马相如，他曾谢病居茂陵。司马相如作《子虚赋》，汉武帝读罢，大为赞赏，经杨得意推荐，遂被召见。此二句言范云本想能像郑袤那样声望大振，自己也曾想像司马相如那样被赏识。

〔六〕心事：指上面所说的二人之愿望。离：同“罹”，遭受。此二句言我们二人的这种心愿恐怕都难以实现，因此江上分手之际，只有忧愁而已。

■ 简析

本篇是一首送别诗，写作者在建业（今江苏省南京市）江上送别友人范云的情景。全诗感情真切凄楚，既表达了对友人的依依惜别之情，又抒发了自己怀才不遇的悲愤。范云遭贬而赴任零陵郡内史，谢朓则因病待在家中，送者与被送者都有隐痛在心中，因此江上送别，气氛倍觉悲凉。诗人虽极力宽慰友人，但又无法掩饰自己痛伤离别的情感，诗中以对照的笔法，细致地表现了这一点。诗中的景物描写，紧扣友人的贬谪地和自己的滞留地，有实有虚，情景交融，哀而不伤，悲中见壮，起伏跌宕，无疑是一首优美的送别诗。

梁　诗

沈 约（二首）

　　沈约（441—513），字休文，吴兴武康（今浙江省德清县武康镇）人。先世为东吴大族。幼孤贫，笃志好学，博通群籍，著述甚丰。历仕宋、齐、梁三代。因助梁武帝萧衍登位有功，官至尚书令，封建昌县侯，卒谥隐。他是当时文坛上的领袖人物。与谢朓等人共创"永明体"，讲求声韵格律，促进了诗歌由古体向近体的过渡。尝撰《四声谱》，还提出"四声八病"说，对后来格律诗的形成影响甚大。存诗一百七十余首，辞藻艳丽，注重声律、对仗，但内容较为狭窄。有辑本《沈隐侯集》。

新安江至清浅深见底贻京邑同好〔一〕

眷言访舟客〔二〕，兹川信可珍〔三〕。

洞澈随清浅，皎镜无冬春〔四〕。

千仞写乔树，百丈见游鳞〔五〕。

沧浪有时浊〔六〕，清济涸无津〔七〕。

岂若乘斯去〔八〕，俯映石磷磷。

纷吾隔嚣滓，宁假濯衣巾〔九〕？

愿以潺湲水，霑君缨上尘〔十〕。

〔一〕新安江：源出安徽省婺源县西北率山，东流经休宁、歙县入浙江省境至建德市合兰溪水东北流为浙江。贻：赠送。京邑：京师，指金陵。

〔二〕眷言：犹"睠然"，怀顾的样子。

〔三〕兹川：指新安江。

〔四〕此二句言江水无论深处或浅处，冬季或夏季都是透明的。

〔五〕写：映照。此二句言江水清澈，千仞乔木的影子映于水底，纵然深到百丈也能见到游鱼。

〔六〕沧浪：水名，《水经注·沔水》："武当县西北汉水中有洲名沧浪洲，水曰沧浪水。"《孟子·离娄上》："沧浪之水清兮，可以濯吾缨；沧浪之水浊兮，可以濯吾足。"

〔七〕济：济水，源出河南省王屋山，其故道过黄河而南，东流入山东省境，与黄河并行入海。《战国策·燕策》："齐有清济浊河。"谢朓《始出尚书省》："浊河秽清济。"涸无津：已经干涸，不能行船。津，渡口。

〔八〕乘斯句：哪里比得上顺着此江舟行而去。

〔九〕嚣滓：嚣尘。此二句言自己既然离去京邑，已远隔嚣尘，还需借此水洗濯衣巾吗？

〔十〕潺湲：形容江水缓缓流动的样子。霑（zhān）：浸湿，这里是洗濯之意。此二句言诸游好身处京邑尘嚣之中，需要以此水濯缨，意在告诫同好勿贪恋尘俗，应如自己这样投身于山水怀抱中来。

■ 简析

沈约的山水诗作，峭蒨喜人，本篇即为其中之一。诗中描写新安江清澄碧透的景色，并讽谕游好勿恋嚣尘。沈约曾一度出为东阳（今浙江金华）太守，对浙江山水颇多游览，因此诗中描写新安江的秀丽风光较为真切。江面如镜，水清见底，船行其上，确令人有超尘脱俗之想。诗中的描写很有特点，写景抒情，形神兼备。在对新安江清澄空明的景色的描写中，实际上渗透着诗人对喧闹都市和仕途的厌倦之情。

别范安成〔一〕

生平少年日，分手易前期〔二〕。
及尔同衰暮，非复别离时〔三〕。
勿言一樽酒，明日难重持〔四〕。
梦中不识路，何以慰相思〔五〕？

■ **注释**

〔一〕范安成：即范岫，字懋宾，仕齐为安成内史。他和沈约都因文才而被齐文惠太子引用。

〔二〕易：看得轻易。前期：来日重见之期。上二句言少年时代总觉得来日方长，把别后重逢看作是很容易的事。

〔三〕及尔：我和你。非复：再不是。此二句言我和你现在都已衰老，来日不多，到了轻易不能离别的时候了。

〔四〕明日：指别后的日子。此二句言不要认为眼前这一樽离别之酒不算什么，恐怕明日离别之后就难得再有持杯共饮的机会了。

〔五〕此二句用战国时张敏和高惠的故事。据《韩非子》，张敏同高惠是好朋友，当别后相思之时，张敏做梦去寻高惠，但行至中途迷路而返。意谓：你我离别之后，即使也像古人那样在梦中寻访，但迷路而返，又将用什么来抚慰我的相思之情呢？

■ 简析

沈约的抒情之作，以"长于清怨"（钟嵘《诗品》）而称名诗史，这篇《别范安成》即是其中的佳作。范安成为作者少时伙伴，晚年久别重逢，旋又再度分手，离合幻变，令人伤情。往事如烟，前期似梦，诗中把一对至交老友那深沉凝重的友情和临别时的万端愁绪表现得异常真切。诗尾用《韩非子》中张敏梦中访友、迷路而返的典故，寄相思于梦境，然了无痕迹，使人浑然不觉，正如邢邵所说："沈侯文章，用事不使人觉，若胸臆语也。"（见《颜氏家训》卷四《文章》篇）。

江　淹（四首）

　　江淹（444—505），字文通，济阳考城（今河南省兰考县）
人。出身孤寒，沉静好学，慕司马相如、梁鸿的为人，早年即以
文章著名。历仕宋、齐、梁三朝，梁时官至金紫光禄大夫，封
醴陵侯。晚年安于高官厚禄，再不愿"精意苦力，求身后之名"
（《自序传》），因而才思减退，为诗不复成语，世人谓"江郎才
尽"。存诗百余首。作诗善于模仿，风格清丽幽深，刻写精工细
致。抒情赋亦有较高的艺术成就。有《江醴陵集》。

杂体诗（三十首选一）

古离别〔一〕

远与君别者，乃至雁门关〔二〕。
黄云蔽千里〔三〕，游子何时还。
送君如昨日，檐前露已团〔四〕。
不惜蕙草晚，所悲道里寒〔五〕。
君在天一涯，妾身长别离。
愿一见颜色，不异琼树枝〔六〕。
菟丝及水萍，所寄终不移〔七〕。

■ **注释**

〔一〕古离别：属乐府《杂曲歌辞》，多写男女离别之苦。本篇为江淹《杂体三十首》组诗的第一首。

〔二〕雁门关：在今山西省代县西北雁门山上。

〔三〕黄云：指尘埃与云相贯而呈黄色。此句写塞外景象。

〔四〕露已团：露水成珠，表明秋意很深了。此二句写离别日久。

〔五〕此二句言我不为蕙草在秋天凋零而叹惜，而是为你在异乡忍受风寒而悲愁。句式从《古诗》"不惜歌者苦，但伤知音稀"二句来。

〔六〕不异：不差。琼树：玉树，传说中仙山上的树，可以为人疗治忧愁。《古文苑》李陵《录别诗》有"思得琼树枝，以解长渴饥"句。此二句言盼望能见你一面，以解心头怀思之苦。

〔七〕菟（tù）丝：即女萝，草本植物，多寄生在树上。水萍：寄生于水上的浮萍。曹植《闺情》："寄松为女萝，依水如浮萍。"此二句以菟丝寄树、浮萍寄水为喻，借以表己志之贞，亦为古代诗词中表现爱情时所使用的比喻"定式"之一。

■ **简析**

江淹的诗作，历来为人们所注目的是其拟古之篇。他的代表作《杂体三十首》拟汉、魏、晋、宋三十家的代表作，大多能得各家的神韵，风格酷似，几可乱真。本篇即选自《杂体三十首》，模拟的是《古诗》。诗写思妇怀念征夫，篇中以思妇的口吻，诉说了离别之苦和刻骨的思念之情，表达了主人公对爱情的忠贞。作为一首拟古之作，本篇深得《古诗》之意境，再现了《古诗》沉挚深厚的艺术风格。但作者也并非是一味模仿，在抒情方面有自己的独到之处。全诗可分三层，前四句写思妇想象中的游子所去之处的荒远和环境的恶劣，中四句以触景生情、推己及彼的手法写思妇对游子冷暖安危的惦念，末六句用比喻手法表述对爱情的忠贞。这种极富变化的抒情方式无不使作品真实感人。江淹的传世名作《别赋》亦是写离别主题的，本篇在一定程度上可说是《别赋》的姊妹篇。

效阮公诗（十五首选二）

其 一〔一〕

岁暮怀感伤，中夕弄清琴〔二〕。
戾戾曙风急〔三〕，团团明月阴〔四〕。
孤云出北山，宿鸟惊东林〔五〕。
谁谓人道广，忧慨自相寻〔六〕。
宁知霜雪后，独见松竹心〔七〕。

■ **注释**

〔一〕本篇原列第一。

〔二〕中夕：中夜，即半夜。弄：抚，弹。

〔三〕戾戾（lìì）：猛烈，狂暴。曙风：黎明前的风。

〔四〕阴：暗。天晓则月暗。

〔五〕此二句言云从山上出来，鸟从林中飞起。

〔六〕人道：人生的道理。自：本自，自来。相寻：频仍，不断。此二句言谁说人生道路宽广，灾难一个接着一个。

〔七〕松竹心：指松竹不畏霜雪的特性，这里比喻忠心。此二句言哪能知道经过霜雪侵袭之后，百树凋零，独见出青松、翠竹坚贞不畏严寒的品质。喻指你哪里知道，只有遇到灾难之后，才会看出我的忠贞之心呢？

■ 简析

钟嵘《诗品》云："文通诗体总杂，善于摹拟。"组诗《效阮公诗十五首》是摹拟阮籍《咏怀》诗的作品，颇得阮步兵风格，笔墨几可乱真。但是，虽题为效古，实乃咏怀，寄托遥深，目的在于讽谏。《南史·江淹传》记载："(宋建平王)景素为荆州，淹从之镇。少帝即位，多失德。景素专据上流，咸劝因此举事。淹每从容进谏，景素不纳。及镇京口，淹为镇军参军，领南东海郡丞。景素与腹心日夜谋议，淹知祸机将发，乃赠诗十五首以讽焉。"此便是这组诗的创作背景。很明显，本篇在构思方面基本上与阮籍《咏怀》第一首相似，发端两句即从阮诗"夜中不能寐，起坐弹鸣琴"变化而来。诗的主旨在于表现自己终夜不寐，忧虑时事，以及以不畏霜雪的松竹自勉。作者颇能体会阮籍在魏晋之交面对黑暗政治的孤愤心情，并将主观意蕴与客观物象融为一体，从听觉、视觉到触觉形象，层层推衍，把自己内心的忧患一一展现出来，因此读来无不真切。沈德潜曾说江淹这组诗"能脱当时排偶之习"，但"较之阮公相去不可数计"，这一评论大体上是不错的。

其 二〔一〕

若木出海外〔二〕，本自丹水阴〔三〕。
群帝共上下〔四〕，鸾鸟相追寻。
千龄犹旦夕，万世更浮沉〔五〕。
岂与异乡士〔六〕，瑜瑕论浅深。

■ 注释

〔一〕本篇原列第六。

〔二〕若木：神话传说中的神木。明周祈《名义考》引《山海经》："灰野之山，有树青叶赤华，名曰若木，日所入处。"

〔三〕丹水：神话传说中的水名。《山海经·南山经》："丹穴之山，其上多金玉，丹水出焉，而南流注于渤海。"阴：水南为阴。

〔四〕群帝：指天上诸神。此句言诸神借若木上下九天。

〔五〕此二句言若木长寿。

〔六〕异乡士：指刘景素身边的小人。

■ 简析

本篇以若木超凡绝俗的品格，比喻品行高洁、目光远大的人不轻听世俗小人的言语而受其蒙蔽。首二句介绍若木洁净高雅、不同寻常的生长之地，衬托出了若木超凡脱俗的品格。三四句以天上诸神和独立不群的鸾鸟之仰慕不已，进一步渲染若木的高洁品格。五六句通过描写若木超出世俗万物的生命力，最终把若木的高贵品格凸现而出，与世间万物的卑琐污秽形成强烈对比。经过前面的蓄势，结尾二句自然地过渡到全诗的主旨上来，诗人希望刘景素能像若木那样，志气高尚，目光远大，不要被左右小人所蒙蔽，走上邪路。本诗通篇用比，含蓄蕴藉，深得香草美人之意，无疑是一首耐人吟咏的佳作。

望荆山〔一〕

奉义至江汉〔二〕，始知楚塞长〔三〕。
南关绕桐柏，西岳出鲁阳〔四〕。
寒郊无留影〔五〕，秋日悬清光〔六〕。
悲风挠重林〔七〕，云霞肃川涨〔八〕。

岁宴君如何[九]？零泪沾衣裳。

玉柱空掩露，金樽坐含霜[十]。

一闻苦寒奏，再使艳歌伤[十一]。

■ **注释**

〔一〕荆山：在今湖北省南漳县西。

〔二〕奉义：慕于义气。刘景素以礼贤下士而闻名于当时，贤俊之士纷纷归之，江淹便是其中之一，他曾在给景素的信中说："窃慕大王之义，为门下之宾。"（《梁书·江淹传》）江汉：长江和汉水，这里指荆州。

〔三〕楚塞：这里指荆山，因为荆山是古代楚国郢都的北边屏障。

〔四〕南关：指楚塞，亦即荆山。桐柏：山名，在今河南省桐柏县西南，湖北省随州、枣阳交界处。鲁阳：县名，即今河南省鲁山县，境内有鲁阳山。此二句写荆山的广袤与气势，言其南绕桐柏山，西出鲁阳关，蜿蜒起伏，绵亘雄壮。

〔五〕寒郊：寒冷的郊外。留影：树影。暮秋树叶落尽，原野空旷，故用"无留影"来形容。

〔六〕清光：形容日光凄淡。

〔七〕挠（náo）：扰。重林：树木参差俯仰不齐。

〔八〕肃：清寒。川涨：指秋水泛涨。

〔九〕岁宴：岁晚，一年将尽。君：作者自指。

〔十〕玉柱：指琴上的弦柱，这里泛指弹琴。掩露：含着露水。樽：古代酒器。金樽，泛指酒杯。此二句以弦琴掩露、酒杯含霜表现酒宴上沉闷悲伤的气氛和作者凄凉的心境。

〔十一〕苦寒、艳欢：分别指古乐府《苦寒行》、《艳歌行》，俱为曲名，属《相和歌》，多写悲伤情调。此二句言演奏的忧伤的曲调使人悲上加忧，以致更加悲伤不已。

■ **简析**

　　本诗是诗人奉朝廷之命作为建平王的僚属来到荆州时所作。诗中先铺述荆山山势的广袤奇伟，继之描绘郊野秋风萧瑟景象，最后吐露政治忧危之感。作者将时节气候的凋落荒寒与政治气氛的严峻冷凛相互映衬，这说明本诗并非一般流连光景之作，而是一首情景浑融的抒情之作。江淹之诗，抒情体物，皆有独到之处。本诗风格高古、奇险，与鲍照山水诗险峻、陡峭的风格相近，这与他们二人皆经历仕途坎坷不无关系。

范 云（一首）

范云（451—503），字彦龙，南乡舞阴（今河南省沁阳县西北）人。初仕齐，为竟陵王府主簿，又历任零陵郡、始兴郡内史。仕梁，为黄门郎，迁散骑常侍，吏部尚书。善于写山水，诗风宛转流利，钟嵘《诗品》称他的诗"清便宛转，如流风回雪"。存诗近四十首。

之零陵郡次新亭〔一〕

江干远树浮〔二〕，天末孤烟起〔三〕。
江天自如合，烟树还相似〔四〕。
沧流未可源，高驷去何已〔五〕！

■ **注释**

〔一〕零陵、新亭：见谢朓《新亭渚别范零陵云》诗注〔一〕。次：旅途停留的处所。

〔二〕江干：江边。干，水边。浮：浮动。江水浩荡，远望江边树木，如在水中浮动一样。

〔三〕天末：天边。

233

〔四〕此二句描绘出江天一色、烟树一体的朦胧景象。

〔五〕沧流：指江水。沧，青苍色，这里指水色。未可源：看不到源头。高驭：高帆。"驭"同"帆"。何已：不止。此二句写江上路远，行役之劳无已。

■ 简析

本篇是作者赴零陵内史任，途中宿于新亭时所作。止宿新亭时，范云与诸友人会晤，谢朓曾作有《新亭渚别范零陵云》诗。本诗前四句写景，描绘了水阔天空、烟树交映的壮丽江景，气势非凡。后两句借眼前景致抒发内心感慨，表达了倦于游宦的心情。范云写景，善传神韵，如本诗前四句的最后一个字"浮"、"起"、"合"、"似"，便堪称点眼之笔，分别刻画江、天、烟、树的不同姿态，合而观之便成一幅写意味十足的江天远眺图。这体现了诗人炼字功夫之深，更说明诗人写景注重整体感，即注意景物间的联系与响应，使画面达到浑然一体。

吴　均（二首）

吴均（469—520），字步庠（xiáng），吴兴故鄣（今浙江省安吉县西北）人。出身寒贱，有才学，深得沈约称赞。历仕建安王记室、国侍郎、奉朝请。因私撰《齐春秋》，梁武帝恶其实录，焚其稿，免其职。晚年奉诏撰写通史，未成而卒。诗文以描绘山水景物见长，风格清新挺拔，时人多效法之，称为"吴均体"。存诗一百四十余首。有辑本《吴朝请集》。

答柳恽[一]

清晨发陇西，日暮飞狐谷[二]。
秋月照层岭，寒风扫高木[三]。
雾露夜侵衣，关山晓催轴[四]。
君去欲何之，参差间原陆[五]。
一见终无缘，怀悲空满目[六]。

■ **注释**

〔一〕柳恽：字文畅，河东解（今山西省解县西北）人，历仕齐、梁，官至吴兴太守，以诗闻名于当时。

〔二〕陇西：郡名，战国时秦所设置，治所在今甘肃省陇西县。飞狐：关名，古称"飞狐之口"，在今河北省涞源县北、蔚县南。此二句借用两个相距甚遥的古代地名，极言柳恽归乡路途之遥远。

〔三〕扫：扫落树叶。高木：高大的树木。

〔四〕催轴：催车上路。轴，车轴。上四句写旅途晓行露宿、饱尝风霜之苦。

〔五〕何之：到哪里去？间：间隔。原陆：高原和平川。此二句叹言你这一去远隔高原和平川，究竟去往哪里呢！

〔六〕缘：机会，缘分。此二句言今后会面恐不易，面对临别之景，更觉满目凄然。

■ 简析

吴均的酬赠送别之作较多，超过现存诗的三分之一。这些作品于畅叙友情之中，多有寄寓，内容充实。本诗是对柳恽《赠吴均》三首的答赠。诗中描述离别之后，山川阻隔，相去遥远，旅途孤独，风露凄清，相会无期，徒唤奈何。诗中对友人风尘仆仆地奔波行役，并不同意其"命所当"的认识，怨天尤人之意颇明显。作者从设想友人路途的艰难与辛劳着笔，融离愁别绪于笔端，处处使人感到送别时的凄然景象和离情之深沉，确实体现出了评家所认为的"清拔而有古气"的特点。

山中杂诗〔一〕（三首选一）

山际见来烟，竹中窥落日〔二〕。
鸟从檐上飞，云从窗里出。

　　〔一〕诗题一作《还山》，共三首，这里选的是第一首。

　　〔二〕竹中：竹林之中。

■ 简析

　　吴均工于写景，他的《与宋元思书》是六朝骈文中描写山水的珍品。他的山水诗亦写得清新秀逸，令人爱不释手，具有较高的艺术造诣。本诗写出山中黄昏落日时的景象，作者善于捕捉各种富于特征的自然景物，将山峦、烟霭、竹林、落日、归鸟、云气和房屋等有机地组合在一起，构成了一幅色彩斑斓的优美画面，自然天成，富有神韵，无不体现了作者闲适的心境。

何　逊（三首）

　　何逊（472—519），字仲言，东海郯（tán）（今山东省兰陵县西）人。曾任尚书水部郎、庐陵王记室，故后世称"何水部"或"何记室"。出身孤寒，八岁便能赋诗，弱冠举秀才。其文为范云所赏识，进而结为忘年交。沈约亦盛赞其诗作，谓逊曰："吾每读卿诗，一日三复，犹不能已。"其诗工于写景和刻画离情别绪，巧于对仗，风格清新隽永，与谢朓较为接近，为杜甫所推许，曾有"敦知二谢将能事，颇学阴（铿）、何（逊）苦用心"（《解闷》）之说。存诗百余首。有辑本《何记室集》。

临行与故游夜别〔一〕

历稔共追随，一旦辞群匹〔二〕。
复如东注水〔三〕，未有西归日。
夜雨滴空阶，晓灯暗离室〔四〕。
相悲各罢酒，何时同促膝〔五〕。

■　注释

　　〔一〕本篇《艺文类聚》和《文苑英华》均作《从政江州与故游

别》。何逊从政江州时在梁初天监（502—518）中。

〔二〕历稔（rěn）：历年。稔，谷熟。谷一熟为一年，故称年为稔。群匹：许多朋友。匹，朋友。此二句言多年来大家在一起，现在马上就要分离了。

〔三〕注：泻。

〔四〕空阶：阶前没有人迹，故称空阶。离室：指离别时饮酒聚会所在。此二句言离别前与故友谈了一夜，夜雨滴在空阶上，天已破晓，屋内的灯光也已显得暗淡了；

〔五〕促膝：古时席地或据床而坐，对坐膝相接近，故曰"促膝"。此二句言大家都很悲伤，罢酒不饮，不知何时再能相聚在一起呢。

■ 简析

何逊为庐陵王记室时，军府设在江州（今江西省九江市），本诗当写于他赴江州时。诗写赴任前与故友夜别时依依难舍的情景。"夜雨滴空阶，晓灯暗离室"二句为"一诗之骨"。诗人以高超的构思能力，巧妙地将情思融进所描写的自然景物之中，意境深浑，情感穿透力强，因此历来为评家所赞赏。

与胡兴安夜别〔一〕

居人行转轼〔二〕，客子暂维舟〔三〕。
念此一筵笑，分为两地愁〔四〕。
露湿寒塘草，月映清淮流〔五〕。
方抱新离恨，独守故园秋〔六〕。

■ **注释**

〔一〕胡兴安：生平不详。

〔二〕居人：留居的人，指胡兴安。行：将。转轵：回车。轵，车前横木，这里代指车子。

〔三〕客子：作者自指。维舟：系船。维，系。

〔四〕筵：坐具，也指座位。一筵，指相聚在一起。此二句言想到眼前的欢聚笑语转眼就要化为两地的离愁别恨，心中十分感慨。

〔五〕清淮流：清清的淮河流水。

〔六〕故园：故乡。此二句言自己将带着离别友人的遗恨，独自回到故乡去消磨日月。

■ **简析**

本篇是一首送别诗。作者把送别的场面放置在秋夜两人分别在即的河边，这就使诗从一开始便达到情感炽热的境地。诗中或直披胸襟，或融情入景，充分地表达了与故友分离时的悲愁凄寂之情，体现了何逊诗状景必幽、吐情能尽的风格。"露湿寒塘草，月映清淮流"二句，是历来传诵的名句，写景逼真，融情入景，清新隽雅，韵味醇厚，难怪杜甫要说"颇学阴（铿）何（逊）苦用心"（《解闷十二首》之七）了。

慈姥矶〔一〕

暮烟起遥岸〔二〕，斜日照安流〔三〕。
一同心赏夕〔四〕，暂解去乡忧〔五〕。
野岸平沙合，连山远雾浮。
客悲不自已〔六〕，江上望归舟。

■ 注释

■ 注释

〔一〕慈姥矶：地名，在今安徽省当涂县北四十里。

〔二〕遥岸：遥远的江岸。

〔三〕安流：平静的流水。

〔四〕此句言与友人一同欣赏江畔夕阳景致。

〔五〕去乡：离乡。

〔六〕客：作者自指。不自已：不能克制自己。

■ 简析

何逊生活在山水清音弥漫诗坛的时代，所以他也不乏写景佳构，本篇即为其中之一。诗写作者远行，友人送他到慈姥矶，明日友人回舟归去，望着渐去渐远的归舟，勾起了他不忍离别故乡的依依之情。诗中着意刻画了江畔傍晚的优美景致：暮霭沉沉，江水缓缓东流，江岸向远方铺展，山峦好像在云烟中沉浮。此情此景，愁绪顿消，但当友人乘舟归去，立即勾引起无限凄楚，不禁黯然神伤，悲不自胜。可见，这里的山水描写与离愁别恨主题密切相连，这不但是何逊山水诗的一个重要特点，也是中国山水诗的一个重要特点。

陶弘景（一首）

陶弘景（456—536），字通明，丹阳秣陵（今江苏省南京市）人。少时好读书，钻研道术。齐高帝作相，曾引他为诸王侍读，除奉朝请。永明十年辞官，隐于句曲山，自号"华阳陶隐居"。梁武帝即位后，屡次聘请他出山而不肯，国家每遇大事必去向他求教，故人称他为"山中宰相"。卒谥"贞白先生"。今存诗二首。有辑本《陶隐居集》。

诏问山中何所有赋诗以答

山中何所有，岭上多白云。
只可自怡悦〔一〕，不堪持赠君〔二〕。

■ **注释**

〔一〕怡悦：安适愉快。

〔二〕不堪：不能。君：指齐高帝萧道成。

■ **简析**

本诗为回答齐高帝萧道成的诏书而作。齐高帝招贤纳士，广邀文人，得知陶弘景博学多才，隐居茅山，便颁诏相问："山中何所有？"作者不愿应聘出山，便呈上此诗作为答复。作者以白云之美"不堪持寄"，寓不受礼聘之志，因而见出其超越世俗的心态。陶弘景性爱山水，通过这首风格质朴、清丽自然的小诗，我们可以感受到他那散淡的情怀。

王　籍（一首）

　　王籍（生卒年不详），字文海，琅琊临沂（今山东省临沂市）人。自幼能文，博学有才气，喜爱山水，传说他曾游览云门天柱山，累月不归。梁天监（502—519）中任湘东王咨议参军，随府会稽郡，转中散大夫。作诗慕谢灵运，善于描写山水景物。今存诗二首。

入若耶溪〔一〕

舻艎何泛泛〔二〕，空水共悠悠〔三〕。
阴霞生远岫〔四〕，阳景逐回流〔五〕。
蝉噪林逾静，鸟鸣山更幽〔六〕。
此地动归念〔七〕，长年悲倦游〔八〕。

■ **注释**

〔一〕若耶溪：在今浙江省绍兴市南若耶山下。

〔二〕舻艎（yúhuáng）：或作"余皇"，船名。泛泛：泛舟漂行。

〔三〕空水：清澈碧透的若耶溪水。

〔四〕岫（xiù）：峰峦。

〔五〕阳景：日影。回流：转弯的水流。

〔六〕逾：同"愈"，更加。幽：幽静。此二句是传诵的名句，深得历代评家赏爱。《颜氏家训·文章篇》说："王籍入若耶溪诗云'蝉噪林逾静，鸟鸣山更幽'，江南以为文外独绝，物无异议。……《诗》云'萧萧马鸣，悠悠旆旌'，《毛传》曰'言不喧哗也'，吾每叹此解有情致，籍诗生于此耳。"

〔七〕归念：辞官归乡的念头。

〔八〕倦游：在外做官奔走感到疲倦。

■ 简析

本诗是作者任湘东王参军，在会稽（今浙江省绍兴市）游若耶溪时所作。诗写泛舟游览溪河时的情景，以及由此而引发的退隐之想。首联破题直写泛舟清溪、寻游探胜，通过"何泛泛"、"共悠悠"，巧妙地传达出了溪水之清澈静谧，舟行之舒缓轻松，环境之深邃幽远，以及诗人之赏心悦目。第二联转写眺望远山、细察近水，云霞由山中生出及阳光逐流水而泻，两种意象构思甚为精巧，"生"、"逐"二字，有知有情，意趣盎然。第三联是全诗精华之所在，在当时就有"文外独绝"的称誉。这两句在艺术表现上之所以能获得巨大的成功，在于作者采取了以音响来反衬幽寂、以动的现象来表现静的意境的手法，匠心独具，深契艺术辩证法则。尾联由写景转到抒情，写作者在幽静的山水之中，对宦游生活愈发感到厌倦，不禁产生归隐之念。本诗在写景寓情方面颇多独到之处，这正是王籍虽只传诗两首却能享誉诗史的原因所在。

陈　诗

阴　铿（三首）

阴铿（约 511—约 563），字子坚，武威姑臧（今甘肃省武威市）人。梁时为湘东王法曹参军，入陈后曾任晋陵太守、员外散骑常侍等官职。擅长五言，与何逊齐名，世称"阴何"。其诗以写景见长，风格清新秀丽，格调渐入近体，沈德潜曾言："五言律阴铿、何逊、庾信、徐陵已开其体。"（《说诗晬语》）故对唐代诗人如李白、杜甫等都产生了一定的影响。今存诗三十余首。原有集，失佚。

江津送刘光禄不及〔一〕

依然临江渚，长望倚河津〔二〕。
鼓声随听绝，帆势与云邻〔三〕。
泊处空余鸟〔四〕，离亭已散人〔五〕。
林寒正下叶〔六〕，晚钓欲收纶〔七〕。
如何相背远，江汉与城闉〔八〕。

■ **注释**

〔一〕津：渡口。刘光禄：即刘孺，为作者的友人。光禄，官名，即光禄卿。不及：没有赶上送别。

〔二〕依然：依依难舍地。渚：小洲。此二句言自己因为没有赶上送别，只好伫立渡口，面对江中小洲，遥望远去的船只，依依难舍。

〔三〕鼓声：古代开船击鼓为号。绝：鼓声远去，不复听见。帆势：指远去的帆影。此二句言友人乘坐的船渐去渐远，鼓声逐渐听不到了，帆影终于没入水天相接之处。

〔四〕泊处：原来停船的地方。

〔五〕离亭：渡头送行的亭子。

〔六〕下叶：树叶落下。

〔七〕纶：钓鱼用的线。此句表明在江边怅望已久。

〔八〕背远：背道远行。城闉（yīn）：城门。闉，古时城门外层的曲城，此二句言友人远去江汉，自己回到城里，背道而行，愈离愈远了。

■ 简析

本篇是一首送别诗。诗写相送不及，友人已乘船离去，诗人只好独立江岸，目送征帆；船声渐远，帆影渐淡，行人渐少，天色渐晚，于是心中无比惆怅。风格别致，佳句迭出，写景抒情，无不绘声绘色。篇中从不同角度描述"不及"，句句都暗示着一个"晚"字，而主旨则在表现离悲。可以看出诗人在遣词造句方面用力甚勤，巧于锤炼，不无雕琢之痕，但最终没有流于晦涩古奥，仍给人以清新自然之感。这说明作者还是以浅淡、质朴为风格追求的，就当时的诗坛的状况而言，确属难能可贵，正如陈祚明所言："阴子坚诗声调既高，无齐、梁晦涩之习，而琢句抽思，务极新隽；寻常景物，亦必摇曳出之，务使穷态极妍，不肯直率。此种清思，更能运以亮笔，一洗《玉台》之陋，顿开沈、宋之风；且觉比《玉台》则特妍，较沈、宋则尤媚。六朝不沦于晚唐者，全赖有此大雅君子，振起而维挽之；宜乎太白仰钻，少陵推许，榛涂之辟，此功不小也。"（《采菽堂古诗选》）

渡青草湖[一]*

洞庭春溜荡[二]，平湖锦帆张[三]。

沅水桃花色[四]，湘流杜若香[五]。

穴去茅山近[六]，江连巫峡长[七]。

带天澄迥碧，映日动浮光[八]。

行舟逗远树，度鸟息危樯[九]。

滔滔不可测，一苇讵能航[十]？

■ **注释**

〔一〕青草湖：古代五湖之一，在湖南省岳阳市西南，南接潇湘，东纳汨罗，北通洞庭，因湖的南边有青草山而得名。

〔二〕洞庭：即洞庭湖。溜（liù）：水流。春溜，春水。

〔三〕平湖：指青草湖。

〔四〕沅水：水名，即沅江，在洞庭湖之南汇入洞庭。桃源县在沅水的左岸。晋代陶渊明在《桃花源诗并记》中描述的桃花源便在桃源县，因而此句即由联想到陶渊明的《桃花源诗并记》而来，言沅水带着桃花的颜色注入洞庭。

〔五〕湘流：湘水，亦在洞庭湖之南注入洞庭。杜若：香草名。屈原《湘君》和《湘夫人》中有"采芳洲兮杜若"、"搴汀洲兮杜若"之句，故此句由联想到的屈原而来，言湘水是带着杜若香气流入洞庭湖的。

〔六〕茅山：即句曲山，在江苏省句容市东南，山上有华阳洞，相传汉代茅盈、茅固、茅衷三兄弟在此得道成仙。此句言青草湖离茅山的华阳洞不远。

〔七〕此句言青草湖远与长江巫峡相连。巫峡有巫山神女的神话传说。

〔八〕迥碧：指倒映在水中的碧天的颜色。此二句言碧天之色映带在青湛的湖水中，明亮的日光照耀在波动的水上。

〔九〕逗：停止。度鸟：度湖之鸟。上二句言行舟渐渐驰向一片远树，远远望去，好像静止在树边，飞鸟止息在高高的桅杆上，不能一翅飞度，中途常需休息。此二句意在形容湖面广阔。

〔十〕滔滔：水势浩大的样子。一苇：一束苇。讵（jù）：岂。《诗经·卫风·河广》："谁谓河广，一苇杭之。"此二句化用《诗经》句，言青草湖汪洋一片，无边无际，一叶小舟难以渡过。

■ 简析

　　本诗是阴铿的代表作，不但笔力雄浑，气象阔大，色彩鲜明，体现了作者擅长山水刻画的特点，而且想象丰富，引典以绘景，发挥了作者"博涉史传"的特长。诗的开篇描写春水浩渺、汪洋一片的阔大景象，"沅水"，以下四句是写实；洞庭、青草两湖吞纳湘沅，远接茅山、巫峡，湖岸桃花怒放，香草铺地。同时，又通过丰富的联想，将耳目视听之外的种种美好人文故事隐括入诗，其中有陶渊明的《桃花源记》，有屈原的《湘夫人》，有汉代茅盈、茅固和茅衷三兄弟得道成仙的茅山胜地，有产生过巫山神女传说的巫峡风光，既显示了作者浮想联翩及其对美好事物的热烈追求，又为所描绘的画面增添了几分扑朔迷离、变幻难测的神奇色彩，使所写景物格外富有诗意。"带天"以下四句描写渡湖所见景象：碧波万顷，远接天际，波光粼粼，云日辉映，孤帆远树，飞鸟船樯。这一切都镶嵌在浩瀚无垠的湖面背景之上，无不给人以壮美之感。全诗运用虚实相间的手法刻画风和日丽的湖光水色，构成了一幅色彩斑斓、意境深邃的山水长卷，无不体现了作者高超的艺术造诣。在诗的前十句中，后来唐人律诗所讲究的对仗，以及由字音的平仄声和字义的虚实所构成的对偶语句已连连出现，这正说明善写新体诗的阴铿，其诗作已接近唐人律诗。

晚出新亭[一]

大江一浩荡，离悲足几重[二]？
潮落犹如盖[三]，云昏不作峰[四]。
远戍唯闻鼓[五]，寒山但见松。
九十方称半[六]，归途讵有踪[七]？

■ 注释

〔一〕新亭：在今江苏省南京市汉西门外，三国时东吴所筑。因其建于劳劳山，故而又名劳劳亭。亭有五间，东晋诸名士常在此游宴，亦是送客登舟的地方。

〔二〕离悲：离人之悲苦。几重（chóng）：几层。

〔三〕盖：车盖，即车篷。西汉枚乘曾在《七发》中以"素车白马，帷盖之张"形容波涌涛起之状。

〔四〕昏：昏黑。此句言天上的云呈昏黑色，不成峰峦的形状。

〔五〕戍：驻军的戍楼、戍所。鼓：军中夜晚报时的鼓角。

〔六〕此句用《战国策·秦策》"行百里者半于九十"的句意，意谓走长路愈到后来愈困难，一百里的路程走了九十里只能算走了一半。

〔七〕讵：岂。踪：踪迹。此句言去路正长，回乡之路哪有踪迹可循。意谓还不能预言归途的顺利。

■ 简析

　　融情于景是阴铿山水诗的一大特点，这首《晚出新亭》便是借写景而抒发羁旅行役之情的山水佳构。诗中细致的景物描写中饱含着浓郁的离愁别绪，作者主观感受的沉重悲苦反映到他笔下的景色，也同样充满阴沉、郁闷的色彩，那铺天盖地而来的江涛令人感到重压窒息，以及那暮霭沉沉的云霞、惊心动魄的戍鼓、萧瑟凄凉的秋色，无不与诗人的心境吻合，情景交融，确实达到了天衣无缝的地步。诗尾将离愁进一步引申到征途艰难和归期遥远，这便把寻常的离情别绪升华到人生坎坷、世道黑暗的新高度，从而深化了主题。本诗格调高亮、俊逸，有唐人五律的气魄。陈祚明《采菽堂古诗选》曾评阴铿诗说："读梁、陈之诗，尤当识其正宗，则子坚集其称首也。更且无论前古后律，脱换所由；就此一体，亦有妙境，乌容不详！今俊逸如子坚，高亮如子坚，诗至是可以止矣。"

　　这一评价可以说是相当高的了。

北朝诗

王　褒（一首）

　　王褒（513—576），字子渊，琅琊临沂（今山东省临沂市）人。博览史传，尤工属文，少显通，梁元帝时官至吏部尚书、左仆射。江陵陷落后入北朝，官至车骑大将军仪同三司。北周武帝时曾任少司空、宜州刺史。在北朝与庾信齐名。原为南朝宫体诗作家，诗风纤巧，到北方后，风格一变而为朴实、雄健。存诗四十余首，大多是入北朝后的作品。有辑本《王司空集》。

渡河北

秋风吹木叶，还似洞庭波[一]。

常山临代郡，亭障绕黄河[二]。

心悲异方乐[三]，肠断陇头歌[四]。

薄暮临征马[五]，失道北山阿[六]。

■ **注释**

　　〔一〕此二句化用屈原《九歌·湘夫人》"袅袅兮秋风，洞庭波兮木叶下"句，意谓黄河边上秋风吹拂，树叶飘落，有似江南故国洞庭湖上的景象。

〔二〕常山：汉代北方的一个边关，在今河北省唐县西北。代郡：汉代北部边境上的一个郡，治所代县（今河北蔚县西南），北邻匈奴、乌桓等族，为边防要地。亭障：岗亭和城堡，俱为防御工事。此二句言汉代的北部边关是在黄河以北的代郡那边，而现在黄河边却修筑着北方外族的工事。言外对南朝偏安、南北分裂的局面不胜感慨。

〔三〕异方乐：异域的音乐。

〔四〕陇头歌：乐府曲名，内容多写征人远戍边关或思乡的悲伤。

〔五〕薄暮：傍晚。薄，迫近。临：骑、乘。征马：远行的战马。

〔六〕失道：迷失道路。山阿：山坡凹曲处。

■ 简析

王褒入北朝后，虽受重用，但故国之思、羁旅之痛却总是萦系心头而难以释然。这首《渡河北》便是一首抒发羁旅之情的纪行之作。诗写作者北渡黄河时所见景色和离乡背井的哀愁，于景物风光的描述间，寄寓着极深的慨叹，正如张溥《汉魏六朝百三家集题辞·王司空集》所说的那样："外縻周爵，而情切土风，流离寄叹，亦徐孝陵之报尹义尚，庾子山之哀江南也。"诗的开头两句起调高妙，后面六句顺势直下，由眼前的亭障，遥想到古代汉时强盛之日一统江山的情景，而远方传来的异国歌声，正好触动悲凉的怀乡之恋，暮霭沉沉，肝肠寸断，惆怅不已，以致不辨路径，茫然失道。本诗造语清浅而寄意遥深，善用典故以抒自我胸臆，具有极强的艺术感染力。

庾　信（四首）

庾信（513—581），字子山，南阳新野（今河南省新野县）人，梁朝宫廷文人庾肩吾之子。十五岁即任昭明太子萧统的"东宫讲读"，十九岁任梁简文帝萧纲的"东宫抄撰学士"，出入宫廷，善作宫体诗，风格华艳，与徐陵齐名，时称"徐庾体"。梁元帝萧绎时奉使西魏，被扣长安，不久梁朝灭亡，从此流寓北方，历仕西魏、北周，官至骠骑大将军、开府仪同三司，世称"庾开府"。

庾信在梁朝时是个宫廷文人，尽管文名甚高，"当时后进，竞相模范，每有一文，京都莫不传诵"（《北史·庾信传》），但所作诗赋多半内容空虚、思想苍白。晚年羁留长安之后，他的创作才从内容到风格产生了飞跃性的变化，记述世道离乱，怀念故国旧家，抒发乡关之思，为他后期创作的主要特点，风格则一变而为沉郁苍劲。庾信作诗讲求声韵对仗，抒情淋漓尽致，写物刻意求新，是六朝诗歌向唐诗转变过程中的一个代表性作家。其艺术成就，集六朝之大成，对唐诗的发展有较大的影响，最为诗圣杜甫所欣赏，有云："庾信文章老更成，凌云健笔意纵横。"（《戏为六绝句》）并以"清新"二字概括其风格。杨慎曾评："庾信之诗，为梁之冠冕，启唐之先鞭。"（《谈苑醍醐》）指出了他在诗史上的地位。原集已佚，有辑本《庾子山集》。

拟咏怀〔一〕（二十七首选三）

其 一〔二〕

榆关断音信，汉使绝经过〔三〕。
胡笳落泪曲，羌笛断肠歌〔四〕。
纤腰减束素，别泪损横波〔五〕。
恨心终不歇〔六〕，红颜无复多〔七〕。
枯木期填海，青山望断河〔八〕。

■ **注释**

〔一〕题名一作《咏怀》。

〔二〕本篇原列第七。

〔三〕榆关：或称榆塞，战国时关名，在今陕西省榆林市东，这里泛指北方关塞。汉使：汉朝的使臣，这里指南朝使者。绝：断绝。此二句言自己在北地听不到故国的一点消息，南朝的使者又根本不到这里来。

〔四〕胡笳、羌笛：都是北方民族的乐器。此二句言胡笳、羌笛之音更加勾起了自己的思乡之情，不禁泪落肠断，悲痛欲绝。

〔五〕纤腰：纤细的腰身。束素：束腰用的丝带。横波：指眼睛。此二句言因思念故国，本来就瘦弱的腰肢更加瘦削了；因流泪过多，以致损坏了眼睛。

〔六〕恨心：充满离愁别恨的心。歇：止息。

〔七〕红颜：红润的脸色。以上四句以闺中思妇自喻。

〔八〕期：期待。填海：《山海经·北山经》："发鸠之山，有鸟焉，名曰精卫，其鸣自詨。常衔西山木石，以堙没于东海。"此用其典。

望：希望。断河：《水经注·河水注》："华、岳本一山，当河，河水过而曲行。河神巨灵手荡脚蹋，开而为两。"此二句言自己南归的愿望就像希望枯木填海、青山断河一样不能实现。

■ 简析

　　庾信的二十七首《拟咏怀》，是他羁留北周时抒写乡关之思的一组作品。诗题冠以"拟"字，历来评论家多以为系后人所加，陈沆《诗比兴笺》说："《艺文类聚》但称庾信《咏怀》诗，不云'拟'也。《诗纪》强增为《拟咏怀》，亦如增文通诗为《效阮》，岂知自家块垒，无俟他人酒杯乎。"沈德潜《古诗源》亦认为庾信作此诗："无穷孤愤，倾吐而出，工拙都忘，不专拟阮。"二家所言，不无道理。整个组诗围绕着伤乱离、感身世、思故国这一主题而展开，浩气舒卷，情调苍凉。本篇抒写自己长期被迫留在异域的苦闷心理和对故国的深切思念之情。首二句通过写边塞与内地断绝音信，汉使不再经过，流露了作者恨心不歇、犹怀还乡之念的期望。次二句暗示自己寄居异地，无以为欢，胡音反而更催人泪下肠断。五至八句以闺中思妇自喻，言不得南归使得身心俱病，抱恨无穷。结尾二句通过言说自己南归之念犹如希望枯木填海、青山断河一样为不可实现的无聊之想，来反衬对报国还乡期望的执拗。诗中多处用典，但用得灵巧自然而不觉生僻晦涩，如"填海"、"断河"二典的使用，便甚为贴切地表达了"恨心不歇"之意，从而使全诗风格含蓄、婉曲。另外，诗中从首联到末联均对仗，尤其是二、五两联属对尤为精工，再加上每联的上下句平仄大体都相对，因此读起来声律和谐，节奏感强。

<h1 style="text-align:center">其 二^{〔一〕}</h1>

寻思万户侯^{〔二〕}，中夜忽然愁。

琴声遍屋里，书卷满床头^{〔三〕}。

虽言梦蝴蝶，定自非庄周^{〔四〕}。

残月如初月，新秋似旧秋^{〔五〕}。

露泣连珠下，萤飘碎火流^{〔六〕}。

乐天乃知命，何时能不忧^{〔七〕}？

■ **注释**

〔一〕本篇原列第十八。

〔二〕万户侯：食邑一万户的爵位。汉制，有大功勋者封万户侯。这里指建立大功业。

〔三〕此二句写自己每日只能弹琴读书，但琴书并不能消愁。陶渊明有"乐琴书以消忧"之语。

〔四〕自：语助词。《庄子·齐物论》："昔者庄周梦为蝴蝶，栩栩然蝴蝶也，自喻适志与，不知周也；俄然觉，则蘧蘧然周也。不知周之梦为蝴蝶与？蝴蝶之梦为周与？"此二句用"庄周梦蝴"的典故，说自己虽然也希望能像庄子那样放达，但实在又做不到。

〔五〕残月：阴历月末的月亮由圆变缺，故曰残月。初月：阴历月初的新月。新秋：今秋。旧秋：往年秋天。此二句意谓光阴变换而自己的处境依旧，无聊之至。

〔六〕露泣：露水像眼泪一样滴落下来。古人以为露水是从天上落下来的，故此句中用"泣"、"下"等动词来表现。碎火：形容萤火点点的样子。此二句写眼前之景，为诗人长夜不眠、十分哀伤时所见之秋夜景色，故情景交融。

〔七〕此二句化用《周易·系辞上》中的"乐天知命，故不忧"之语，意谓：古来虽有乐天知命可以不忧的说法，但是自己有亡国的伤痛，所以始终是忧愁的。

- **简析**

　　本篇写自己羁旅异国，功业无望，瞬息衰老，又不能像庄子一样达观，所以陷于忧愁之中。滞留他乡，寄人篱下，岁月如流，逝者如斯，俱往矣，而今功名无望，琴书何益。满目萧瑟，忧思难遣，长夜如年，深愁似海，欲学庄子旷达而不能，诗中充分吐露了作者羁北以来心灵深处的忧伤积郁。全诗笔调低迥，气韵深隐。杜甫曾说："庾信文章老更成，凌云健笔意纵横。"(《戏为六绝句》)"庾信平生最萧瑟，暮年诗赋动江关。"(《咏怀古迹五首》)包括本篇在内的二十七首《拟咏怀》，正是充分体现了作者"老成"艺术风格的"动江关"之作。

其　三〔一〕

日色临平乐，风光满上兰〔二〕。
南国美人去〔三〕，东家枣树完〔四〕。
抱松伤别鹤，向镜绝孤鸾〔五〕。
不言登陇首，唯得望长安〔六〕。

- **注释**

　　〔一〕本篇原列第二十二。

　　〔二〕平乐、上兰：分别指西汉时长安西边上林苑中的平乐馆和上兰观。此二句言长安日色风光正佳。

　　〔三〕南国美人：指梁元帝萧绎。屈原《离骚》以美人比喻国君，梁元帝都于江陵，正是楚国故地，故云"南国美人"。此句言梁元帝兵败被杀。

〔四〕东家句：此句用《汉书·王吉传》典：王吉字子阳，家住长安，东邻家有大枣树，树枝垂过王家院中，王妻摘枣给王吉吃。当王吉知道枣的来处后，认为妻子做了坏事，便把她休了。东邻知道此事后，过意不去，要砍掉枣树，被邻里们劝止，并说服王吉将妻子接回。里中由此产生了一首民谣："东家有树，王阳妇去；东家树完，王阳妇还。"完，这里做保全解。此句承上句言梁元帝败亡后，梁敬帝在建业即位，不久让位给陈氏，东南诸郡幸得保全。

〔五〕别鹤：琴曲名。汉代蔡邕《琴操》："商陵牧子，娶妻五年无子，父兄欲为改娶，牧子援琴鼓之，歌别鹤以舒其愤懑，故曰《别鹤操》。"余冠英认为此句中之"松"字似有误，别鹤事与松不相干，疑当作"桐"，"抱桐"即为抱琴，可从。孤鸾：事见刘敬叔《异苑》：罽宾国王买得一鸾，三年不肯一鸣。他的夫人说："尝闻鸾得同类则鸣，何不悬镜照之。"王依言用镜子照它，鸾睹影悲鸣，冲霄一奋而绝。此二句作者以别鹤、孤鸾自喻，言自己就像愤懑悲伤的别鹤、孤鸾。

〔六〕陇首：即陇山，亦名陇坻，在今陕西陇县西北。《乐府诗集》收《陇头歌》三首，均写游子的苦辛及其思乡的悲哀。此二句言无言登上陇首，只能望见长安。言外之意是自己的乡关在南国，不能再见到了。

■ 简析

本篇伤悼梁元帝在江陵的覆亡和自己在异乡的留滞。首联以长安的日色风光起兴，点明自己羁留北地，长安风光虽好，但却非赏心乐事，反而令自己触景伤怀。次联转笔联想到南国的故主和自己的乡关。"美人"已去，"东家枣完"，本该"王阳妇还"，但自己却依然如弃妇，不得还家。这里用典巧妙，意旨隐曲，并与首联形成强烈对比，含蓄地表现了作者怀念故国的深情。第三联以"别鹤"、"孤鸾"比喻自己远离家乡故国，无不贴切生动。尾联亦甚为含蓄隐曲，不言登陇首望不见南国乡关，而言只能望见长安，那么再往南自然是望不到了，乡关之思，尽在不言之中。陈祚明《采菽堂古诗选》评论庾信其人其诗说："北朝羁迹，实在难堪；襄、汉沦亡，殊深悲恸。子山惊才盖代，身坠殊方，恨恨如亡，忽忽自失。生平歌咏，要皆激楚之音，悲凉之调。情纷纠而繁会，意杂集以无端，兼且学擅多闻，思心委折；使事则古今奔赴，述感则方比抽新。又缘为隐为彰，时不一格，屡出屡变，汇彼多方：河汉汪洋，云霞蒸荡，大气所举，浮动毫端。故间秀句以拙词，厕清声于洪响，浩浩沂沂，成其大家。"这一段议论，对于我们理解本诗情感内涵以及艺术表现方面的特点是非常有帮助的。

寄王琳〔一〕

玉关道路远〔二〕，金陵信使疏〔三〕。
独下千行泪，开君万里书〔四〕。

■ 注释

〔一〕王琳：字子珩，梁朝将领，平侯景之乱有功。梁元帝被杀后，西魏立萧詧为傀儡梁主，王琳曾举兵攻詧。其后陈霸先篡位，王琳又起兵讨陈，兵败被杀。

〔二〕玉关：玉门关，在今甘肃省敦煌市西，这里代指自己所在之地。

〔三〕金陵：即南京，梁朝故都。

〔四〕君：对王琳的尊称。书：信。此二句言看到来信，无限伤心。

■ 简析

本篇是诗人接到王琳的信后写给他的一首诗，作于庾信晚年羁留长安之时。当时王琳正在郢城练兵，志在为梁复仇，其来信当不无慷慨之辞。由于长久不见故国人来，又不闻故国信息，而今万里来书，作者不禁激动的老泪纵横，于是以诗代言，写了这首表达故国之思的小诗。全篇短短二十个字，但字字从肺腑中流出，悲中见喜，喜中含悲，虽喜犹悲，含情脉脉，哀恻感人。诗中文字平明流畅，确实体现出李白所说的庾诗"清新"的特点。

隋 诗

江 总（一首）

江总（518—594），字总持，济阳考城（今河南省兰考县东）人。历仕梁、陈、隋三朝。陈时，官至尚书令，世称"江令"。不理政务，日随后主游宴后庭，制作艳诗，号称"狎客"。诗作大多内容空虚，风格浮艳，但也偶有清新之作。有辑本《江令君集》。

于长安归还扬州，九月九日行薇山亭赋韵〔一〕

心逐南云逝〔二〕，形随北雁来〔三〕。
故乡篱下菊，今日几花开？

- **注释**

〔一〕赋韵：多人限韵分咏。

〔二〕心：思归之心。南云：向南去的云。逝：飞去。

〔三〕形：指自己的身体。北雁：从北向南飞的大雁。

- **简析**

本诗是江总入隋后南还途中所作。诗中表现了对南方故园的依恋之情。古人在阴历九月九日重阳节有赏菊的风俗习惯，所以诗中作者的乡情落在对老家篱下菊花的忆念上。风格清新秀雅，摆脱了齐、梁靡艳的习气，具有唐人绝句的韵味，在江总的诗中是不可多得的佳作之一。

卢思道（一首）

卢思道（531—583），字子行，范阳（治所在今河北省涿州市）人，少时曾从邢邵受业，历仕北齐、北周及隋三朝。作诗学南朝，承袭齐梁余风，长于七言。有明人辑本《卢武阳集》。

从军行〔一〕

朔方烽火照甘泉，长安飞将出祁连〔二〕。

犀渠玉剑良家子，白马金羁侠少年〔三〕。

平明偃月屯右地〔四〕，薄暮鱼丽逐左贤〔五〕。

谷中石虎经衔箭，山上金人曾祭天〔六〕。

天涯一去无穷已，蓟门迢递三千里〔七〕。

朝见马岭黄沙合，夕望龙城阵云起〔八〕。

庭中奇树已堪攀，塞外征人殊未还〔九〕。

白雪初下天山外，浮云直上五原间〔十〕。

关山万里不可越，谁能坐对芳菲月〔十一〕。

流水本自断人肠，坚冰旧来伤马骨〔十二〕。

边庭节物与华异〔十三〕，冬霰秋霜春不歇〔十四〕。

长风萧萧渡水来，归雁连连映天没〔十五〕。

从军行，军行万里出龙庭〔十六〕。

单于渭桥今已拜〔十七〕，将军何处觅功名！

■ **注释**

〔一〕《从军行》：乐府《相和歌辞·平调曲》的旧题，本篇系拟作。

〔二〕朔方：汉代郡名，治所在今内蒙古自治区杭锦旗西北，这里泛指北方。甘泉：汉代宫名，在今陕西省淳化县甘泉山上。《史记·匈奴列传》："（汉文帝后元三年）胡骑入代句注边，烽火通于甘泉长安。"飞将：即飞将军。汉代名将李广号称飞将军。这里泛指汉将。祁连：祁连山。这两句说，报警的烽火从北方一直传到了甘泉宫，汉将从长安出征。

〔三〕犀（xī）渠：犀牛皮制成的盾。渠，盾。玉剑：柄上镶玉石的宝剑。良家子：清白人家的子弟。羁（jī）：马笼头。这两句描写飞将的身份和打扮。"犀渠玉剑"与"白马金羁"互文见义。

〔四〕平明：天刚亮。偃（yǎn）月：半月形，这里指形如半月的偃月阵。右地：西部地带，地理上的方位以右代表西方。此句言，为了迎击匈奴，天刚亮便在西面摆好了偃月阵。

〔五〕薄暮：傍晚。鱼丽：古代战车的一种阵形。左贤：左贤王，匈奴的官名，这里泛指匈奴的军事统帅。此句说，傍晚时分以鱼丽阵攻击匈奴军队。

〔六〕石虎：即虎形之石。经：曾经。此处用西汉李广的典故。据《史记·李将军列传》，李广外出打猎，望见草中石，以为虎，一箭射去，矢入石中。金人：金属制的神像，匈奴人用以祭天。此处用西汉霍去病的典故。据《史记·霍去病列传》，霍去病远征至皋兰山，没收了匈奴人祭天时用的金人，以此二句意指出征的将士来到了当年李广、霍去病征战过的地方。

〔七〕无穷已：指时间上没有期限。蓟（jì）门：在今北京城西南。迢递：遥远。这两句言远离家乡三千里征战，没有返回的期限。

〔八〕马岭：关塞名，在今山西省太谷县东南马岭山上。龙城：汉时匈奴祭天的地方，在今内蒙古锡林郭勒盟境内阴山一带。这两句写征人转战不已，行踪不定。

〔九〕奇树：美树、嘉树。堪：可以，能够。古诗："庭中有奇树，绿叶发华滋。攀条折其荣，将以遗所思。"这里撮取其意。殊：根本。从这两句起，开始转写思妇对征人的思念。

〔十〕天山：在今新疆维吾尔自治区中部。五原：汉代郡名，治所在九原（今内蒙古包头市西南）。这两句为思妇遥念征人的悬想之词，亦暗示征人的行踪先在天山之外，后来又到了五原之间。

〔十一〕芳菲：芳香的花草。这两句意谓，征人相隔万里，见面不易，谁又能在花前月下而不伤心呢？

〔十二〕流水二句：上句用北朝乐府民歌《陇头歌辞》典故。《陇头歌辞》第三首："陇头流水，鸣声幽咽。遥望秦川，心肝断绝。"下句用陈琳《饮马长城窟行》典故，诗中有云："饮马长城窟，水寒伤马骨。"此两句写思妇想象征人在外既忍受着思乡的愁苦，又经受着军旅生活的艰辛。

〔十三〕边庭：边地。节：时节、季节。节物指气候和物候。华：指汉族居住地区。

〔十四〕霰：雪珠。这一句说，春天仍有霜雪。

〔十五〕这两句写景抒情。秋天，征人未归，迎面而来的，只是那越过万水千山而至的萧萧秋风；来年春天，依然不见征人归来，唯有那回归北方的大雁在望中渐渐消失。

〔十六〕龙庭：即龙城。

〔十七〕单于（chányú）：匈奴称君主为单于。渭桥：建于长安渭水之上的桥。今已拜：意谓现在已经臣服。这里用西汉宣帝时史事。据《汉书·匈奴传》，汉宣帝甘露三年（前51），匈奴呼韩单于入朝，宣帝登渭桥接见。此四句为诗人所发之感慨。

■ 简析

本诗系以古题古事为征夫思妇诉说离情，作者对在艰苦卓绝的条件下转战不已的将士们以及他们的亲人的命运深表同情，因而对充当战争工具的回报的所谓"功名"表示了价值方面的怀疑。诗的前半写征夫，后半写思妇，最后表出勿以功名为念。诗中所写的是汉朝与匈奴之间的战争，实为借古事以写时事，表明了诗人在战争与人性问题上的基本态度。卢思道的诗学习南方诗风，往往有不届其精华而但得其恶调者，但这首《从军行》却是超乎南风之作，其笔力开阔，感慨深沉，气韵浑成，无不给人以一种力度感。本诗的意旨虽一般，但七言转韵，音节自然，已近似唐人歌行之体，所以多为评家所注意，如吴乔便认为："北朝卢思道《从军行》，全类唐人歌行矣。"(《围炉诗话》)黄子云也曾说："卢子行一气清折，音节直逼初唐。"(《野鸿诗的》)卢思道对于七言歌行的发展作出了自己的贡献，他的成功标志着这一诗体开始摆脱绮靡习气，走上了健康发展的道路，这正是南北文学交融的新收获。

薛道衡（一首）

薛道衡（540—609），字玄卿，河东汾阴（今山西省万荣县西）人。历仕北齐、北周。入隋，官至内史侍郎，加开府仪同三司。后因得罪隋炀帝，下狱逼令自缢。才名盛于周隋两代，诗与卢思道齐名，史称"每有所作"，南人也"无不吟诵"。有辑本《薛司隶集》。

人日思归〔一〕

入春才七日〔二〕，离家已二年。
人归落雁后〔三〕，思发在花前〔四〕。

■ **注释**

〔一〕人日：旧时称阴历正月初七为人日。

〔二〕入春：正月初一算"入春"，因诗写于初七日，故曰："入春才七日"。

〔三〕人：指作者自己。归：指返回北方。传说鸿雁在正月从南方飞回北方。

〔四〕思：返回北方的心愿。发：产生。花前：花开之前，指春天已来而花尚未开的时候。

■ 简析

　　本诗是作者于隋开皇五年（585）羁旅江南时所作。据刘餗《隋唐嘉话》记载："薛道衡聘陈，为《人日》诗云：'入春才七日，离家已二年。'南人嗤之曰：'是底言？谁谓此虏解作诗！'及云：'人归落雁后，思发在花前。'乃喜曰：'名下固无虚士。'"薛道衡的诗，体兼南北之长，驰名南北。这首《人日思归》，正是他为北方诗人赢得声誉的佳作之一。诗写作者在江南思念北方，虽只短短四句，但通过连用"才"、"已"、"落……后"、"在……前"等表时间的副词，穿珠缀玉，使语气前后呼应，很好地表达了因客游在外而产生的怀乡思归情绪。本诗情感沉郁、真挚，构思精巧，笔致简洁清爽，有唐人绝句风味。其构思曾被后世诗人一再借鉴，如唐代诗人崔湜《喜入长安》："赖逢征途尽，归在落花前。"刘长卿《新年作》："老至居人下，春归在客先。"可见影响之大。

南北朝乐府民歌

南朝乐府民歌（二首）

　　南朝乐府民歌主要是东晋、宋、齐时代的民歌。这些民歌经南朝的乐府机关搜集整理、配乐传习而得以保留下来。郭茂倩《乐府诗集》将南朝入乐的民歌全归入《清商曲》之中，且又分为《神弦歌》、《吴声歌曲》和《西曲歌》三部分。其中《神弦歌》为宗教祭歌，数量不多。《吴声歌曲》产生于以建业（今南京市）为中心的江南一带，以《子夜歌》、《子夜四时歌》、《读曲歌》及《华山畿》等曲为主，最初为"徒歌"，后来配管弦伴奏，现存三百余首。《西曲歌》产生于长江中游和汉水两岸，以荆州为主，种类繁多，但传下来的却比《吴声歌曲》少，现存一百余首。南朝乐府民歌绝大多数是情歌，形式上多采用五言四句体，多用谐音双关语，语言活泼精巧，风格清新秀丽，对后世诗歌产生了一定的影响。郭茂倩《乐府诗集》收录南朝乐府民歌最全。

子夜歌（选三）

其　一

始欲识郎时[一]，两心望如一[二]。
理丝入残机[三]，何悟不成匹[四]！

其　二

侬作北辰星[五]，千年无转移。
欢行白日心，朝东暮还西[六]。

其　三

怜欢好情怀[七]，移居作乡里[八]。
桐树生门前，出入见梧子[九]。

■ **注释**

〔一〕始：开始。欲：想。识：认识，结识。

〔二〕望如一：怀着相同的愿望。

〔三〕丝：蚕丝，与情思之"思"字谐音双关。残机：残破的织布机。

〔四〕何悟：怎么想到。匹：布匹，谐匹配成偶之"匹"。

〔五〕侬：吴地方言称自己为侬。北辰星：北极星。因北极星位置固定不变，所以用来比喻自己爱情的坚定不移。

〔六〕欢：指所爱之人。白日：太阳。上二句言对方的感情不坚定，就像太阳一样早晨在东边，黄昏时又转到了西边。

〔七〕怜：爱。好情怀：指双方的真诚情意。

〔八〕乡里：邻居。

〔九〕梧子：梧桐树的籽实，与"吾子"即男方谐音双关。

■ **简析**

《子夜歌》属乐府《清商曲·吴声歌曲》，郭茂倩《乐府诗集》辑有四十二首。据《唐书·乐志》记载："子夜歌者，晋曲也。晋有女子名子夜造此声，声过哀苦。"可见作曲者是一个名叫子夜的女子，而歌词则是大众的创作，内容不外写男女恋情。上选三首，均以女子的口吻，或诉说爱情的失意，或谴责对方的负心，或抒吐对爱情大胆而炽烈的追求，在表现手法上，除第二首通篇用比而外，其他二首开头两句都采用民歌中常见的直吐情怀的手法，三四句则采用谐音双关的手法，无不巧妙有趣，生动活泼，体现了南朝乐府民歌的特殊风格。

子夜四时歌（七十五首选二）

其　一

春林花多媚〔一〕，春鸟意多哀〔二〕。
春风复多情，吹我罗裳开〔三〕。

其　二

田蚕事已毕^{〔四〕}，思妇犹苦身^{〔五〕}。
当暑理绤服^{〔六〕}，持寄与行人^{〔七〕}。

■ **注释**

〔一〕媚：美好。

〔二〕哀：动人的意思。

〔三〕罗裳：罗裙。罗，丝织品之一种。

〔四〕田蚕：种田、养蚕。

〔五〕思妇：丈夫在外的妇女。因常思念丈夫，故曰"思妇"。苦身：使身体劳苦。

〔六〕当：对，冒着。绤（chī）服：细葛布制的衣服。绤：细葛布。

〔七〕行人：远行在外之人，指思妇的丈夫。

■ **简析**

《子夜四时歌》又称《吴声四时歌》，简称《四时歌》，是从《子夜歌》变化出来的一种新曲调。按表现内容的不同，又分为《春歌》、《夏歌》、《秋歌》和《冬歌》。现存七十五首，都是表现妇女在一年四季里的生活和思想感情的。这里选《春歌》、《夏歌》各一首。其中《春歌》一首明写花香鸟语，暗写男女之情，在表现手法方面则采用了"钩句"的形式，即前三句通过各自开头的"春林"、"春鸟"、"春风"勾连在一起，这种手法在民歌中是不多见的。《夏歌》一首写妇人对出门在外的丈夫的思念和关怀，通过"思妇"，不顾劳作之苦而冒暑热为丈夫赶制夏衣这一细节，表现了她的勤劳、干练和对爱情的深挚。

北朝乐府民歌（三首）

　　北朝乐府民歌主要收录在《乐府诗集》的《横吹曲辞·梁鼓角横吹曲》中，共有六十多首。此外，尚有少数几篇见于《乐府诗集》的《杂歌谣辞》和《杂曲歌辞》。《鼓角横吹曲》是北方民族用鼓和角等乐器在马上演奏的一种军乐，其歌词的作者主要来自东晋以后北方的鲜卑、氐、羌等民族。这些作品，有的原用少数民族的语言，以后译成汉语，有的一开始就是用汉语歌唱的。北朝的民歌是在传入南朝之后，由乐府机关采集才得以保存下来的。

　　北朝乐府民歌的题材范围比南朝民歌要广泛，除情歌之外，与战争有关的题材较多，反映了战乱之苦和民间尚武风气。此外，还有一些表现游牧生活和揭露社会不合理现象的作品。北朝民歌风格粗犷豪放，刚健朴质，直率明快，与南朝民歌恰好形成鲜明的对照。

陇头歌辞（三首）

其 一

陇头流水[一]，流离山下[二]。
念吾一身，飘然旷野。

其 二

朝发欣城[三]，暮宿陇头。
寒不能语，舌卷入喉[四]。

其 三

陇头流水，鸣声呜咽[五]。
遥望秦川[六]，心肝断绝。

■ **注释**

〔一〕陇头：即陇山，又叫陇坂、陇砥、陇首，在今陕西省陇县西北。《三秦记》说："其坂九回，上者七日乃越。上有清水四注下，所谓'陇头水'也。"

〔二〕流离：四散流淌。

〔三〕欣城：地名，未详，应距陇山不远，所以能朝发暮至。

〔四〕此句言天气严寒，冻得舌头都卷缩到喉咙里了。

〔五〕呜咽：哽咽，这里指流水的声音像哭泣一般。

〔六〕秦川：指关中，就是从陇山东到函谷关一带地方，当是游子的故乡所在。

■ 简析

《陇头歌辞》三首，《乐府诗集》收入《梁鼓角横吹曲》，内容都是写游子的苦辛和思乡的伤楚。明、清以来，不少学者认为其风格和一般的北朝民歌不大相同，怀疑系汉、魏旧辞。但从其内容和情调来看，把它们看成北朝时候的汉族民歌也未尝不可。第一首感叹漂泊不定的命运遭际，第二首借状写陇头的严寒以突出旅途的艰辛，第三首直抒怀乡之情。北朝长期处于兵荒马乱、诸族混战的状况，战争、徭役给各族人民带来了无穷的灾难，这三首歌辞字字如泣血，格调苍凉悲壮，正是身处水深火热之中的人民所发出的悲苦之吟。

敕勒歌〔一〕

敕勒川〔二〕，阴山下〔三〕。
天似穹庐〔四〕，笼盖四野。
天苍苍〔五〕，野茫茫〔六〕。
风吹草低见牛羊。

■ 注释

〔一〕敕勒：我国古代北方的一个种族，亦称铁勒，北齐时居住在朔州（今山西北部）。

〔二〕敕勒川：泛指敕勒族游牧的草原，或云即今内蒙古土默特旗一带。

〔三〕阴山：山脉名，起于河套西北，绵亘于内蒙古自治区南境一带，和内兴安岭相接。

〔四〕穹（qióng）庐：游牧民族当作住房的帐篷，即蒙古包。

〔五〕苍苍：青色。

〔六〕茫茫：无边无垠的样子。

■ 简析

《敕勒歌》属乐府《杂歌谣辞》，据《乐府广题》，系北齐人斛律金所唱，歌词原为鲜卑语，后译成汉文。《敕勒歌》是流传于敕勒族中的民歌，其主要内容是歌唱阴山脚下土地辽阔和牛羊肥壮、牧草丰茂的草原风光。风格浑朴豪放、悲壮激越、爽直刚健，反映了北方游牧民族的精神心理特点，是文学史上声誉很高的一首民歌。

木兰辞

唧唧复唧唧〔一〕，木兰当户织〔二〕。

不闻机杼声〔三〕，唯闻女叹息。

问女何所思，问女何所忆〔四〕。

女亦无所思，女亦无所忆。

昨夜见军帖〔五〕，可汗大点兵〔六〕。

军书十二卷〔七〕，卷卷有爷名〔八〕。

阿爷无大儿，木兰无长兄，

愿为市鞍马〔九〕，从此替爷征。

东市买骏马，西市买鞍鞯〔十〕，

南市买辔头〔十一〕，北市买长鞭。

旦辞爷娘去〔十二〕，暮宿黄河边。

不闻爷娘唤女声，但闻黄河流水鸣溅溅〔十三〕。

旦辞黄河去，暮至黑山头〔十四〕。

不闻爷娘唤女声，但闻燕山胡骑鸣啾啾〔十五〕。

万里赴戎机〔十六〕，关山度若飞〔十七〕。

朔气传金柝〔十八〕，寒光照铁衣〔十九〕。

将军百战死，壮士十年归〔二十〕。

归来见天子〔二十一〕，天子坐明堂〔二十二〕。

策勋十二转〔二十三〕，赏赐百千强〔二十四〕。

可汗问所欲，"木兰不用尚书郎〔二十五〕，

愿借明驼千里足〔二十六〕，送儿还故乡。"

爷娘闻女来，出郭相扶将〔二十七〕。

阿姊闻妹来，当户理红妆〔二十八〕。

小弟闻姊来，磨刀霍霍向猪羊〔二十九〕。

开我东阁门〔三十〕，坐我西阁床。

脱我战时袍，着我旧时裳。

当窗理云鬓〔三十一〕，对镜帖花黄〔三十二〕。

出门看火伴〔三十三〕，火伴皆惊忙。

"同行十二年〔三十四〕，不知木兰是女郎。"

"雄兔脚扑朔，雌兔眼迷离。

双兔傍地走，安能辨我是雄雌〔三十五〕。"

■ 注释

〔一〕唧唧：叹息声。

〔二〕当户织：对着门织布。

〔三〕机杼（zhù）声：指织布时织布机所发出的声响。机，织布机。杼，织布用的梭子。

〔四〕忆：思念。

〔五〕军帖：征兵的文书。

〔六〕可汗（kèhán），古代西北地区各民族对君主的称呼。点兵：征兵。

〔七〕军书：即军帖。十二：这里表示多数，非为确数。

〔八〕爷：指父亲，当时北方呼父为"阿爷"。

〔九〕市：买。鞍马：马鞍和马匹。据《新唐书·兵志》记载，自西魏开始的府兵制规定从军的人要自备鞍马、弓箭等物。

〔十〕鞯（jiān）：马鞍的垫子。

〔十一〕辔（pèi）头：马嚼子和马缰绳。

〔十二〕旦：早晨。

〔十三〕溅溅（jiānjiān）：水流声。

〔十四〕黑山：即杀虎山，在今内蒙古自治区呼和浩特市东南。

〔十五〕燕山：指燕然山，即今蒙古人民共和国境内的杭爱山。胡骑：指北部入侵者的骑兵。啾啾：马鸣声。

〔十六〕戎机：军机，这里指战役。

〔十七〕关山：泛指行军途中所经过的关塞和山脉。度：过。

〔十八〕朔气：北方来的寒气。朔，北方。金柝（tuò）：即刁斗，一种用铜做成的器皿，形状像锅，容量一斗，三足，有柄，白天用来做饭，夜里用来打更。此句言打更的声音随着寒风传来。

〔十九〕寒光：寒冷的月光。铁衣：铠甲战袍。

〔二十〕壮士：指木兰。

〔二十一〕天子：古时对皇帝的称呼，即上文之"可汗"。

〔二十二〕明堂：皇帝举行祭祀、接见诸侯、进行听政和选士的殿堂。

〔二十三〕策勋：记功受爵。十二转：古代依军功授爵，军功每加一等，官爵也随升一等，谓之一转。军功及勋位共分十二等，十二转是功勋和官爵最高的一级。

〔二十四〕强：有余。百千强，言赏赐千百金以上。

〔二十五〕不用：不需要。尚书郎：官名，魏、晋以后在尚书台下分设若干曹，主持各曹事务的官通称尚书郎。

〔二十六〕明驼：善走的骆驼。

〔二十七〕郭：外城。扶将：扶持。

〔二十八〕理红妆：梳妆打扮。

〔二十九〕霍霍：磨刀声。

〔三十〕我：木兰自称。

〔三十一〕云鬓：柔美如云的鬓发。

〔三十二〕帖：通"贴"。花黄：古代妇女的面饰，将金黄色的纸剪成星、月、花等形状，贴在额上作为装饰。

〔三十三〕火伴：即伙伴，指同行的士兵。古代军队编制以十人为一火。

〔三十四〕十二年：这里之十二为约数，非为确数，如同上文"壮士十年归"之"十年"。

〔三十五〕扑朔：跳跃的样子。迷离：眼神朦胧的样子。傍地走：贴着地面奔跑。此四句以兔子喻人，言雌兔雄兔外貌相仿，奔跑时更难分别，用以比喻自己穿上战袍一起战斗，谁又能辨别出我是男是女呢？

■ **简析**

《木兰诗》又称《木兰辞》、《木兰歌》，最早著录于陈智匠所撰《古今乐录》，《乐府诗集》将其归入《梁鼓角横吹曲》。关于《木兰诗》产生的年代问题，众说纷纭，但较为普遍的看法是认为其产生于北魏时期。那时，北方的鲜卑族政权北魏与居住在今内蒙古自治区和蒙古人民共和国境内的柔然（蠕蠕）族，曾发生过多次大的战役。诗中提到的黑山、燕山等地，正是北魏与柔然交战的战场，而且当时北方女子亦多弓马娴熟。因此，《木兰诗》可能就是以北魏与柔然之间的战争为背景的北朝民歌。

关于木兰的姓氏和乡里，亦有不少说法。其实，木兰从军本属民间传说，未必是真人真事。民歌《木兰诗》是经过长期的流传，最后由文人加工修饰而保存下来的，其最后写定的年代应不晚于陈。

　　《木兰诗》是我国古代著名的叙事诗之一。诗中完整地叙述了木兰女扮男装代父从军的故事，塑造了一个刚毅果敢、不慕功名的女英雄形象。全诗可分为五节，第一节叙木兰代父应征，第二节叙赶赴疆场，第三节叙经历十年生死战斗后还乡，第四节叙入朝受赏，最后一节叙到家后情形及赞叹木兰乔装之妙。诗中运用了复叠、铺陈、排比、比喻、对偶、反衬和顶真等艺术手法，语言朴素生动，音节流畅和谐。同时，在心理刻画、场景描写和结构安排方面也很有特色。诗中充满乐观、浪漫的色彩，虽然有文人加工的痕迹，但民歌的风情格调还是基本上保留了下来。《木兰诗》与《孔雀东南飞》同为人们交口称誉的民间创作，被称为我国诗歌史上的"双璧"。

参考书目

1. 逯钦立辑校：《先秦汉魏晋南北朝诗》，中华书局 1983 年版。

2. 萧统编，李善注：《文选》，中华书局 1977 年影印版。

3. 郭茂倩编：《乐府诗集》，人民文学出版社 2010 年版。

4. 徐陵编，吴兆宜注：《玉台新咏笺注》，中华书局 1985 年版。

5. 余冠英选注：《三曹诗选》，人民文学出版社 1979 年版。

6. 俞绍初辑校：《建安七子集》，中华书局 2005 年版。

7. 余冠英选注：《汉魏六朝诗选》，人民文学出版社 1978 年版。

8. 曹道衡、俞绍初注评：《魏晋南北朝诗选评》，三秦出版社 2004 年版。

9. 陈昌渠选注：《魏晋南北朝诗选》，四川教育出版社 1987 年版。

10. 刘勰著，范文澜注：《文心雕龙注》，人民文学出版社 1958 年版。

11. 钟嵘著，曹旭笺注：《诗品笺注》，人民文学出版社 2009 年版。

12. 刘师培：《中国中古文学史 论文杂记》，人民文学出版社 1984 年版。

13. 北京大学中国文学史教研室选注：《魏晋南北朝文学史参考资料》，中华书局1962年版。

14. 曹道衡：《中古文学史论文集》，中华书局2002年版。

15. 傅刚：《魏晋南北朝诗歌史论》，吉林教育出版社1995年版。

16. 钟仕伦：《南北朝诗话校释》，中华书局2007年版。